キャラ文庫
アンソロジー

I

琥珀

Chara Precious
Collection
-amber-

英田サキ
神奈木智
菅野彰
樋口美沙緒
松岡なつき

contents

カバーイラスト

円陣闇丸

［DEADLOCK］番外編

Starry night in Arizona

英田サキ

扉イラスト　高階 佑

非番だったその日、ユウト・レニックスは同居している恋人が仕事に出かけると、FMを聴きながら掃除と洗濯を開始した。キッチンが一番手間取ったが、ずっと気になっていたレンジフードの油汚れを落とせてすっきりした。

清々しい気分でスポーツウェアに着替え、愛犬のユウティを車に乗せた。向かった先はサンタモニカ山地の東側に広がる自然公園のグリフィス・パーク。ユウトはここが大好きで、子供の頃から何度も訪れている。渓谷もある広大な自然の中にジョギングコース、ハイキングトレイル、乗馬道、動植物園、天文台などがあり、山頂まで行けばハリウッドサインやロサンゼルスの街が一望できる。

夕方になると観光客が日没の景色と夜景を目当てに訪れるので、道路は渋滞して駐車場は混雑してしまうが、気軽に自然を満喫できるこの公園はディックも大好きだ。休日が一緒のときは、たまにふたりでトレイルランを楽しんでいる。

犬をリードに繋《つな》がなくてもいいトレイルコースを選び、二時間ほど山の空気を味わいながらユウティと散歩やジョギングを楽しんだ。自然の中を自由に走れることが嬉《うれ》しいのか、ユウティはずっとはしゃいでいた。

見晴らしのいい場所で休憩を取っていると若いカップルが現れ、楽しげに写真を撮り始めた。どちらもユウトと同年代くらいに見える。男性がユウトに写真を撮ってくれないかと話しかけてきた。いいよ、と答えてカメラを受け取り、寄り添って並ぶふたりに向けて何度かシャッターを切った。

「ありがとう。可愛《かわい》い犬ね」

女性がユウティの前でしゃがみ込んだ。きれいなお姉さんが大好きなユウティは、頭を撫《な》でられて尻尾《しっぽ》を振りまくっている。

「ねえ、ジョン。私たちも犬を飼いましょうよ」

「まずは新居探しが先だろう。犬は生活が落ち着いてからだ」

どうやらふたりは結婚、あるいは同居生活を控えているらしい。

「うちのママ、犬が大好きなのよ。もし飼ったら、しょっちゅう新居に遊びに来るかも」

「いいよ。君のママなら大歓迎さ。俺にとっても大事な人だ」

「パパも来ちゃうかもよ」

「パパも？　うーん。パパのほうは毎日だと困るな」

笑い転げる恋人たち。見知らぬ他人であろうと、誰かの幸せを目の当たりにするのは嬉しいものだ。ふたりと別れたあとも温かい気持ちが続いた。

帰り道、スーパーマーケットに寄り、牛肉の肩ロースをブロックで購入した。帰宅してシャワーを浴び、缶ビールを一本だけ飲む。至福の時間だ。ユウティにはチキンのジャーキーと大好きなミルクを与えてやった。夕食の支度をするまで一服しようと思い、缶ビールを持ってソファーに座った。

ユウトはロサンゼルス市警察の麻薬捜査課に所属する刑事で、普段は激務に明け暮れており、夕食の支度は大抵ディックの担当になっている。だから自分が休みの日は、できるだけ美味《おい》しい手料理をつくろうと心がけていた。

今夜のメインディッシュは牛肉のポットローストだ。昔は料理なんて気が向いたときにしかやらなかったのに、ディックにいろいろ食べさせたくてレパートリーも増えてきた。

ディックことリチャード・エヴァーソンはいつだってユウトのつくったものを、最高にうまいと言って食べてくれる。それ自体は嬉しいのだが、たまにこれは味つけがおかしいと思う料理でも「そんなことはない。すごくうまいぞ」と言い張って譲らない。

舌が馬鹿なのではなくディックの優しさがそうさせるのだが、まずいときはまずいと言ってくれたほうが、料理は上達するはずだと思うので、その点は少しだけ不満だったりする。もちろん贅沢《ぜいたく》な悩みだということは、よくわかっている。

警備会社に勤務するディックは、最近はボディーガードの指導業務や事務だけでなく、経営に携わる仕事も手伝わされているらしい。ディックは整った容姿とその能力を買われ、入社当初はボディーガードとして働いていたのだが、警護対象者である女性たちの心を惑わせてしまい、本人のまったく望まないトラブルに幾度か巻き込まれた。

嫌気が差して一度は退職を考えたものの、社長のブライアン・ヒルはディックをすこぶる気に入っており、現場になるべく出ない勤務態勢を考えてくれたのだ。ブライアンはディックをいずれ共同経営者にしたいと考えているようで、ユウトはすごいと思っているのだが、本人は出世を喜ぶわけでもなく、「仕事で多忙になると家事がおろそかになる」と困惑気味に漏らしていた。

主婦みたいなことを言うのは、ユウトとの暮らしを何よりも大切に思っているからだ。愛されすぎて困ってしまう。というのは嘘《うそ》だが、特殊部隊に所属していた元軍人のディックは、ＣＩＡ

からもその能力を買われてスカウトされるほどの男だ。そんな彼の人生をこんなにも独占してしまっていいのだろうか、という罪悪感にも似た想いをたまに抱くことがある。

ディックとの出会いは三年前。場所は刑務所の中。お互いに複雑な事情を抱えた状態で、同房者として知り合った。紆余《うよ》曲折というひと言では片づけられないような危機や困難を乗り越え、晴れて恋人になったふたりは、一昨年の九月からロサンゼルスのダウンタウン近くのアパートメントで同居生活を開始した。あと三か月ほどで同居生活は丸二年になる。一緒に暮らし始めてからもいろんな出来事はあったが、互いの愛情は変わることなく、幸せな毎日を送っている。

ユウトは昼下がりのビールを味わいつつ、録画したロサンゼルス・レイカーズのプレーオフでの試合を再生した。今年は惜しくもファイナルに進めなかったものの、見応えのある試合ばかりだった。

試合を観ているうち、走りすぎたせいか眠気が襲ってきた。少しだけ、と思って目を閉じたらすっかり熟睡してしまい、久しぶりに父親の夢を見た。

ユウトの父親は五年前に交通事故で急死している。名前はヨシヒサ・レニックス。食品輸入業の会社を経営していて、周囲からはヨシと呼ばれていた。沈着冷静な性格で声を荒らげることは滅多になかったが、温厚そうな外見とは裏腹に自分の主張は決して曲げない人だった。十代の頃はその頑固さに反発して、よく喧嘩《けんか》をしたものだ。けれど真面目《まじめ》で勤勉で誠実な父親を、ユウトは心から尊敬していた。だから早すぎる死が無念でならない。

夢ではどういうわけか、ヨシはユウトの家にいた。ダイニングテーブルに腰を下ろし、穏やかな表情で「うちも犬を飼うかな」と言いながらユウティの頭を撫でている。頭の片隅では変だと思いながらも、夢の中のユウトはその様子を微笑《ほほえ》ましく眺めていた。

幸せな気分だった。父親がまだ生きていて、今の住まいに遊びに来ている。ということはディックとの関係も理解されているはずだ。よかった。ああ、本当によかった。一番の心配事が解消され、嬉しくて踊りだしたい気分だ。

けれど安堵《あんど》したのも束の間、ヨシはユウトを見て溜《た》め息《いき》をついた。

「お前はいつになったら結婚するんだ？　女性の恋人をつくって早く身を固めろ。俺は孫の顔を見るまで安心して死ねない」

もう死んでるくせに何を言いだすんだと思ったが、夢の中のユウトはまた父親のいつもの説教が始まったとうんざりしていた。

「結婚なんかしない。俺にはディックがいるんだから」

「ディックはいい奴だが、子供は産めないだろう」

当たり前だ。産めたら怖い。

「親になる喜びや子供を育てる苦労を、お前も絶対に味わうべきだ。それが人としての成長にも繋がる」

結婚して家庭を持ち、妻子を守って生きていくことが男の幸せ。ヨシの昔からの持論だ。それ自体は素晴らしいことだし否定はしないが、結婚や子供を持つことは選択のひとつであって、人生の目的ではないはずだ。

「お前が幸せになるためだ。ディックもきっと理解してくれる」

「父さん……」

落胆とも怒りとも悲しみともつかない感情に襲われたその時、不意に目が覚めた。携帯電話の呼び出し音に起こされたのだ。

テーブルに置いた携帯電話が鳴っていた。出てみると友人のロブ・コナーズからだった。

「やあ、ユウト。今日は休みだって言ってたよね。今は家？」

「ああ。家にいるよ」

昨夜もロブは電話をかけてきた。一緒に住んでいる恋人のヨシュア・ブラッドが映画のロケに行ってしまったらしく、その愚痴というか惚気《のろけ》というか、とにかくヨシュアがいなくて寂しいという話を長々と聞かされた。

「今ダウンタウンにいるんだけど、君んちに寄ってもいい？」

構わないと答えると、ロブは少ししたら行くと言って電話を切った。ユウトは溜め息をついて立ち上がった。夢見が悪いったらない。死んだ父親に説教されるなんて最悪だ。

ロブが来る前に仕込みをしておこうと思いキッチンに立った。室温に戻しておいた肩ロースのかたまり肉に塩こしょうを振り、オリーブオイルを入れた鍋で焼き目をつける。こんがり焼けた肉をいったん取り出し、にんにく、タマネギ、ニンジン、ブラウンマッシュルームなどを入れて炒《いた》め、そこに肉を戻して赤ワインを入れ、あとは弱火で一時間ほど煮込むだけだ。

マッシュポテトをつくっていたら、ロブがやってきた。来客好きのユウティが喜んで飛びつくと、ロブは玄関先で目尻を下げ、「やあ、ユウティ。今日も最高に可愛いね」とディックの愛犬を撫で回した。

「珍しくスーツ姿じゃないか。大学の帰り？」

「いや、サイン会の打ち合わせがあってね」

「ああ、前に言ってたあれか。発売が楽しみだな」

犯罪学者のロブは大学で教鞭《きょうべん》を執りつつ、本を執筆したり講演会を行ったりする忙しい男だ。近々出版される本は学術系の専門書ではなく、犯罪に関する雑学的内容のもので、出版社からサイン会の打診を受けたと聞いている。

「ロブのファンは多いから、本が出たらきっとロサンゼルス・タイムズのベストセラーリストに載るぞ」

ロブは「まさか」と首を振って笑った。

「その栄光は我らが売れっ子作家さま、エドワード・ボスコのものだな」

ベストセラーをいくつも持つ作家、エドワード・ボスコの本名はルイス・リデル。ルイスはロブの大学時代の知り合いで、今ではユウトにとっても大事な友人のひとりだ。ロブの本が出るのと同じ頃に、ルイスの新作も発売されるらしい。

「しかし希望はある。なんとルイスが俺の本に推薦コメントを寄せてくれることになったんだ」

「へー。すごいじゃないか。友達のよしみってやつだな」

軽い冗談だったのに、ロブは心外そうに「違うよ」と顔をしかめた。

「面白い本だからルイスは推薦してくれるんだ。彼はつき合いでつまらない本を褒めるような性格のいい男じゃない」

褒めているのか貶《けな》しているのかわからないが、ロブの言うとおりルイスは心にもないお世辞を言うタイプではない。ロブの本をちゃんと読んだ上で、面白いと思ったから推薦コメントを引き受けたのだろう。

「お、いい匂いがするぞ」

ロブはLDKに入るなり鼻をスンスンさせた。

「ポットローストをつくってるんだ」

「いいね。俺の大好物だ」

「だったら食べていけよ。どうせ帰ってもひとりなんだろう」

ロブはユウトを振り返り、「本当に？　いいの？」と嬉しそうに目を見開いた。

「構わないよ。多めにつくってるし。ただし味の保証はしかねる」

「いいや、このポットローストは絶対にうまい。匂いでわかる。いやあ、嬉しいな。自分だけだと食事をつくる気分になれなくて、ハンバーガーでも食べて帰ろうかって思ってたところだ」

ロブはダイニングテーブルの椅子に腰かけ、「ひとりの食事なんて味気ないよね」と切なげに溜め息をついた。

「ヨシュアはラスベガスに行ったんだっけ？」

「ああ。俺の可愛い天使は今、砂漠の不夜城にいる。あの子が家にいないと寂しくてしょうがないよ。身も心も干からびてしまいそうだ」

悄然《しょうぜん》とした様子だがヨシュアがLAを発《た》ったのは一昨日だから、同情心はまったく湧いてこない。

「まだ二日目だろう」

「一晩ヨシュアがいないだけで、俺の心にはぽっかりと大きな穴が空いたみたいだよ。こんなに寂しいなら仕事なんて放り出して、俺もロケに同行すればよかった」

また溜め息。寂しいのは事実だろうが、ロブはなんでも大袈裟《おおげさ》に話す男だから、本音と冗談の境目がよくわからない。

ロブの恋人であるヨシュア・ブラッドは、ルイスの人気シリーズ小説を映画化した『天使の撃鉄』に俳優として参加している。ヨシュアはディックの同僚で本業はボディーガードなのだが、監督のジャン・コルヴィッチに見出されて、重要な役どころで俳優に初挑戦することになったのだ。

「君ってそんなに恋人にべったりするタイプだったっけ？」

グラスに注いだアイスティーをロブの前に置きながら尋ねた。ロブはきょとんとした顔つきになった。

「俺はいつだっていちゃつきたいほうだけど？」

「いや、いちゃつくのが好きなのは知ってるけどさ。一緒にいるときはどれだけべたべたしても、離れているときは割り切って、それぞれひとりの時間を大切にすべきって考えだと思ってた」

ロブはアイスティーをひとくち飲んでから、「痛いところを突くな」と肩をすくめた。

「君の言うとおりだ。始終一緒にいたいとか相手を束縛したいとか、そういうのは精神的に自立できていない人間のやることで、俺は違うと思ってた。もちろん恋愛の初期段階にはありがちなことだけど、ある程度、関係性が落ち着いてきても恋人中心で、ひとりの時間を楽しく過ごせない人間は、総じてふたりの時間も楽しく過ごせない。……という考えに今も変わりはない。ないんだけど、ヨシュアが遠く離れた場所にいるのは耐えがたい苦痛なんだ。その傾向は最近のほうが強い。恋するティーンエージャーじゃあるまいし、本当に困ったものだよ」

ロブが自分の感情に対して弱音を吐くのは珍しい。大抵のことは笑い話にしてしまう男が、どうしてしまったのだろうか。

「別に悩むことはないだろう。それだけヨシュアが好きってことなんだから」

「好きなのは当然として、ネガティブな感情に振り回されるのは、俺自身の心に問題があるからだ。まあ俺は自分のことをよくわかっているから、問題点も把握はしているんだけどね。しかし把握していても改善されるわけではないところが、人の心の複雑さっていうか。こういう例《たと》えは正しくないかもしれないけど、家の中が散らかって憂鬱な人間は、片づければ気が晴れるとわかっているのに、面倒だったり現実と向き合うのが嫌だったりで、結局片づけられない。だからいつまでたっても憂鬱なままだ。俺も今それに似た状態でね。まったくもって俺ともあろう人間が情けない」

キッチンのコンロではジャガイモが茹《ゆ》で上がっていた。ユウトは立ち上がって火を止めた。

「つくりながら話していい？」

「もちろん。俺も手伝うよ」

「いいよ。客なんだから座ってろよ」

ロブは背広を脱いで「料理しているほうが喋《しゃべ》りやすいんだ」と言い返し、ユウトの隣にやってきた。

「マッシュポテトをつくるんだ」

「よし。だったら俺がプレスしよう」

ふたりでキッチンに立ちながら、さっきの会話に戻った。

「珍しいじゃないか。自分大好き人間の君が、そんなふうに自己嫌悪をあらわにするなんて」

「自己嫌悪なんてしょっちゅうだよ。落ち込んでる姿を他人に見せるのは俺のポリシーに反するから、普段は隠しているだけで」

ロブは不思議な男だ。二枚目なのに性格は三枚目。だけどにっこり笑いながら持ち前の観察眼と推察力で、物事を鋭く分析している。今では自他共に認める親友同士だし、年上で頭もいいロブのことは尊敬しているが、ふと思うことがあるのだ。自分は本当にロブ・コナーズという男を知っているのだろうか、と。

ロブはよく喋るしあけすけな性格だが、自分を演出する術《すべ》に長《た》けている。嘘をつかれていると思ったことはないが、彼の心の奥底は今ひとつ摑《つか》みづらい。だからこんなふうに本音を打ち明けてもらえるのはすごく嬉しい。

「ついでに言えば、俺の自己肯定感に満ちた言動は、自分嫌いを克服するために身につけたスキルだ。思春期の頃は自分が嫌でしょうがなかったからさ。その甲斐《かい》あって、今は君の言うように自分大好き人間だ。……ああ、ロブ・コナーズに生まれてきてよかった。と心から思ってる」

いつも自信に満ちあふれてユーモアたっぷりのロブにも、自身に対する複雑な感情はあるのだ。人間なんだから当たり前のことかもしれないが、そういう様子をロブは他人に見せようとしない。見せたとしても冗談交じりに自虐的なことを言って、みんなを笑わせるネタにしてしまうので気づけなかった。

「自己嫌悪のもとは何？　ヨシュアを束縛したい気持ち？」

「束縛はしないししたくもない。ベッドの中では別だけど」

ロブは言いながら、皮を剝いたジャガイモをポテトマッシャーに入れて押し潰《つぶ》した。最後のひと言は余計だ。

「じゃあ嫉妬だ。撮影で俳優やスタッフたちと仲良くするのが妬《や》ける」

「まあそれは少々あるよね。でも嫉妬はたいした問題じゃない。しなくなるほうが問題だ」

何を言っても否定する。ユウトは「わからないなぁ」と眉根を寄せた。

「だったら何が問題なんだ？　ロブが自己嫌悪したくなるような悩みって何？」

「言いたくないな。君に軽蔑されるのは辛《つら》いし」

「しないよ。友達じゃないか。……ヘイ、プロフェッサー。何ビビってんだ。いいところも悪いところも、ダチの俺に全部さらけ出せよ」

身体《からだ》を揺らしてラッパーのようにリズムに乗って言ってやると、ロブは噴き出した。

「ひどいな、そのリズム感はなんだ？　俺も音痴だけどユウトもかなりだね」

「今のは歌じゃない。俺は君ほど音痴じゃないぞ」

ふたりして互いを貶して笑い合った。ロブは手を止め、「本当に情けない話なんだけどね」と困り顔で告白した。

「ヨシュアはこのところ、すごく成長しただろ？　特に映画の撮影に参加してから、何事にも意欲的に取り組むようになった」

「そうだな。すごく頑張ってると思う」

「ヨシュアが自分の殻から飛び出して、いろんなことに挑戦して彼の世界が広がるのは嬉しいいんだ。ほんと、すごく嬉しい。その気持ちに嘘はない。だけど同時に寂しいっていうか、もやもやするっていうか、上手く言えないんだけど、まあ要するに多分あれだ。ヨシュアが俺を必要としなくなったり、俺以上に大事なものを持ったりするのが辛いっていうか。口ではもっと視野を広げるべきだとか言いながら、本音では俺だけ見ていてほしいなんて願ってる。そういう愚かしい自分が情けなくて嫌になるんだ」

珍しく歯切れが悪い。ユウトは思わず「なんだ」と言ってしまった。

「そんなことだったのか。結局、独占欲と嫉妬じゃないか」

「え？　いや、そんな単純なものじゃなくて――」

「単純だよ。ロブは頭が良いから難しく考えすぎるんだ。嫉妬してみっともない自分に嫌悪を感じてる。それだけのことだよ。どうせあれだろ？　ヨシュアの前でそういう自分を見せたくないから、余裕のあるふりとかして、それでまた自己嫌悪に陥ったりしてさ。ヨシュアにみっともない姿をどんどんさらけ出しちゃえばいいんだよ。そしたらすっきりする」

ロブはすかさず「嫌だよ」と首を振った。

「あの子は俺を尊敬しているんだ。みっともない姿なんて見せたくない」

「結婚式のとき、ヨシュアは君のママに言ってたぞ。完璧な君より欠点のある君のほうが愛せる気がするって」

「ヨシュアのピュアな気持ちは嬉しいけど、そういうのを真に受けて嫌な部分をどんどん見せたら、愛なんてあっという間に冷めちゃうよ」

「ヨシュアの愛情はそんな浅くないだろ。もっと彼の気持ちを信じてやれよ」

以前も似たような話をしたことがあるのだが、ロブは人を信じる強さを持っているくせに、恋愛感情そのものはあまり信用していない。恋心なんて日々変化していく曖昧なものだが、ヨシュアの一途さを知っているだけに、ロブの言動には少し腹が立ってしまう。

「ヨシュアのことは信じているし、愛の力だって信じてる。愛は時に世界を変えるほどすごいパワーを持っているし、偉大な奇跡を生むこともある。だけど同時に愛ほど不確かで移ろいやすいものはないんだ。生涯を誓い合って結婚した夫婦の、二組に一組が離婚する時代だよ。どんな理想を掲げていたって、愛ってやつは生活の中で消耗してすり減り消えていく。とかく愛情が絡んだ人間関係はデリケートなんだから、長く続けるためには努力しながら用心深く取り扱っていかないと」

ロブは理想主義者であり現実主義者でもある。ロマンチックな関係を欲するのと同じ心で、何事もシビアに計算してしまう性格なのだ。

「君は面倒臭い男だな。もっと本能のままに生きればいいのに」

「確かに俺は面倒臭い男だけど、いいんだ。今の自分で十分幸せだから。相談に乗ってもらってなんだけど、俺なら大丈夫。自己嫌悪に浸りながら、そういう感情に振り回される自分も人間臭くて悪くないと思ってる。こうやって相手のことを思って悩んだり苦しんだりできるのは、恋愛の醍醐味《だいごみ》だよね。すごく今を生きてるって感じがするよ」

ジャガイモを潰しながらしみじみした口調で言うロブを横目で見て、ユウトはこっそり溜め息をついた。心配して損した。下手くそなラップまで披露してやったのに。

「ヨシュアはまだ当分忙しくて家を空けることも多そうだ。寂しさを紛らわすために本気でペットを飼うべきだと思うんだけど、その場合、やっぱり犬がいいよね？」

「飼うなら可愛いメスの犬にしろ」

即答した。ユウティにもガールフレンドが必要だ。

「今日はみんなが犬を飼いたがる日だな」

ユウトの独り言に、ロブが「なんだい、それ？」と興味を示した。結婚間近のカップルに会ったことや、夢の中で父親に説教されたことを打ち明けると、「きっと無意識のうちに結婚と自分の家族が結びついて、そんな夢を見たんだよ」と笑われた。

「あとはあれだな。ディックをレティに紹介できていない罪悪感が、父親の説教という形になって現れたのかも」

ロブの推測は一理ある。ディックを連れて義母のレティシアと妹のルピータが住むアリゾナ州ツーソンに行くことは、ユウトが抱えている目下の課題だ。

当初はゲイではなかった自分が男の恋人を紹介したら、レティを悲しませてしまうかもしれないと思い、ずっと言わないでおこうと考えていた。だが去年、ロブとヨシュアの結婚式に参加して気持ちが変化した。生涯を共にしたいと思っている相手を、自分の家族に紹介する。それはごく自然なことだという想いが芽生えたのだ。

ところが思わぬ展開が待っていた。兄のパコに先を越されてしまった。美しいトランスジェンダーに恋をしたパコは、つき合うまではもたもたしていたくせに、晴れて恋人同士になった途端、持ち前の行動力を発揮し、トーニャをツーソンに連れていきレティに紹介した。

聞かされたのは先月のことで、その際、レティが「孫ならユウトが見せてくれるわね」と言っていたと知り、カミングアウトに尻込みする気持ちが湧いてきた。さっきロブが言った、散らかっているのが憂鬱なのに、どうしても掃除ができないでいる状態とそっくりだ。

「死んだ親父に説教されるのは最悪な気分だ。君んちの両親は理解があって羨《うらや》ましいよ」

「うちだって最初から理解があったわけじゃないよ。若い頃は散々、親とは衝突してきた。わかり合えなくて、憎しみすら抱いたこともある」

過去を語るロブの表情は穏やかだった。そうだった。十代の頃のロブは荒れまくっていて、一時は家庭が崩壊しそうになっていたのだ。なんの努力もしていないのに愚痴をこぼしている自分が、ひどく恥ずかしくなった。

「親父には罵られたり、時には殴られたりもしたけど、俺と違ってきっと彼は俺を憎んだことはないはずだ。そこが親と子の違いだね。……まあ実際は確認してないから、俺の勝手な想像なんだけど」

肩をすくめるロブに、「君の想像は間違ってないと思うよ」と言ってやった。


「お帰り、ディック。夕食の準備はばっちりできてるよ」

帰宅したディックはキッチンに立つロブを見て、「うちに出張シェフがいる。わざわざ俺の夕食をつくりに来てくれたのか?」と尋ねた。もちろん冗談だ。

「俺は手伝っただけで全部ユウトの手料理だよ。それにしても、君って男はいつ見てもハンサムだな。ちょっと腹が立つからこの缶ビール、振って渡してやる」

手に持った缶ビールをシェイクするふりをするロブに、ディックは「大人げない先生だ」と苦笑を浮かべた。

「ただいま、ユウト。今日は何をしてた？」

ディックがユウトのそばに来て頬にキスをする。ユウトはスーツ姿のディックを見つめながら、ロブの言うことは正しいと思った。俺の恋人はいつだってハンサムで格好いい。艶やかな金髪に澄んだ青い瞳。たくましい身体。毎日見ているのにいまだに見とれてしまうほどだ。

「ユウティとグリフィス・パークに行って走ってきた」

「いいな。俺も行きたかったよ。ユウティ、よかったな」

ディックは尻尾を振っているユウティを撫でてから、自分の部屋で部屋着に着替えて戻ってきた。テーブルにつき、あらためてロブに「今日はどうしたんだ？」と尋ねた。

「サイン会の打ち合わせがあって、近くまで来たから寄ったんだ。そしたらユウトが食事に誘ってくれてさ。優しい友人を持った俺は幸せだよ。でも幸せだけじゃお腹は満たされないから早く食べよう。ぺこぺこだ」

三人で食事を開始してすぐに、ディックが「このポットローストは最高にうまいな」と料理を褒めた。今日の出来にはユウトも満足しているので、「だろう？」と返した。

「あれも欲しくなる」

「わかった。すぐ焼くよ。ロブもガーリックトーストどう？」

「ありがとう。俺はいいよ」

ディックが好きなメーカーのガーリックトーストは、いつも冷凍庫に入っている。オーブンで焼いて出すと、ロブが「さすがだね」と笑った。

「あれって言われて、何かすぐわかるんだ」

「そりゃあね。一緒に暮らしだして、もうじき二年になるんだし」

「そうだよ。もう二年になるんだから、思い切って来週、アリゾナに行ってくれば？」

ロブの突然の提案に、ユウトは「え」と瞠目《どうもく》した。

「来週は珍しくふたり揃《そろ》って土日が休みだって、昨日言ってたよね？　いいチャンスじゃないか。ディックはどうなんだい？　ユウトの家族に会いたい？」

「もちろん会いたい。でも急ぐ必要はないと思ってる。無理に機会をつくらなくても、こういうことはそのうち相応《ふさわ》しい時が巡ってくる」

優しい言葉はディックなりの気づかいだ。申し訳ないと思った瞬間、ぐずぐずしている自分に腹が立ってきた。時間は無限じゃないし、人生には何が起きるかわからない。もし明日、レティの身に何か起きたら？　もし自分かディックが大怪我でもしたら？

実際、ディックは去年のクリスマスに頭を打って記憶を失い、ユウトのことを忘れてしまった。幸い数日で元に戻ったが、下手をすれば恋人としてのディックを失っているところだった。

父親も元気だったのに突然逝ってしまった。明日も同じ一日が来るとは限らないのだ。ぐずぐずしている場合じゃない。レティとルピータに最愛の相手を紹介しなくては。

とうとうこの問題に決着をつける時が来たのだ。ユウトは自分の尻を叩《たた》くことにした。

「行こう、ディック。次の週末、ツーソンに」

突然、決意したユウトに、ディックは驚いた顔つきになった。

「急にどうしたんだ?」

「ロブの言うようにこれはチャンスだ。だから行こう。いや、俺と一緒に行ってくれないか、ディック。……OKしてくれる?」

ユウトの問いかけにディックは笑みを浮かべ、「当然だろ」と答えた。

「ぜひ一緒に行かせてくれ。レティにちゃんと挨拶したい。許してもらえなくても構わない。俺のお前への気持ちを誠心誠意、伝えるつもりだ」

「ディック……」

「よし、決まったね。ふたりでツーソンに行っておいで。アリゾナは暑いだろうけど、今ならまだアスファルトの上で目玉焼きができるほどじゃない」

ロブはにこにこしながらユウトとディックの顔を交互に見た。その満足げな顔を見て、ユウトはもしかしたらロブは自分の背中を押すために、今日うちに来たのかもしれないと思った。だがそれを尋ねたところで、ロブは「なんのこと?」ととぼけるに違いない。

ユウトはあらためて思った。俺の親友はつくづくお節介で、最高に友達思いのいい奴だ。


「やっぱりスーツを着てくればよかった」

ディックがそんなことを言い出したのは、飛行機がロサンゼルス国際空港を離陸してからだった。ユウトは「その服装で大丈夫だって」と苦笑を浮かべた。今日のディックのスタイルはサックスの七分袖テーラードジャケットに、グレーのTシャツ、下はオフホワイトのチノパンだ。ジャケットの素材はリネンで、涼しげなコーディネートがすっきりと決まっている。

「第一印象は重要だ」

「十分すぎるほどに印象はいいよ」

スーツなんて着ていけば仰々しくなるし、ジーンズにパーカ姿のユウトと釣り合いが取れなくなる。何より見た目が暑苦しい。現地の天気予報では、今日の最高気温は九十度（摂氏三十二度）を超えていた。

普段、ユウトのこと以外では何事にも動じないクールなディックが、落ち着かない様子でそわそわしている。服装なんて気にするディックが可愛くて、ついにやにやしてしまう。

ユウティはロブの家で留守番だ。ロケから帰ってきたヨシュアと一緒に、今朝、ロブが家まで迎えに来てくれた。ユウティはヨシュアに懐いているので、まったく嫌がりもせずロブの車に乗り込み、見送るユウトとディックのほうを振り向きもしなかった。

「ユウトは平気か？　気が重くなってないか？」

気づかうような眼差しを向けられ、「平気だ」と答えた。不思議とツーソンに行く覚悟が決まってからは、嘘みたいに気持ちがすっきりしていた。レティには一緒に住んでいる友人を連れて遊びに行くとだけ伝えている。

十歳の頃から自分を育ててくれたレティには、心から感謝している。だから彼女を悲しませたくないという気持ちが強すぎて、臆病になっていたのだ。失望させてしまうかもしれないが、自分はディックというパートナーを得て、かつてないほど幸せに暮らしていることを知ってもらいたい。話し合ってちゃんと理解してもらいたい。今はそういう前向きな気持ちが胸に漲《みなぎ》っている。

ヨシとレティが再婚したとき、新しい母親と兄ができて戸惑ったし、何より病気で亡くなった実の母親を恋しく思う気持ちがまだ強く、当時はかなり複雑な心境だった。けれど明るく優しいレティと暮らすうち、すぐにユウトはメキシコ人の義母を好きになった。格好いいパコのことも自慢の兄貴だと誇らしく思うようになった。

仕事で多忙なヨシは家を空けがちだったが、レティとパコがいれば寂しくなかった。そのうちルピータも生まれ、一家はますます賑《にぎ》やかになり、大学進学時に実家を離れる際は寂しくて仕方がなかった。

ニューヨークで就職したせいでたまにしかＬＡに帰れなくなり、帰省するたびルピータの成長ぶりに驚かされた。パコもロス市警への就職を機に家を出ていたので、ルピータは寂しがっていたが、その分、両親の深い愛情を一身に受けて育った。

ヨシが交通事故で他界すると、持病を抱えていたレティはアリゾナに住む姉を頼ってツーソンに移り住んだ。

ユウトが最後にツーソンを訪れてから一年以上が過ぎている。仕事の忙しさにかまけてふたりに会いに行かなかったことを申し訳なく思っていた。

「ディック。昨日も話したけど、ルピータはまだ子供だ。もしかしたらお前にひどいことを言うかもしれない」

ブラコンの気があるルピータが、どういう反応を示すのか心配だった。十六歳は多感な年頃だ。兄が男の恋人を連れてくる出来事は、彼女の心になんらかの傷を残しはしないだろうか。

「心配するな。俺なら何を言われても大丈夫だ。ルピータの文句は丸ごと受け止める」

どっしり構えた態度で微笑むディックは、頼もしくて最高に格好よく見えた。キスしたいが隣に人がいるのでできない。代わりにディックの膝に自分の膝を擦るようにして押し当てた。

ディックが応じるようにユウトの手の甲を、そっと指先で撫でてくる。ソフトなタッチが逆に蠱惑的《こわくてき》で、ますますキスしたくなって困った。

飛行機は順調にフライトを終え、正午前にツーソン国際空港へと着陸した。暑いだけでなく空気が乾燥していて、建物から出た途端、焼けつくような日差しに肌が痛くなる。

アリゾナ州南東部に位置するツーソンは、五つの山々に囲まれたアリゾナ州第二の内陸都市で、メキシコとの国境が近くヒスパニックも多く住んでいる。古くはネイティブ・アメリカンやスペイン文化の影響も受けたせいか、エキゾチックな雰囲気のある街だ。

アリゾナ大学があり、学生の街としても知られている。場所にもよるが全般的に治安は悪くない。避寒地としての人気が高く、ゴルフ場もたくさんあり、老後を過ごすために移住してくる高齢者も多いという。

空港で事前に予約していたレンタカーを借り、ユウトの運転でレティの家を目指した。車で三十分ほどの距離だ。

「西部劇に出てくるようなサボテンが、街中に普通にあるんだな」

サングラスをかけたディックが、窓の外を眺めながら言う。道路脇に何本も大きなサボテンが生えている。人が両手を広げているように見えるサワロサボテンは、カリフォルニア州の南東部とアリゾナ州の南部、メキシコのソノラ州にだけ生息している。

「ツーソンはまさに西部劇の街だからな。いくつものドラマや映画がツーソンにある撮影所でつくられてる」

「そうなのか。……景色がだだっ広くて平たいな。全体にすごく平坦な印象を受ける」

ディックの言いたいことはよくわかる。今走っている道路は広々とした片側三車線で、店舗などの建物はどれも平屋で敷地にも余裕がある。それに高いビルがほとんどないので、景色がどこまでも横に広がっている感じがするのだ。

次第に店舗が減って住宅が多くなってきた。走っていた大きな通りを左折すると、右手に緑の平原が現れる。大きな牧場がどこまでも広がっている。ディックが「馬がいる」と言うので、「牛もいるぞ」と教えてやった。

「ここはアリゾナ大学のキャンパスファームらしい。いい場所だろう?」

「最高だな。牧場の向こうには大きな山が見える」

ユウトが「あれはレモン山だ」と教えると、ディックは「毎日でも眺めたい景色だ」と目を細めた。

「レティもそう言ってた。それでここに引っ越したんだって」

喋っているうちに目的地に到着した。通りに面して建つのは、こぢんまりとした平屋の一軒家だ。ここでレティとルピータが暮らしている。パコとユウトは毎月わずかだが仕送りをしているし、レティには亡くなった父親の財産や保険金がかなり入ったはずだが、できるだけルピータに残してやりたいと思っているようで、質素と思えるほどの暮らしぶりだ。

前庭に車を駐めて玄関の前に立つと、チャイムを押す前にドアが開いた。

「ユウト！　お帰りなさいっ」

ルピータが抱きついてきた。タンクトップとショートパンツから伸びる手足は長く、肌は健康的に日焼けしている。ユウトは妹を強く抱き締め「ただいま」と答えた。

「また美人になったな」

ハグを解いてから頰にキスして言ってやると、ルピータは「でしょ？」と白い歯を見せて笑った。お世辞ではなく一年前より大人っぽくなった。黒い艶やかな髪はパーマを当てたのかゆるやかにウェーブして背中に落ち、年齢より大人びた印象を受ける。

幼い頃はアジア人の雰囲気のほうが強かったのに、年齢を重ねるほどレティに似てきて、まるで花が咲くように美しくなってきた。成長を嬉しく思う反面、いつまでも子供のままでいてほしいような想いも湧いてくるが、それは兄の勝手な感傷というものだ。

「この人がルームメイトのディックね」

「ああ。ディック、妹のルピータだ」

ディックは「初めまして、ルピータ。会えて嬉しいよ」と微笑んだ。ルピータは写真で見て知っているはずなのに、実際に見るディックのハンサムぶりに驚いたのか、ぽかんとした表情で「格好いい……」と呟《つぶや》いた。

「今夜はうちに泊まっていくんでしょう？」

「今日はディックがいるし、近くのモーテルに泊まるよ」

「うちでいいじゃない。ゲストルームのベッドはひとつしかないけど、友達同士なら一緒に寝ればいいんだし」

ルピータの言葉に思わずディックと気まずい視線を交わした。事実を打ち明けたあとでは、きっと同じ言葉を言ってくれないだろう。

室内に入るとテーブルに料理を並べていたレティが、「お帰りなさい。ユウト」と両手を広げた。近づいて小柄な身体を抱き締め、ただいまのキスをする。いつ見てもレティの穏やかな笑顔には、言葉にしがたい安堵感を覚える。

レティはジーンズに白いサマーセーターという格好で、髪は後ろでひとつに束ねていた。若い頃から美人だったが、五十二歳になった今もレティは美しい。目尻のしわやこめかみの白髪が目立つようになってきたとしても、そんな些末《さまつ》な変化に彼女の魅力は損なわれない。

「ポジョデモーレだ。嬉しいよ。食べたかったんだ」

「もちろんつくるに決まってるじゃない。あなたの大好物だもの」

ポジョデモーレは鶏肉の赤ワインとチョコレート煮込みで、カカオのコクとスパイスの利いたモーレというソースが、ジューシーな鶏肉に絡んで最高にうまい料理だ。ただしつくる人によって味がさまざまで、ユウトはレティのつくるモーレが一番好きだった。言うなればお袋の味というやつだ。

「仕事が忙しいって言ってたけど、元気そうで安心したわ。彼がディックね。いらっしゃい、ディック。会えて嬉しいわ」

レティはディックともハグし、「お昼ご飯、まだでしょう？　たくさんつくったから食べてちょうだい」とふたりを椅子に座らせた。

家族だけで話すときはスペイン語をよく使うが、今日はディックがいるので英語で会話した。

「最近、体調はどう？」

「おかげさまですごくいいわ。ここの気候が身体に合ってるのね。仕事も少し前からフルタイムで働いているのよ」

レティは持病があって薬が手放せない身体だ。無理したりストレスが溜まると体調が悪くなり、昔は月に数日は寝込んでいた。

「建設会社で事務の仕事をしているの。みんないい人で楽しい職場よ」

レティがディックに話しかける。ディックは「職場が楽しいのは何よりです」と頷《うなず》いた。

「ディックは警備会社で働いているって聞いたけど、危なくはないの？」

「最近は内勤の仕事が主で警護の仕事はあまりしていませんが、現場に出れば危険な場面に遭遇することもあります。でも普段から鍛えているから大丈夫です。……このタコス、最高にうまいです」

レティは「たくさん食べてね」と微笑み、黙って食べているルピータに視線を向けた。

「大好きなユウトがやっと来てくれたのに、今日は随分と無口ね」

「だってディックがハンサムすぎて緊張しちゃう」

あながち冗談でもないような口調だった。年頃の女の子にとってディックのような男性は、少し刺激が強すぎるのかもしれない。

「先月はパコがトーニャを連れてきてくれて、とても楽しかったわ。トーニャはユウトの友達なんですってね」

「うん。すごく素敵な人で俺も大好きなんだ。本当にいい人だよ。……だけど、ショックじゃなかった？　トーニャは見た目は完全に女性だけど、性別は男性だ」

率直な気持ちを知りたくて質問した。レティはおどけるように目を見開いて、「そりゃあ驚いたわよ」と笑った。

「トーニャは文句のつけようのない素敵な子だけど、親としてはやっぱり女性と結婚して家庭を持ってほしいと思ってしまうものだしね。でもパコは本当にトーニャを愛しているんだってわかったから、何も言えなかった。あの子の人生はあの子のものよ。私はパコが幸せな人生を送ってくれることを願うだけ」

レティは優しい人だが躾《しつ》けには厳しかった。子供の頃はユウトもパコも、時には理不尽だと思えるほど叱られたこともある。だが成長してからはふたりの意思を尊重して自由にさせてくれた。親だからこそ言いたいことはあるだろうに、対等なひとりの人間として向き合ってくれている。

「トーニャって整形もしていないのに、どうしてあんなに美人なんだろ。それにすごくお洒落《しゃれ》だし、何より優しくて憧れちゃうな」

ルピータが熱っぽい声で言った。聞けば今着ているタンクトップは、トーニャからもらったお下がりらしい。トーニャのルピータ買収作戦は着々と進行中のようだ。

「私、ＬＡの大学に行きたいの。そのときはユウトの家の近所に住みたいな」

「お前はてっきりアリゾナ大に進学するんだと思ってたよ」

ユウトが言うと、「家の近くの大学なんて嫌よ」と唇を尖《とが》らせた。

「それにツーソンなんて田舎でうんざりする。ＬＡに帰りたい」

「ツーソンは大きな街だ。ツーソンモールに行けばなんでも揃うし、ウォルマートもサムズクラブもターゲットもある。それにイナナウトバーガーも」

ルピータはうんざりしたような表情で「そんなのチェーン店なんだから、どこにでもあるじゃない」と首を振った。ＬＡ育ちのルピータにとって、ツーソンは退屈な街なのだろう。

久しぶりにレティの美味しい手料理をたらふく食べた。幸せな気分だったが食後のコーヒーを飲んでいたら、急に緊張してきた。とうとう事実を告げる時が来たのだ。

「ユウト。あなた、電話で話したいことがあるとか言ってなかった？」

心の中を読まれたようなタイミングだった。ディックを見ると小さく頷いた。ユウトは意を決して口を開いた。

「今日はすごく大事なことを話したくて来たんだ」

「まさか結婚するとか？　それはないよね。恋人はずっといないって言ってたし」

ダイエットコークを飲んでいたルピータが、怖い顔で割り込んできた。

「結婚はしない。でも恋人がいないっていうのは嘘だ。二年前から俺には恋人がいる」

「まあ、だったら教えてくれたらよかったのに」

「ひどいっ。騙《だま》してたのっ？」

喜ぶレティと怒るルピータ。どっちの顔も正視できない。

「ごめん。事情があって言えなかった。事実を知ればふたりが悲しむかもしれないと思って、打ち明けられなかった。でも俺は恋人のことを心から愛してる。だから俺の家族に紹介したいと思って、今日ここに連れてきたんだ」

レティは驚いて「どこにいるの？　まさか車に待たせてるなんて言わないでしょ？」と見当外れのことを言った。ルピータはハッとしたようにディックを見て、「嘘でしょ？」と呟いた。

「ユウトの恋人って、もしかしてディックなの……？」

「そうだ。彼とつき合ってる。ディックはルームシェアしている友人じゃなく、一緒に住んでいる恋人なんだ。今まで嘘をついていてごめん」

レティはぽかんとしている。にわかには信じられない様子だ。

「どういうことなの……？　あなたゲイじゃなかったでしょ？　学生の頃からガールフレンドも何人かいたじゃない。こんなこと言ったらあれだけど、勘違いってことはないの？」

「レティ、勘違いなんかじゃない。俺にはディックが必要なんだ。一生を共にしたいと心から思ってる。二年近く一緒に暮らしてきたけど、その気持ちは今のほうが強くなってる」

ディックがレティに向かって、「ご挨拶が遅れてすみませんでした」と謝罪した。

「黙っていたユウトを責めないでください。ユウトは事実を打ち明けることで、ふたりを傷つけてしまうかもしれないと、ずっと不安に思っていたんです。あなたを悲しませたり失望させたりしたくなかった」

ディックの言葉にレティは首を振り、「失望なんかしないわ」と答えた。

「パコもユウトも私の自慢の息子よ。何があっても私は息子たちを信じているし愛してる」

その言葉に安堵した。だがまだ事実を受け止めきれないのか、レティは物言いたげな表情を浮かべている。息子ふたりが立て続けに一般的ではない恋人を連れてきたのだから、困惑するのは当然だ。

祈るような気持ちで願った。自分の育て方が悪かったと思ってほしくない。それだけは嫌だった。レティは素晴らしい母親だ。

どう言葉を続けようかと考えていると、ルピータが勢いよく立ち上がった。

「ユウトは絶対にゲイじゃないっ。あんたなんかユウトに相応しくないんだから！」

ディックを見つめるルピータの黒い瞳は、怒りに燃え上がっていた。

「ルピータ、ディックに当たらないでくれ」

「いいんだ、ユウト。俺は確かにお前に相応しくない。それは自分が一番よくわかってる」

ディックは自分をにらみつけているルピータを、穏やかな目で見上げた。

「俺は人生のどん底でユウトに出会い、そして救われた。俺の人生で一番の幸運は、ユウトに出会えたことだと断言できる。君の兄さんは素晴らしい人だ。俺なんかが人生を共にしていい男じゃないとわかってる。だけどどうしても一緒にいたい。ユウトと生きていきたいんだ。君がユウトを大事に思う気持ちもよくわかる。俺なんかに渡したくないだろう。でもお願いだ。許してほしい。俺にはユウトが必要なんだ」

ディックはひたむきに訴えたが、ルピータは無言でリビングルームを飛び出していった。奥のほうから乱暴にドアを閉める音が聞こえたので、自分の部屋に行ったようだ。

「ルピータとふたりきりで話してくるよ」

ユウトが立ち上がると、ディックは「ゆっくり話してこい」と言ってくれた。

ルピータの部屋のドアをノックする。返事はなかったが、「入るぞ」と告げてドアを開けた。

ルピータはベッドの上でクッションを抱き締め、足を投げ出して座っていた。

壁にはたくさんの写真が貼られている。友達と撮ったものが多いが、家族との写真もあった。赤ちゃんのルピータを抱いているヨシ。ユウトとパコに手を繋がれ、真ん中で笑う三歳くらいのルピータ。去年、レモン山までドライブしたとき、レティが撮ってくれたユウトとルピータ。家族のいろんな光景がそこにある。

ユウトはルピータが小さい頃に家を出てしまったので、彼女の成長過程を間近で見ていない。それでも兄妹として仲がいいのはルピータのおかげだ。滅多に帰ってこない年の離れた兄に対し、ルピータはよそよそしい態度を見せず、いつも無邪気な笑顔で慕ってくれた。

「俺がゲイだったことでお前を傷つけたなら謝るよ。すまない、ルピータ」

「ユウトはゲイじゃない。ディックに誘惑されて進む道を間違っただけよ」

赤い目でクッションを強く抱き締めるルピータを見ていると胸が切なく痛み、ディックを悪く言われても怒る気にならない。

「ディックのせいじゃない。俺が自分で考えて決めたことだ。俺はディックと生きていく」

「きっと後悔する。ユウトなら素敵な女の人とつき合えるじゃない。結婚して可愛い子供もできて、すごくいいパパになる。私、そういうユウトが見たかった。ユウトは私の自慢のお兄ちゃんだったのよ。これからも変わらないユウトでいてほしい。……ねえ、まだ引き返せるわ。あの人と別れて。彼女ができても、もう二度と意地悪を言ったりしないから、ユウトを幸せにしてくれる女の人とつき合ってよ……っ」

ルピータはクッションに顔を埋めて、子供のように泣き出した。ユウトはベッドに腰を下ろし、ルピータの頭を撫でた。

「自慢の兄貴でいられなくて本当にすまない。悲しむお前を見ているのはすごく辛《つら》い。でも俺はディックと別れない。彼を心から愛しているんだ。俺はディックを愛している自分を誇りに思ってるし、何ひとつ恥じてない。ディックは俺にとって家族も同然だ。だからレティとルピータにどうしても紹介したかった。ふたりは俺の大事な人たちだから」

ルピータはしばらく黙っていたが、鼻をすすりながら顔を上げた。涙で濡《ぬ》れた頬を指先でぬぐってやると、「どうしてディックがいいの？」と質問を投げかけてきた。

「格好いいから？」

「確かにディックは格好いい。でもそれは魅力のひとつであって、ディックのすべてじゃない。外見だけに惹《ひ》かれたところで関係は長続きしないよ」

「だったらどうして？　どこに惹かれたの？」

どうしても納得がいかないらしい。ユウトは膝の上で手を組み、言葉を探した。

「どうしてかな。自分でも理由なんてよくわからない。いつの間にか惹かれていたんだ。俺はゲイじゃないから、ディックへの恋愛感情は思い違いかもしれないって何度も疑った。でもどう足掻《あが》いても彼が好きだっていう感情は、俺の心の中から消えてくれなかった。ディックも俺を心から大事に思ってくれている。お互いに他の誰かじゃ駄目なんだ。だから一緒にいるのがすごく自然で……。ゲイは気持ち悪い？　異常な人間？」

ルピータの本心が知りたくて尋ねた。もし嫌悪感が強いなら、あまり赤裸々に話すのはやめたほうがいいと思った。

「そんなことは思ってないよ。私、差別主義者じゃないもん。ゲイの同級生だっているし。……

でもユウトがゲイなのはショック。それを黙っていたことも腹が立つ。裏切られたみたいですごく悔しい」

また感情が高ぶってきたのか、眉間に深いしわが寄る。繊細な年頃だ。理解してくれと訴えすぎるのは逆効果かもしれない。

「今まで黙っていてすまない。難しい問題だから、すぐ受け入れてくれとか認めてくれとか言うつもりはない。今回はディックをふたりに紹介できただけで十分だ。それから、お前が俺を嫌いになっても、俺はお前を愛してる。お前は俺にとって大切な可愛い妹だ。その気持ちは死ぬまで変わらない」

俯《うつむ》いているルピータの頭を軽く撫で、ユウトは部屋を出た。

リビングに戻ると、レティとディックはなごやかに話をしていた。

「ルピータの様子はどう？」

「話は聞いてくれたけどまだ怒ってる。ルピータに泣かれるのは堪《こた》えるよ」

レティは立ち上がってユウトに新しいコーヒーを入れてくれた。

「あの子はあなたが大好きだからね。でも心配ないわ。いずれ時間が解決してくれる」

慈愛に満ちた笑みを浮かべるレティを見て、この人の息子でよかったと心底思った。大好きな人だからこそ、ずっといい息子でいたかった。何よりも失望されるのが怖かった。でもそんなことは杞憂《きゆう》だった。やはりレティは強い人だ。複雑な気持ちはあるだろうに、そんな感情は呑《の》み込んで優しく励ましてくれる。

「ありがとう。……レティにもごめん。俺、孫の顔は見せられないよ」

真摯に謝ったのに、レティは「嫌だ」と噴き出した。

「そんなことで謝られるなんて思ってもみなかった」

「だってパコに言ったんだろう？　孫なら俺が見せてくれるって」

「そんなこと言ったかしら？　よく覚えてないわ。きっとパコの気持ちを楽にしてあげたくて、つい言っちゃったのね。正直言うと、別に孫なんてどうでもいいのよ。そりゃあ、生まれてくればすごく可愛いでしょうけど、今はいないじゃない？　存在していない子供のことを、あれこれ言ったってねえ？」

おおらかに笑うレティに思わず「よかった」と言ってしまった。肩の荷が下りた気分だ。

「ヨシが生きていたら大騒動だったでしょうね。あの人、昔気質《かたぎ》の人だったから。パコもユウトも揃って勘当を言い渡されたかも」

「可能性はあるね。親父は頭が固くて、男は男らしく女は女らしくってタイプだったから。子供の頃、よく男らしくしろって叱られたよ。いつだったか悪ガキに苛《いじ》められて泣いて帰ったら、相手に一発くらわしてこい、できるまで家には入れないって外に放り出されたことがあった」

ディックが隣で「初耳だ」と笑った。

「ユウトの親父さんはそういう人だったのか」

「見た目は真面目そうな線の細い日本人なのに、中身はメキシコ人みたいな人だったわ。でも努力家でまっすぐな人だった。再婚した頃、パコは思春期真っ盛りの反抗期で、最初はものすごくヨシに反発していたのよ。あるとき、些細な喧嘩でパコが私を突き飛ばしたの。私、勢いで転んじゃってね。そしたらあの人、母親に手を出す奴は許さないって、パコを殴ったわ。暴力はいけないことだけど、パコはそれがあってユウトのお父さんを尊敬するようになった」

「素敵な話ですね。聞いているとユウトのお父さんは、ユウトよりパコと似ているかも」

「そうなのよ。血の繋がりはないのに似たもの親子だったわ。不思議ね。ディックの家族はどこにいるの？」

「ディックには家族がいないんだ」

ユウトが答えた。家族の懐かしい思い出話を聞いたあとに、孤児だと言わなくてはいけないディックの胸の内を思いやってのことだった。だがディックはいいんだと言うように、微笑んでユウトの膝に手を置いた。

「俺は孤児なんです。子供の頃に両親が事故で亡くなり、引き取ってくれる身内もいなくて施設で育ちました」

「まあ、そうだったの。辛い経験をしたのね」

「今はユウトがいてくれるから幸せです。……忘れてた。ユウティもいます」

レティは「ああ、あの子ね。可愛い犬」と頷いた。何度か携帯で写真を送っているので、ユウティのことは知っている。

「うちもルピータのために犬を飼おうかしら。昨日もボーイフレンドと喧嘩したみたいで、ふさぎ込んでいたのよ。このところ情緒不安定で大変。そういう年頃なのはわかるけど——」

「ボーイフレンドがいるのっ？　俺は聞いてないよ。どんな奴？」

驚いて問いただしてしまった。レティは「すごくいい子よ」とのんびり答えた。

「コリンっていうの。中学も高校も同じで近所に住んでて、よくうちにも来てくれるわ」

「ボーイフレンドはまだ早いだろ。ふたりきりにしないほうがいい」

ディックが「別に早くないだろ」と茶々を入れた。いいや、早い。恋人なんて、まだまだ必要ない。内心でそう思ったが、さすがに口に出して言えなかった。

「あなたたち、モーテルを探すって言ってたけど、うちに泊まりなさいよ」

「でもルピータが嫌がる」

「ショックを受けたとしても、それはそれ、これはこれよ。ここは私の家。私がいいって言っているんだから気にしないの。荷物、車に置いてるんでしょ？　部屋に持っていきなさい。そのあとはふたりで食器を洗ってちょうだい」

レティの言葉には逆らえず、ふたりは先生に指示された生徒のように立ち上がった。


午後からディックと観光に出かけた。ルピータは部屋に閉じこもって出てこなかったが、レティが「気にしないで行ってらっしゃい」とふたりを送り出してくれた。

「レティは素敵な人だな」

走り出してしばらくしてから、ハンドルを握ったディックが言った。

「うん。俺もあらためてそう感じた。内心ではいろいろ思ってるはずなのに、あえて言わないでいてくれる。彼女は心が強いんだ。とにかくレティが許してくれてほっとしたよ。今、心が晴れ晴れしている。まるでこの空みたいに」

　頭上には、抜けるようなアリゾナの青空が広がっている。

「お前の心が晴れやかになって俺も嬉しいよ。あとはルピータだな。帰るまでに、お前に笑顔を見せてくれたらいいんだけど」

　ユウトが「あいつ、親父に似て頑固だからなぁ」とぼやくと、ディックは「ふたりの兄貴にも似たんだろ。ユウトもパコも揃って頑固だ」と笑った。

「意志が強いと言ってくれ。……そういえばふたりきりのとき、レティと何を話したんだ？」

「ユウトは我慢強い子だから、大丈夫とか平気だって言葉を鵜呑《うの》みにしないでねって言われたよ。言葉じゃなく、しっかり目を見てあげて。そしたら本当の気持ちがわかる。自分から弱音を吐けない子だから、できるだけ察してあげてほしい。そんなふうなことも言ってくれた」

　不意に泣きそうになり、思わず窓の外を見た。ディックはユウトの涙に気づかないふりをしてくれた。

「前から思っていたんだが、お前は自分から家族の話をあまりしないよな。もしかして俺に気をつかってくれていたのか？」

　ディックの問いかけに「別にそういうわけじゃないよ」と答えたが、その推察は当たっていた。家族のいない孤独なディックに自分の家族の話をするのは、自慢みたいで気が引けた。ユウトも母親を亡くしたあと、友達が自分の母親のことを貶しても自慢しても、嫌な具合に胸が重苦しくなった。子供の頃の自分と今のディックを同じように考えるのは間違っているかもしれないし、ディックはまったく気にしないかもしれないが、家族のいない寂しさは本人にしかわからない。

「お前は嘘をつくのが下手だな。……なあ、ユウト。俺はお前の家族の話を聞くのは好きだ。家族の話をしているお前を見るのも好きだ。だからこれからはなんでも聞かせてくれ。懐かしい思い出や家族に対する気持ちを、俺にも分けてほしい」

ディックの温かい気持ちが嬉しくて、頷くだけで精一杯だった。


出発してから四十分ほどで、砂漠地帯に生息する動植物を集めたソノラ砂漠博物館に到着した。サワロ国立公園内にある観光の名所で、ユウトはレティたちと来たことがある。見応えのあるミュージアムだからディックをぜひとも案内したかった。

屋外型の動植物園を歩いて回るのは暑くて大変だったが、水飲み場が至る所にあるので助かった。ミーアキャット、マウンテンライオン、オオカミ、コヨーテ、ビッグホーン、ブラックベア、ガラガラヘビなど珍しい動物がたくさんいて、爬虫《はちゅう》類《るい》や魚類の水族館、小さな鍾乳洞などもある。すべては回りきれなかったが、二時間ほどの滞在で切り上げた。もう一カ所、ディックを連れていきたい場所があるからだ。

車に乗ってしばらく走り、脇道に逸れて小さな広場で車を駐めた。トレイルコースへの入り口だ。ふたりとも持参したトレイルランニングシューズに履き替え、未舗装のダート道を歩き始めた。夕方になって気温は下がっているが、まだ日差しはきつい。目的地まで距離はそれほどないのだが、勾配がきつくなってくるつづら折りの山道では、さすがに息が上がった。

「こんなでかいサボテンは初めて見た」

ディックが足を止め、五十フィート（十五メートル）以上はあるサワロサボテンを見上げた。片方の枝は上を向き、反対側の枝は前に出てカーブしている。女性を支えて踊る社交ダンスの踊り手のようだ。

「あの腕みたいな枝が出るまでに、五十年以上はかかるんだって。これくらいの大きさだと百年は超えてるかも。サワロサボテンの平均寿命は百五十年から百七十五年くらいで、中には二百年以上生きるものもあるらしい」

レティから仕入れた知識を披露すると、ディックはしきりに「すごいな」と感心していた。確かにすごいと思う。こんなほとんど雨も降らない乾ききった砂漠で、彼らは百年以上も粛々と生き続けるのだから。

二十分ほどで目的地に到着した。トレイルコースから外れて急勾配の山肌を登っていくと、開けた場所に出た。山の尾根だ。

「すごい……」

ディックは呟いたきり絶句している。ユウトも初めてここに来たとき、言葉が出なかった。サボテンや灌木《かんぼく》が点在する砂漠が、見渡す限りどこまでも広がっている。はるか彼方には地平線のように続く山並みが見える。あまりに広大すぎて目眩《めまい》がしそうなほどだ。

車を降りて少し歩いただけでこんな広大な景色が見られてしまうのは、アリゾナならではの自然の恩恵だ。人が暮らす都市と砂漠気候の大自然が、隣合わせに存在している。

サボテンの日陰で水を飲んで休んでいると、日が落ちてきた。青かった空が赤く染まっていく。青と赤と紫の入り交じる空は、胸が震えるほど美しかった。

林立する巨大なサボテンたちが黒いシルエットになっていき、まるで異世界に連れてこられたような気分を味わう。太陽が沈み夜がやってくる。大自然の中で人はあまりにちっぽけすぎて、魂ごと呑み込まれそうだ。でもディックが一緒にいるから怖くない。

沈んでいく燃えるような夕日を眺めていると、ディックが肩を抱いてきた。ユウトもディックの腰に腕を回す。

「今まで見た中で一番美しい夕日だ。連れてきてくれてありがとう」

ディックはユウトを抱き寄せ、髪にキスをした。

「この前はレティたちと一緒だったから、明るいうちに戻ったんだ。いつかディックと来られたら、絶対にここで夕日を見たいと思った。願いが叶ったよ。だから俺からもありがとう」

誰もいないのをいいことに、ディックの後頭部に手を添えてキスをねだった。唇が重なり、ふたりの影がひとつになる。甘い口づけのあとでディックが「考えていたんだ」と囁《ささや》いた。

「もしもレティが俺たちの関係を認めてくれず、お前たち家族の関係が壊れてしまったら、俺はどうしたらいいんだろう。俺には一体何ができるのかって、ずっと考えていた」

思いもしない告白に驚いた。そんな気持ちでいたことを、ディックはこれまで一度も口にしなかったので気づきもしなかった。

「俺のために悩んでくれてありがとう。それで答えは出た?」

ディックは「出たよ」と優しく微笑んだ。夕日を受けたディックの髪は、不思議なきらめきを帯びていた。

「俺にしかできないことをしようと思った」

「お前にしか？　それは何？」

レティにプレゼントを贈る。心のこもった手紙を書く。頭の片隅であれこれ想像しながら答えを待っていると、ディックはユウトの頬を右手でそっと撫でた。

「死ぬまでお前を愛し抜く。それが俺にできる唯一のことだ。誰に何を言われても、お前の大事な家族を悲しませることになっても、俺はお前を愛する。お前が幸せな人生を送れるよう、どんなときも隣にいて支えて、命がけで守っていく」

「ディック……」

「いつも思っていることだから、今さら言うような話でもないんだけどな」

照れ臭そうに笑うディックが愛おしくて、首に腕を回してきつく抱き締めた。

「嬉しいよ。すごく嬉しい……」

ぴったりと身体を寄せ合いながら、沈みゆく夕日を見つめた。いつまでもふたりでここに立っていたかったが、真っ暗になると帰りが危ない。ふたりは名残惜しい気分で美しい夕暮れ空に別れを告げ、手を繋いで来た道を戻った。

車を駐めた場所まで戻った頃には、すっかり暗くなっていた。

「夜になると急に寒くなるな」

後部座席に置いていたパーカを取ろうとドアを開けたら、ディックが「そのまま後ろに座ってくれ」と言い出した。わけがわからないまま車に乗り込むと、ディックも入ってきた。

「誰が運転するんだ？」

「もちろん俺がする。でもあとでな。もう少しここにいよう」

頬を撫でてくる手つきでわかる。さっきのロマンチックな気分がまだ残っているのだ。ディックはユウトの耳に唇を押しつけ、「キスしてもいいか?」と囁いた。腰に響く低音だった。

「こんなところで?」

非難するような口調はただのポーズだ。ユウトもさっきのキスでは全然足りていない。

「レティの家では抱き合えない。触れ合えるのは今だけだ。たまには羽目を外そう。なあ、いいだろう?」

懇願するような言い方だった。ユウトはくすくす笑って「誰か来るかも」と意地悪を言ってやった。

「日が沈んでから山を歩く物好きはいない。ここにはもう誰も来ないさ。もし来たとしても車のライトですぐわかる」

背中に回された手が熱っぽく肌を撫でてくる。ディックは鼻先でユウトの頬を愛撫《あいぶ》し、「たまらなくお前が欲しいんだ」と訴えた。そのひと言でユウトの官能にもスイッチが入ってしまった。駄目だと思っているのに口が勝手に動き、「俺も」と答えていた。

熱い唇が激しく重なってきた。夢中で受け止めながら、ディックの髪をくしゃくしゃにかき乱す。服のこすれ合う衣擦れの音と互いの息づかいだけが車内に満ちている。

ネッキングだけではすぐに我慢できなくなったのか、ディックはユウトのTシャツをまくり上げ、胸や腹にキスをしながらジーンズの前を開いた。形を変えたユウトのペニスは、窮屈そうに下着を押し上げている。ディックは中に手を入れ、ユウトのものを優しく握った。それだけで声が出そうになり、咄嗟《とっさ》に唇を強く引き結んだ。

ディックの手が徐々に激しく動きだす。快感に息を乱していると「脱げるか？」と聞かれた。ためらいはあったがここで止められるはずもなく、ユウトは狭い車の中でどうにかジーンズと下着を足から引き抜いた。ディックは上体を倒し、ユウトの股間に顔を埋めた。

慌てて「駄目だ、汚い。それはしなくていい」と頭を押したが、ディックはユウトの抵抗など物ともせずブロージョブを開始した。

ユウトの感じるポイントを知り尽くした唇が、甘く激しく責め立ててくる。なめらかな舌が紡ぐ身悶《みもだ》えるような気持ちよさ。ユウトはたまらなくなってウインドウに額を押し当てた。先端に軽く歯を立てられ、仰《の》け反《ぞ》った拍子にそれが目に飛び込んできた。

星だ。ものすごい数の星が夜空を埋めつくしている。

「ディック、星が、すごい……」

息を乱しながら教えたが、ディックは今は星なんてどうでもいいというように、愛撫を続けた。強く吸いながら唇で深く扱かれると、こらえきれない射精感に襲われた。

「ん、ディック……、いい、よすぎて駄目だ、はぁ、ん、もう……っ」

身体の奥から噴き上げてくるマグマのような快感に包まれ、耐えきれず目を閉じた。解放の瞬間、閉じた瞼《まぶた》の裏側に無数の星が瞬いて見えた。

ユウトは息を乱しながらドアを開け、よろめくように外に出た。ディックが驚いたように追いかけて出てくる。

「どうした？　気分でも悪いのか？」

「中は狭すぎる。外でやろう」

木々やサボテンの向こうにある道路では、時折、車のヘッドライトがちらついているが、ディックの言ったとおり、こんな真っ暗な山道の脇道に入ってくる物好きはいない。

「お前は嫌か？」

ユウトはボンネットに寝そべってディックを見上げた。

「嫌なわけないだろう。最高に嬉しい。そういう誘いは大歓迎だ。だけど急にどうした？　いつも慎重なお前が珍しい」

「星のせいだ。星が俺をおかしくした」

ディックは頭上を見上げ、「なるほど」と頷いた。

「こんなすごい星空の下じゃ、おかしくなってもしょうがないな」

言いながらユウトの膝を開かせると、ディックは自分のペニスを握って窄《すぼ》まりに押し当てた。ローション代わりに先走りを塗りつけてから、ゆっくりと中に入ってくる。

自分の内側がディックでいっぱいに満たされる感覚に酔いしれながら、ユウトは微笑んだ。暗すぎて表情まで見えないだろうと思ったのに、ディックはユウトの腿を撫でながら「楽しそうだな」と囁いた。

「ああ。開放的な気分に包まれてすごく楽しい。お前は？」

「俺？　俺はいつだって楽しい。お前が一緒にいてくれるだけで、毎日が最高だ」

ディックがボンネットに肘をついて覆い被さってきた。たくましいストロークに車が揺れている。夢中で自分を貪っているディックが可愛くて胸が苦しい。広い背中に両腕を回し、しっかりと抱き締める。

「ディック、愛してる……」

「俺もだ」

譫言《うわごと》のような囁きにも確かな言葉が返ってくる。それがたまらなく嬉しい。世界はこんなにも広く、星の数ほど人間はたくさんいるけれど、こうやって命を分かち合うように深く愛し合える相手はディックだけだ。ディックしかいない。

「……ああ、ユウト。お前は素晴らしい。何もかもが最高だ。どうしていいのかわからないほど、お前を愛してる」

感極まったような声を漏らし、ディックが深く貫いてくる。愛おしいディックの欲望を内側に熱く感じながら、ユウトは恍惚《こうこつ》となりながら夜空を見上げた。

ディックの肩越しに満天の星空が広がっている。こんな美しい夜の中でディックに抱かれている。現実感がなく、美しい夢の中にいるようだ。

――ディック、もっと奥まで来てくれ。お前を感じたいんだ。もっと強く、激しく、魂まで混じり合うほど、お前と熱く交わりたい。俺にお前のすべてを抱かせてくれ。

やけに気分が高揚していた。自然の中でセックスしているからではないだろうが、野性的とも思える気分が漲ってくる。相手に嚙《か》みつきながら睦《むつ》み合う狼《おおかみ》にでもなった気分だ。

興奮のままにディックの肩に歯を立てた。ディックが「もっと嚙めよ」とそそのかしてくる。上腕を嚙み、前腕を嚙み、ディックが押し当ててきた親指を嚙んだ。最後はかなり強く嚙んだのに、ディックは痛がりもせず楽しげに笑った。

お返しだと言うようにディックの律動が激しくなった。あっという間に追い詰められ、まともな思考が吹き飛んでしまう。

「ディック、達《い》きそうだ…。もっと、強くしてくれ……。駄目だ、もう、ん……っ」

強い快感に襲われ、開いた唇からは途切れ途切れの言葉しか出なくなる。いつもはその瞬間、必ず目を閉じてしまうのに、なぜかそうできなかった。

ディックの腕の中で絶頂に達しながら、ユウトは星空を見つめ続ける。恐ろしいまでに美しい光景から、どうしても目が離せなかった。

ディックとひとつに溶け合いながら、瞬く星々の海の中へと落ちていく。

深く深く、どこまでも落ちていく。

生も死も超えたはるか彼方にある、遠いどこかへと——。


レティの家に帰ると「ふたりともやけに汚れてるわね」と言われ、内心でドキッとした。砂っぽいボンネットの上でセックスしたと言えるはずもなく、山に登ったからだと言い訳すると、「そんな格好でテーブルにつかないでちょうだい。さっさとシャワーを浴びてきなさい」と浴室に追いやられた。

ルピータはむっつりしながらも、一緒にテーブルを囲んでくれた。ユウトとディックがいない間に、レティが何か話してくれたのかもしれない。

最初は会話に加わってこなかったが、ディックがレティに聞かれるまま軍隊時代の経験を面白おかしく話していると、「嘘でしょ?」とか「そんなの怖すぎる」とか短い言葉で反応を示し始めた。

ディックは穴蔵から顔を覗《のぞ》かせた子リスをおびき出すように、「そのとき、俺がどうしたかわかる？」「まさかの事態になったんだ。なんだと思う？」などとルピータに何度も質問を投げかけ、ルピータはクイズに挑戦する回答者のように答えを口にした。

「すごい、そのとおりだ。よくわかったね。ルピータは勘がいい」

お世辞に聞こえない程度に褒めてやるのも忘れない。ディックはなかなかの策士だった。次第にルピータもカミングアウトする前のような態度で、ディックと話すようになってきた。だが時折、我に返るのか急にツンとする。ディックとルピータは目に見えない綱引きでもしているようだった。

「私、もう部屋に戻る」

怒っているのにディックと話をしすぎたと思ったのか、ルピータは立ち上がった。

「ルピータ。俺たちは明日の夕方の飛行機で帰る。それまで時間があるから、ショッピングモールでも行かないか。服でも靴でもなんでもいいから、お前の好きなものを買ってやるよ」

「物で釣るつもり？」

つるんとした額にしわが寄る。そういう気持ちも少しだけあったが、「人聞きの悪いことを言うなよ」と誤魔化した。

「普段、一緒に買い物とか行けないから、会えたときくらい兄貴らしいことがしたいんだよ。買い物して、食事もしよう」

「いいじゃない。連れていってもらいなさいよ。うんとユウトに甘えてきなさいな」

レティが助け船を出してくれたが、ルピータはディックをちらっと見て「ディックも一緒なの？」と質問した。

「俺は家で待ってるから、ユウトとふたりきりで楽しんでおいで」

ディックはそう言ったが、ユウトは「いいや、三人で行く」と答えた。ルピータはムッとした顔つきになり、「勝手にすれば」と言っていなくなった。

「あの子ならもう大丈夫よ。意地を張ってるだけ」

レティが思い出し笑いを浮かべたので、「何があったの？」と尋ねた。

「ふたりがいない間にいろいろ話したのよ。最終的にはディックとユウトの関係を受け入れるって約束させたから。まあ、渋々って感じだったけどね」

「本当に？　どうやって説得したの？」

ユウトのグラスにワインを注ぎながら、レティは「説得なんかしてないわ」と笑った。

「あの子は意地っ張りだから、ご機嫌を取ってるだけじゃ駄目なのよ。ふたりの関係を認めないのはお前の勝手だけど、そしたらユウトはもう二度とこの家に来ないかもしれない、それでもいいのかって脅してやったわ。逆にお前が受け入れるなら、きっとこれからはふたりでちょくちょく遊びに来てくれる、どっちがいい？　って聞いたら、遊びに来るほうがいいって答えた。だったらディックとも仲良くしなさいって言ってやった」

「さすがはルピータのママですね。扱い方がよくわかってる」

ディックの言葉にレティは「当然よ」とウインクした。

「そういうわけだから、もっと遊びに来ないと駄目よ。もちろんディックも一緒にね。……ねえ、ディック。これからは私とルピータを自分の家族だと思ってちょうだい」

ディックは驚いたようにレティを見つめた。

「いいんですか？　今日初めて会った相手なのに」

「会うのは初めてだけど、あなたのことは前から聞いて知っていたわ。それに何よりユウトの最愛の人だもの。ユウトの大事な人は、私たちにとっても大事な人よ」

ディックは「ありがとうございます」と答え、ユウトを見た。ユウトは頷いてディックの手を握った。ディックの青い瞳はかすかに潤んでいるように見えた。


夜、トイレに行きたくなって目が覚めたユウトは、部屋に戻る際、リビングの明かりに気づいた。覗いてみるとレティがソファーに座って何かを読んでいた。

「まだ起きてるの？」

隣に腰を下ろして手元を覗き込む。古びた分厚い日記帳だった。筆跡に見覚えがある。

「それ、もしかして親父の？」

「ええ。ヨシが生前つけていた日記帳よ。これは私と再婚する前のもので、結婚するときに渡されたの。ヨシは言ったわ。君と出会う前の自分のこと、亡くなった奥さんのこと、ユウトの成長が記されている。よかったら君に持っていてもらいたいって。すごくびっくりした。普通は日記なんて誰にも見られたくないものでしょう？　なのにあの人は私にくれたの。私になんの隠し事もしたくないと思っていたんでしょうね。その誠実さが嬉しかった」

かすかに黄ばんだ紙にヨシの文字が綴《つづ》られている。レティは亡き夫の書いた字を愛おしそうに指先で撫でてから、そっと日記帳を閉じた。

「この日記帳、あなたにあげる。これからはユウトが持ってなさい」

突然の申し出に驚き、「俺が？　どうして？」と理由を尋ねた。

「ヨシがどんなふうにあなたのお母さまを愛し、息子を愛していたのかが、ここに書いてあるからよ。親の日記なんて読むのは気恥ずかしいかもしれないけど、あなたももう大人だし、何が書いてあっても受け止められるでしょう？　ちょうど今のユウトと同じ年くらいのヨシの気持ちも綴ってある。読めばヨシのこと、今よりもっと理解できると思うわ」

手渡された日記はずっしりと重かった。開くとどのページにもびっしりと文字が書き込まれている。懐かしい父親の文字を見ていたら、ひどく切なくなった。

「……この前、親父の夢を見たんだ。なぜか俺の家にいて、ディックはいい奴だけど子供は産めないから、早く女と結婚しろって説教された」

「ふふ。ヨシなら言いそうね。あの人はいつも子供たちの幸せを願ってた。それだけは間違いない。本当にいい父親だったわ。そうでしょ？」

レティの優しい微笑みを見ていたら、急に子供の頃に戻ってしまったような気持ちになり、涙が出そうになった。唇を噛んで何度も頷くユウトを、レティは両腕で抱き締めた。

「何も心配しなくていいのよ、ユウト。自由に生きなさい。たくさん笑って、たくさん愛して、幸せな気持ちをいっぱい味わいなさい。それが一番の親孝行なんだから」

背中を撫でるレティの温かい手に、心が弛緩《しかん》していく。これまで抱えていた気がかりや心配が、さらさらと溶けて流れていくのを感じた。

ユウトは身体を離し、レティをまっすぐに見つめた。

「……ありがとう、レティ。俺を許してくれて、ディックを受け入れてくれて、本当にありがとう。それから親父と結婚してくれてありがとう。俺を育ててくれてありがとう。ありがとう、ありがとう、ありがとう」

「そんなたくさんありがとうって言われたのは、生まれて初めてよ」

そう言って笑うレティの目尻に刻まれた皺《しわ》は、とびきりチャーミングだった。


なんでも買ってやると言った言葉を、ショッピングモールに入って一時間で早くも後悔していた。女の買い物が大変なことを忘れていたのだ。

ディックとベンチで座っていると提案したら、ルピータは「そんなの駄目よ。一緒にいてくれなきゃ意味がないじゃない」と唇を尖らせて文句を言った。仕方なくユウトとディックは女性服売り場だの化粧品売り場だのをうろうろしては、ルピータが止まれば自分たちも所在なげに立ち尽くした。

洋服、バッグ、化粧品など、欲しいものをすべて手に入れたルピータは、嘘みたいに上機嫌になった。フードコートで遅めのランチを食べているときも、ずっとニコニコしていた。

「あとで靴を見にいってもいい？　さっき見た赤いパンプス、やっぱり欲しくなっちゃった。買ってもらったワンピースとすごく合いそうなんだもん」

「無理。もう買えない。完全に予算オーバーだ」

ディックが「だったら俺が買おう」と言い出した。ユウトは「それは駄目だ」と首を振ったが、ディックは「いいじゃないか」と取り合わない。

「その靴は俺からのプレゼントってことにすればいい」

「靴で私を買収する気？」

ルピータのきつい視線をディックは「そうだよ」と笑顔で受け止めた。

「俺は君と仲良くなりたいんだ。そのためだったら靴くらい何足でもプレゼントする」

「ディック、何足でもは言い過ぎだ」

「いいわ。じゃあ、靴を買ってくれたら、少しだけ仲良くしてあげる」

どうやら利害は一致したらしい。ふたりは靴屋に向かって並んで歩き始めた。褒められた方法ではないが、ふたりの距離が縮まるのはいいことだ。今回はディックの好意に甘えることにしよう。

山ほど買い物をして家に帰ると、レティに「いくらなんでも買いすぎよっ」と叱られた。

「ユウトもディックも駄目じゃない。いい大人が十六歳の子供の言いなりになるなんて、情けないにもほどがあるでしょ」

「今回だけだよ。もう二度としない」

謝るユウトの隣でディックも「すみませんでした」と肩を落としている。しょんぼりしているふたりの姿が可笑《おか》しかったのか、ルピータが「ママに叱られてる」と笑いだした。レティの怒りの矛先はルピータにも向かった。

「ルピータ！　お前も少しは反省しなさい」

「えー？　どうして私が反省しないといけないの？　なんでも買ってやるって言ったのはユウトでしょ。私は悪くないわ」

頬を膨らまして反論するルピータに、レティは怖い顔で言った。

「ユウトの優しい気持ちにつけ込んだのと同じだからよ。そういうことはね、人としてしちゃいけないの。……まったく馬鹿な子たちね」

レティは怒るだけ怒って、買い物に行ってくると言い残し出かけていった。静まり返った部屋で最初に沈黙を破ったのはルピータだった。声を押し殺して肩を震わせている。泣いているのかと思い、顔を覗き込んだら笑っていた。

「ククク。可笑しい……っ。駄目、お腹が痛いっ。三人揃ってママに叱られちゃった。ユウトもディックも子供みたい……っ」

ルピータの大笑いが伝染したのか、ディックまで笑いだした。身体を折って笑うディックを見ていたらユウトも可笑しくなり、最後は三人で涙が出るほど爆笑した。

ルピータは「笑いすぎてお腹が痛い」と目尻に浮かんだ涙を指で拭った。

「喉が渇いちゃった。ねえ、何か飲む？」

ユウトがコーヒーを頼むと、ルピータはごく自然に「ディックは何にする？」と尋ねた。ディックは「俺もコーヒーでいい」と答えた。

ルピータがキッチンに消えてから、「ルピータとディック、いい感じじゃないか」とからかうと、ディックは「当然の成り行きだな」と片方の眉尻を上げた。

「俺もルピータもお前が大好きなんだ。最初からあの子とは気が合うとわかってた」

しれっとした態度でそんなことを言うものだから、収まっていた笑いがまた込み上げてきた。

［毎日晴天！］番外編

君の味噌汁おまえの原稿

菅野彰

扉イラスト　二宮悦巳

帯刀《おびなた》家がやかましく佇《たたず》む竜頭町《りゅうずちょう》三丁目から少し離れた、車通りも多い大通り、夏休みのファミリーレストランという違和感たっぷりの空間で、テーブルの上には溜息《ためいき》が落ちた。

「……食欲ない」

帯刀家末っ子、現在大隈《おおくま》大学人間科学部一年生軟式野球部マネージャーもようやく慣れてきた帯刀真弓《まゆみ》は、フォークを置いて肩まで落とした。

「おまえ、目玉焼き乗っかったハンバーグとライス大盛り全部たいらげてゆうセリフかいな」

向かいに座っているのは帯刀家家長の恋人であるSF作家阿蘇芳秀《あすおうしゅう》の連れ子、連れ子といってももう本格的に竜頭町の山下《やました》仏具で働いている阿蘇芳勇太《ゆうた》だ。

「なんで目玉焼き乗っけちゃったんだろう。うちで食べたい、秀が焼いた端っこがカリカリして黄身がとろっとしてるやつ」

日曜日のデートというには気合いが足りなすぎるTシャツにスウェットで、黒髪が少し伸びている真弓が頭を抱える。

「せやったら目玉焼きくらい自分で焼けっちゅうねん」

一方金髪が伸び放題の勇太が服装に気合いが足りないのはいつものことだが、今日は暑さに任せて甚平だった。

「勇太自分で焼いたことあるの？」

「俺は焼かへんからこうやってカツ丼食っとるんやろうが‼」

とっくに食べ終えたカツ丼の器を指して声を荒らげた勇太を、隣のテーブルの幼児が泣きそうな顔でじっと見る。

「ごめんね。怖かったねお兄ちゃん。もう怒らないよ」

瞬時に笑顔になって幼児に微笑《ほほえ》んだ真弓は、さり気なく全《すべ》てを勇太のせいにしていた。

「……彼氏の奢《おご》りでファミレス来とってその態度かいな」

すっかりヘソを曲げた勇太が、椅子《いす》の背に腕を掛けて横を向く。

「俺来たくてファミレス来てないもん」

しかし真弓もまた、最初から不機嫌な態度を変えなかった。

「おまえ」

「じゃあ勇太はファミレス来たかった⁉」

腹立たしげに呼んだ途端にとんだ勢いで尋ねられて、勇太も言葉を失う。

「別に来たなかったわ俺かて……」

「ごめん……せっかく誘ってくれたのに。でも」

先に萎《しお》れられて真弓も気勢を下げたものの、でも、と言って言葉が止まった。

「せやな。でも、やな。贅沢《ぜいたく》ゆうてほんまにバチ当たるな」

けれどそのでもの続きが勇太にもわかって、出された食事に不満を言うような己にも辟易《へきえき》する。

「うん……なんか、ファミレス楽しそうって思ってたんだけど」

それは真弓も同じ気持ちで、この場が楽しくない自分が不満だった。

「別にまずうなかったで、カツ丼。……味噌汁《みそしる》がなんやついとったけど」

「ハンバーグも目玉焼きもちゃんと美味《おい》しかったよ。……お味噌汁ついてたねなんか」

何処かで誰かが作ったものに不平を言いたいのではないと、二人して呟《つぶや》く。

「ちゃんとってなんだろ」

それでも口にしてしまった添え物のような言葉に、真弓はすぐに躓《つまず》いた。

「ちゃんと、か」

眉間《みけん》に皺《しわ》を寄せて勇太も、真弓の呟いた言葉を声にする。

「……ちゃんとは秀の作るメシや。俺、十の頃からあいつのメシ食うて。ゆうたらあいつのメシしかほとんど食うてへん。今は仕事先で賄いも貰《もら》うけど」

ちゃうねん、と勇太は小さく言った。

「俺は秀がうちに来てから三年、ずっと秀のごはん。最近時々、野球部の連中とラーメン屋さんとか行くことあるけど。あと打ち上げで居酒屋とか」

違うんだよ、そう真弓も小さく呟く。

「なんかしよってん、秀」

「なんかしてるんだよ……なんなの?」

犯人は明らかに勇太の養い親で真弓の兄の恋人である阿蘇芳秀だと、二人は思い知った。

「でかい昆布を、水に浸しとる」

「カツオの固まりみたいなの削ってるときある」

自分たちを苦しめる味わいの正体は、秀が日夜台所で仕込んでいる何かだと勇太と真弓で頭を抱える。

「俺たった十八で、お出汁《だし》が違うからこの味噌汁なんかやだとか思うようなめんどくさい人になりたくなかったよ！　自分でなんにもできないのに‼　何一つとして！」

「俺かてそうや‼　賄《まかな》い作ってくれとるおばちゃん、料理上手なんやできっと。せやのになんやちゃうねん味噌汁！　なんやってなんや‼　俺もそないなこと思うような男になりたなかったわ！」

いやだ、と勇太と真弓は自らを責めて項垂《うなだ》れた。

「あいつなんで味噌汁作らへんねん！　一週間も‼　おばちゃんの作る味噌汁に悪いやろ！　けどどうしてもちゃうねん‼」

「本当だよ‼　一週間の兵糧攻めすごい効いてるんだけど！　学食のお味噌汁も定食屋さんのお味噌汁もここのお味噌汁も違うー！」

勢いよくテーブルに突っ伏した真弓に、隣の幼児がびくりと跳ねてとうとう泣き出してしまう。

「……すまんすまん。味噌汁がな、味噌汁が、味噌汁なんや」

泣いている幼児に謝ったものの、勇太の言葉もまともではない。

「なんで作らないのかはわかってるよ、本当は」

「俺かてわかっとる。ほんまは」

この四月から真弓は大学生になり、勇太は見習いで入っていた山下仏具の正式な職人となって社会人になった。

二人とも自分たちがある程度は大人になって、だから保護者たちのことに口を出さないという大人っぽさを見せたかったが、そんなものはなんの役にも立たないと味噌汁の前に知る。

「またケンカや」

「またケンカ」

「どんだけケンカしたら気いすむねんあいつら」

「三年の間に何回したんだろうね、ケンカ」

声にしなかった分言い出したら止まらず、中身のない言葉を二人は重ねた。

「俺ら仲ええなあ」

「そんな仲のいい俺たちも、大河《たいが》兄と秀のせいで今日もケンカじゃん。大迷惑」

しみじみと勇太は言ったが、真弓はここのところおかげさまで自分たちもこうして険悪だと忘れていない。

「せやった。あの狭い家ん中でどっか一個ギスギスしとったら、絶対家中そうなんねん」

「それ勇太ずっと言ってるよね」

「ここんちに来て知ったんや。秀はずっと……俺の顔色窺《うかが》っとったから、ギスギスすんのは俺一人っちゅうか。けどあいつもあんな怒りっぽくなかったで！」

「大河兄だって仕事のことあんなに家に持ち込まなかったよ！」

「秀が悪いっちゅうんか！」

「だってお味噌汁作ってくんないじゃん！」

とうとう大声で口論を始めた二人に、隣の家族は席を立った。

「……あかん。またや。またあいつらのせいで俺らまでケンカや」

「お味噌汁食べたいよう」

一週間口にしていない秀が丁寧に出汁を取った味噌汁が飲みたくて、真弓がしくしくと泣き真《ま》似《ね》をする。

「食い物絡んどるから余計気い立つんや。俺はな、もういやや。もう真っ平ご免や」

「俺だってやだよ」

「もうええかげんやめてもらう。あいつらのケンカ」

「マジで？　どうやって？」

意を決してこの一週間で初めて前向きなことを言った勇太に、驚いて真弓は顔を上げた。

「それはこれからおまえと考えるんや。おまえかて大迷惑やろ。俺らかて前より全然一緒におられへんのに、その時間こうやってわけわからんファミレスでケンカや」

「ホントそうだね……しかもこんなに大切だと知らなかったけど、大事なお味噌汁を取り上げられて」

「抜本的な解決が必要や」

「どうしたの突然。抜本的とか政治家みたいなこと言っちゃって」

聞き慣れない言葉を勇太が使うのに、勢いを削《そ》がれて真弓がキョトンとする。

「仕事場に一人おるねん。すぐこれゆうおっちゃん。移ってもうた」

「なんかやだー。オヤジくさいよ！」

「オヤジくさいとかゆうな！　けど今が使うときなんちゃうんか‼」

「確かに……今度という今度は大河兄と秀のケンカを根絶やしにしたい、俺も。もうないかなと思ってもしょっちゅうだし、その度こうやって俺と勇太も、うちん中もゴタゴタして」

言われて見ればニュースでしか聞かないその言葉を今こそ活用するときだと、真弓も真剣に考え込んだ。

「そんでどうするの？　バッポンテキカイケツ」

具体的な指示を求めて、真弓が勇太をじっと見る。

「せやな……」

当てがあって言い出したわけではないので、そこからは勇太も続きが出ない。

思えば三年、絶え間なくケンカを繰り返す大人たちに対して突然二人が抜本的解決案を出せるわけもなく、勇太と真弓はテーブルに肘《ひじ》をついてただ唸《うな》った。


「わざわざうちから味噌持って来たのか」

竜頭町商店街木村《きむら》生花店二階の居間で、向かい合って夕飯を食べていた花屋の店主龍《りゅう》が何気なく尋ねた言葉に、大学院で西洋史学を勉強中の帯刀家次男明信《あきのぶ》は思わず箸《はし》を置いた。

「……わかるの？　龍ちゃんうちの味噌だって」

「いや、おまえがバイトに来るなり冷蔵庫に味噌入れていいかって二階上がったから……それで訊《き》いただけだ。わかるかよおまえんちの味噌も何処《どこ》んちの味噌も」

当然の答えが返ってくるのに、明信が小さく溜息を吐《つ》く。

「そうだよね。味噌の味なんて……」

呟いて明信がぼんやりと味噌汁を眺めるのに、龍も箸を置いた。

「どうした」

「え？」

「いや、なんかあったんじゃねえのか」

「どうして？」

そう尋ねられるだけの浮かない顔を自分がしている自覚がなく、まともに明信が問い返す。

「なんかしんねえけど、ここんとこ夕飯にずっと味噌汁出るし」

「え？　変かな」

何かの理由に味噌汁のことを問われて、図星なだけに明信は狼狽《うろた》えた。

「おまえ、前は夕飯のときそんなに作んなかっただろ。泊まって朝飯作るときは必ずあったけど。家の味噌は今日初めて持って来たんだろうが、どうした」

「……龍ちゃんがそんなこと気がついてたなんて、意外」

確かに自分には夕飯に味噌汁を添える習慣があまりないと、言われて明信自身も気づく。

「そうだな」

意外という言葉に、龍は龍で自分のことを考え込んだ。

「おまえが最近夜も味噌汁作るんで初めて気がついたけど、俺味噌汁が好きみたいだ」

「そうなの？」

「一人で弁当食ってるときも、インスタントの味噌汁たまに飲んでたな」

その一人の時間は少し遠く、けれどそもそも何故味噌汁が欲しかったのかと更に遠くに龍の思考が飛ぶ。

「ガキの頃、お袋が作らなかったことがなかったからかな。そんでだろ」

理由に自分で気づいて、少し切なく龍は苦笑した。

「……うちも、母さん生きてた頃はそうだったんだ。毎食必ずお味噌汁があった」

それぞれの家の事情に、明信の表情が致し方なく沈む。

「僕がごはん作るようになって、お味噌汁は作ったり作らなかったりになった。おかずのことばっかり考えちゃって、最後に時間あったらなんて思ったときにはもう」

「時間なんかあるわけねえよな。おまえ家族のメシ作り始めたの小学生だろ」

長女の志麻《しま》が明信に押しつけるようになったのを見たこともある龍が、できるわけがないと溜息を吐いた。

「うん……でも結構大きくなっても時間のやり繰りは難しくて。今ここで龍ちゃんと二人分のごはん作るときなら余裕もあるし、今度からいつも作るね」

気づかなくてごめんと、ようやく顔を上げて明信が龍に小さく微笑む。

「甘えるよ」

珍しく龍が、「いいよ」と言わずにすぐに甘えたことに、本当に龍は味噌汁が飲みたいのだと知ってまた明信は俯《うつむ》いた。

「お味噌汁って」

作った味噌汁をじっと見つめて、独り言のように明信が呟く。

「お味噌汁ってなんなんだろうね」

突然の味噌汁の深淵《しんえん》を覗《のぞ》くような言葉に、龍は意味がわからず首を傾《かし》げた。

「今は作らない家もたくさんあるかもしれないけど、たとえばあんまり食べ物のことあれこれ言わない龍ちゃんだってお味噌汁は大事だったりするじゃない？」

「大事っていうか……まあ、染みる感じだな。確かに他の食いもんと少し違うかもな」

「でも違わない、多分お味噌汁のことがどうでもいい人もいて」

「そりゃいるだろうな」

「ものすごく厄介なものだと思うんだよ。お味噌汁って」

真剣な声で明信が呟くのに、燻《くすぶ》っていた龍の戸惑いが大きくなる。

「おまえが厄介にしてねえかそれ……」

味噌汁一つで何を言い出すと咎《とが》めた龍に、不意に毅然《きぜん》と明信は顔を上げた。

「僕じゃないよ」

「とても……迷惑な人たちがいてね。その人たちだよ」

「おまえが誰かのことそんな風に言うの珍しいな。迷惑だなんて」

「だって」

自分でも過ぎた言葉だと思ったけれど明信は、それを引っ込める気持ちにはなれない。

「どうやら僕もお味噌汁がすごく大切だったみたいで」

両肘を飯台について両手で頭を抱えて、明信は大きな息を吐いた。

「ここでこっそり作ってることに胸が痛むのに、お味噌まで持って来るなんて自分が信じられない。信じられないことをさせられて、ものすごく迷惑をしてるんだよ……」

どうした、何があった話してみろというにはお題が味噌汁な上に、明信がいつもと全く違っていて、龍の脳裏を「触らぬ神に祟《たた》りなし」という言葉が通り過ぎて行く。

「うまいぞ、おまえの味噌汁」

気に障らないように小さく告げて、龍は椀《わん》を摑《つか》んで味噌汁を啜《すす》った。


勇太と真弓がファミレスのテーブルにかじりついて必死で考えた抜本的解決案は、とりあえず双方の言い分をそれぞれに聞こうという若干消極的作戦だった。

それでも目指すところは大河と秀のケンカを今後根絶やしにするという、世界平和を望む規模の壮大さである。

「大河兄、入ってもいい？」

竜頭町三丁目、帯刀家玄関横の和室の襖《ふすま》をボスボスと叩《たた》いて、その日曜日の夜、真弓は長男で家長の大河に尋ねた。

「ああ、どうした」

いつも末弟にはやさしいはずの大河の、不機嫌そうな声が返って真弓もヤケのように勢いよく襖を開ける。

どうしたもこうしたもないよといきなりケンカ腰になりそうになるほど、味噌汁不足と家内のギスギス感は深刻化していたが、それでも真弓はぐっと堪《こら》えた。

「……ちょっと聞きたいことがあって」

「おまえの大学の勉強、俺にわかるかな」

大学生になっても聞きたいことが勉強のことだと思う兄の、くどいしつこい教え方が今はもう懐かしくなって、不意に真弓がほろりとする。

「勉強じゃないよ。でもわかんないときは聞きに来るから教えてね」

座卓に向かって日曜の夜だというのに何か仕事をしている大河のそばに、ジャージ姿で真弓は座った。

隣でよく見ると兄は無精《ぶしょう》髭《ひげ》が限界まで伸びていて、相変わらず煙草《たばこ》をやめる気配もないのでとりあえずいつも通りむさ苦しい。

「あのね、大河兄」

だが大学で軟式野球部のマネージャーを始めた真弓は、高校時代よりむさ苦しい男に耐性ができていた。

どうせむさ苦しいなら他人よりも家族や恋人の方がマシだという新しい考えを身につけたので、以前よりはこういう兄に対して寛容だ。

「……どうした。真弓」

だが大河の方はじっと見られていた手元の煙草を慌てて消して、怯《おび》えたように身を引いた。

「おまえのあのねの後はいつも」

「いつも？」

「いつも結構でかい」

言われるまでもなく真弓は、言い難いことをお願いするときに「あのね」と多少可愛子《かわい》ぶる己を自覚していた。

「でかくないよー。言いがかり言いがかり。あのね、ええと、今度は秀と何が原因でケンカしてるの？」

あのね作戦を見破られていたので仕方なく真弓は、遠回りはせず直球で尋ねた。

「別に……喧嘩《けんか》なんか」

「してないとか言わせないから！　目も合わせない口もきかないみんなギスギスお味噌汁が出ない‼」

穏やかに聞き出そうとしたものの向いていなかったのかすぐに吹っ飛んで、勢いよく真弓が身を乗り出す。

「……それは」

だがいつも通りの真弓で率直に行ったのが効いたのか、大河はらしくなく萎れた。

「お味噌汁一週間も出ないの辛《つら》いよー」

そんな風に項垂れた兄の姿を見るのは真弓も辛かったが、今度という今度は二人の争いの根を焼き払う覚悟なので引かない。

「それは俺も辛い。味噌汁はでかいな……」

「謝れないの？」

味噌汁の兵糧攻めに大河自身がすっかり参っているとわかって、小さな声で真弓は尋ねた。

「謝らない！」

だが大河はそこはテコでも動かないと、いきなり強情だ。

「なんでー。謝っちゃえばとは言わないけど！　なんでそんなにケンカするの？　なんでこんなに長引いて拗《こじ》れるの？　二人ともいくつ？　大人だよね⁉」

いい加減にしてという気持ちが前に出て、真弓も言葉を止められない。

「大人だから譲れないことがあるんだ」

腕を組んで、黙り込んでしまうかに見えた大河が重苦しく口を開いた。

反射で怒るのではなく真顔になった兄に、真弓も思わず神妙になる。

「……それって、どんなこと？」

神妙になりながらも真弓は、この部屋の襖を叩いた理由を少しも忘れてはいなかった。

争いの芽は摘む。闘いの根は今度こそ根絶するのだ。

「なら真面目《まじめ》に答えるが」

溜息のように大河が言うのに、真弓は息を呑《の》んで膝《ひざ》を正した。

「あいつと俺にとって、揺らがない大事なものがある」

そう言い置かれても真弓には、すぐになんのことだかわからない。

「なんだと思う」

「え……？　それはやっぱり、気持ちじゃないの？　恋愛感情」

真顔の兄にこんなことを言うのは真弓にしては珍しく気恥ずかしかったが、引くわけにもいかず自分と勇太になぞらえて答えた。

「違う。仕事だ」

即座に大河が、首を大きく横に振る。

「原稿だよ。あいつの」

「大河兄……それってちょっと、あんまりじゃない？」

呆然《ぼうぜん》と口を開けて、真弓は大河の言い様を責めた。

「何処がだ」

「仕事の前に秀じゃないの？」

「もちろんそれは大前提だ。当たり前だろうが」

口を尖《とが》らせた真弓に、今更何をと大河は平然としている。

「あいつと俺にとってって言っただろ。俺たちの間には恋愛関係より先に仕事があったし、言いたくはないが俺は」

言いたくはないだけのことはあって大河は、そこで言い澱《よど》んで口を結んだ。

「言いたくはないが？　なに？」

「あいつの仕事が大事だ。あいつの書くものも大事だし……なんていうか、唯一今あいつが社会と関わってるのは何より自分の原稿を通してだろうが」

問われて、真弓は少し難しいようにも思ったが、大河がどんな風に秀の仕事を特別に大切にしているのかは理解した。

「そうだね……俺だったら、寂しいって思っちゃうこともあるけど……」

勇太はもう立派な社会人で、焦るまいと思いながらも真弓は、置いて行かれている気持ちになることはしばしばだ。

「でも、なんかわかった気がする。大河兄には、秀の小説も秀そのものなんだね」

自分はまだそこまで勇太を思いやれていないと、真弓が溜息を吐く。

「だがそれをあいつはないがしろにしやがる」

「してる?」

一応秀は仕事はしているのではないかと、遠慮がちに真弓は訊いた。

「そんなこととか、そういう言葉で仕事のことを除ける度に俺はそんなことじゃないと思うし」

苛立《いらだ》ちというよりは悲しさが、大河の声に映る。

「まだそんな言い方するのかと、今回は限度を超えた。謝る気はない」

少し力のない兄の声でそう聞かされて、これ以上真弓に言えることは何もなかった。


「どうしたの?　お腹空《す》いた?」

風呂から上がって勇太が台所に入ると、古ぼけた白い割烹着《かっぽうぎ》の秀はぼんやりと後片付けをしながら言った。

「いや、もう寝るとこやけど……」

そう言われると小腹が空いた気がして、勇太が苦笑する。

「おにぎり食べる？」

いつでも秀は勇太の空腹を気にしていて、秀と暮らすようになってから勇太は一度も飢えたことがなかった。

幼い頃のことを思えばそれは奇蹟だと気づいたのは、ごく最近だ。

「食う」

もし秀のそばを離れることがあっても秀のために、自分はいつでも腹を満たしていなければならないと、勇太はもう知っている。

それは秀が教えてくれたこと、与えてくれたことだ。

「ちょっと待ってて」

食べると言うと嬉《うれ》しそうに秀が笑うのもいつものことで、小さく笑って勇太が台所の椅子に腰掛ける。

少し残っていた白飯で秀は、小さなおにぎりを作り始めた。

目を瞑《つむ》っていても勇太には、その中身がシーチキンだとわかる。出会った頃それを勇太が一番喜んだ。せがんだこともある。

いつまでも秀は、そのことを忘れない。

「はい。どうぞ」

冷えた麦茶とおにぎりを二つ飯台に置かれて、勇太は頷《うなず》いた。

「いただきます」

小声で言って、ふっくらしているのに毀《くず》れないおにぎりを頬張《ほおば》る。

勇太のために秀のおにぎりは、少ししょっぱくなったままだ。なるべくゆっくりそれを食べて、言葉もなく勇太は麦茶を飲んだ。

「……うまかった。どうも」

さてどうやって尋ねようかと、ここにきた本題について考える。

本当はこのおにぎりの横に、贅沢かもしれないが少しでいいから味噌汁が欲しかった。その贅沢を勇太に教えたのも秀だ。

「ところでおまえ、今度はなんで大河とケンカになってん」

何故味噌汁を作らないと訊こうかと思ったが、いや理由ははっきりしていると、その原因について勇太は率直に訊いた。

大河と口もきかず味噌汁も作らず一週間にもなるのに秀は、そのことを問われると思わなかったようで勇太の傍《かたわ》らに立ち尽くしている。

「……どうしたの。突然」

「突然ちゃうわ。ええ加減にせえやおまえら。同じ屋根の下におってよう一週間も口きかへんでおられるな。小学生か。呆《あき》れ返るわ」

どうしたもこうしたもないだろうと俄《にわか》に勇太は腹が立って、明日も味噌汁の気配がないのに声が荒立った。

「そんな一息に言われても……」

「ガキやからそうやってガキみたいな顔になるんかいな。おまえら二人口きかへんせえで、家ん中めちゃめちゃ空気悪いやろが。俺と真弓も今日もおかげさまでケンカやで」

「そんな一息に……」

畳み掛けるように言った勇太に、秀がすっかり項垂れてしまう。

俯いた秀の顔が元々弱っていることにようやく勇太は気づいて、言い過ぎたかと一度口を結んだ。

「ここに来てもう三年や。たまにケンカくらいするやろけど、一週間も口きかへんのは今回が初めてなんちゃうん」

考えてみれば今回は長過ぎて、自分たちより秀自身が疲弊しているのは当たり前のことだと気づく。

「どないしてん。何があったんや」

争いの芽を摘んで闘いを終わらせる意気込みとは別に、勇太は俄に秀が心配になった。

「なあ」

黙り込んで俯いたままの秀に、古い椅子を半分勇太が空ける。

「座れや。話してみい、聞くから」

完全に目的を見失っていたが勇太は、腕を引いて秀を同じ椅子に座らせた。

「……参っとんのやろ?」

言いながら自分の声が耳に返って、小さく苦笑する。

いつからこんな風に、やさしく問い掛けることができるようになったのか。この声が自分のものだということに、違和感を感じなくなって久しい。

「……うん」

勇太にやさしい声をくれたのも、今子どものような顔をして頷いた秀だ。

「すごく、大事な話をしてたんだ。大河に」

たどたどしく聞こえる言葉を、ゆっくりと秀が紡ぐ。

「みんな出かけてって……それで、話さないとって思ってたことを話したかったんだけど」

そんなにものを言うのに手間取るのに、どうやって文章を書いているのかという速度で秀は語ったが、それでも先を急《せ》くのを堪えて勇太は聞いた。

「お味噌をね」

思い切り本題とも言えるが、思わず「味噌？」と勇太も聞き返してしまう単語がぽつりと落とされる。

「変えたいんだ」

告げられて勇太は、困惑して髪を掻《か》いた。

「それが大事な話なんか？」

他に返せる言葉などなく、首を捻《ひね》って尋ねる。

「大ごとじゃない？」

何処までも秀は真顔で、顔を上げてまっすぐに勇太を見た。

透き通る色の薄い瞳でそんな風に見つめられても、勇太にはとても秀の望む言葉が見つけられない。

「考えたことないなあ」

仕方なく、思ったままを勇太は答えた。

「勇太はここにきて三年、同じお味噌のお味噌汁食べてるんだよ」

「へえ」

「明日からそのお味噌が変わる」

だいたい同じ味噌を秀が使い続けていることさえ、勇太は言われるまで知らなかった。

「どう思う?」

けれどそう教えられれば、昼間真弓とファミレスで唸った「一体秀の味噌汁の何が違うのか」という大きな違いの一つは味噌だろうとすぐに結論が出る。

「味噌変わると味噌汁の味変わるんか」

「それは全然変わると思うよ」

遠慮がちだけれど、秀にしては随分はっきりとした答えが返った。

「うーん」

まさか自分が味噌の違いに悩むような人間になろうとはと勇太もとことん戸惑うが、ここ一週間味噌汁が出ないことで乾いているのは事実だ。

「そらあ大ごとやな。大河が悪い」

味噌が変わるという話を聞かないとはと、俄に勇太の矛先《ほこさき》が大河に向かう。

「でしょう?」

しかしそうして毅然として秀に言い切られると、それで恋人と一週間口をきかないでいられるものなのかどうかは、勇太にはさっぱりわからない話だった。

「仕事の話だった。秀が悪いんじゃない？」

「味噌の話やったわ。大河が悪いんやろ」

勇太が待っているところに真弓が二階の二段ベッドのある二人の部屋に戻ってきて、気負いなく同時に口を開いた。

「え？」

「はあ？」

そして同時に驚いて、下のベッドに座っていた勇太と立っている真弓とで目を合わせる。

「お味噌？」

「仕事の話なんかひとつもゆうてへんかったぞ、秀」

聞き違いかと真弓は勇太の隣に座って、だが顔には困惑が露《あら》わに映った。

「味噌変えたいのに大河が話聞かへんかったって」

「大河兄は、秀が仕事のこと蔑《ないがし》ろにするからって言ってたよ、お味噌のことなんか一言も聞いてない」

お互いに「？」で何もかもがいっぱいになって、言葉が続かない。

随分気の早い鈴虫が庭で鳴くのが聞こえて、まだ夜でも暑かったが無意識に勇太は窓を閉めた。

「秀は味噌の話を大河が聞かへんかったって、はっきりゆうたで」

「だいたいなんで味噌のことで一週間も口きかないでいられんの？」

仕事のしの字も秀は言わなかったと、勇太がベッドに戻る。

「それは俺もわけわからん」

痛いところしかない味噌について突かれて、勇太も眉《まゆ》を寄せた。

「けど、明日から味噌が変わるゆわれたらそれは大ごとなんちゃうん」

「お味噌変わるの？　なんで？　っていうかいつもおんなじ味噌なの？」

「秀がそうゆうとった」

大きな目を丸くして問いを重ねられて、答える勇太も大概どうかという気持ちにはなる。

「俺らファミレスの味噌汁も賄いの味噌汁も、おまえは定食屋の味噌汁もちゃうやないか。ずっとおんなじ味噌やったってゆわれたら、そらそうなんやろなって思うけど」

思いながらもだからどうしたと、勇太も内心突っ込まずにはいられなかった。

「味噌の問題だったんだ……？　うーんなんか納得するけど。ええ？　でもさあ」

「まあ、俺も同じや」

言葉足りない真弓の心境はよくわかって、勇太が肩を竦《すく》める。

「お味噌かな？　お味噌汁よそと違うのって。そうなのかな？」

「いやそこやないやろ！」

「でもそこじゃなくないって思わない？」

「俺にはわからん！　とにかく秀は真顔で味噌が原因でケンカしたっちゅうとった」

これ以上明日も出ない味噌汁について考えるのも不毛だと、大河と秀の喧嘩に勇太は話を戻した。

「大河兄は、秀が大事なお仕事のことをそんなことって言うって。結構本気で怒ってたよ。怒ってたって言うより……」

難しい顔をした兄を、真弓が思い返す。

「大河兄は多分、秀の仕事のことを秀と同じくらい大切にしてる。でも秀は違うって、落ち込んでたよ。すごく」

「それはけど、ずっとやないか。あいつらの仕事のすれちがい」

それを言われると長く見てきた秀の仕事への向き合い方は、自分もこうして社会人になると、大河の立場に立ってしまって度し難く勇太にも思える部分も多かった。

「今更仕事のことでほんまにこんなに長引いとるんやったら、無理やろ。喧嘩なくすんなんか撲滅《ぼくめつ》運動に早くも挫折《ざせつ》が見えて、勇太が仰向《あおむ》けに寝転がる。

「仕事だけじゃなくて、喧嘩もすれちがい過ぎてない？　どっちかが嘘吐《うそつ》いてんの？」

座ったまま勇太を見て、真弓が訊いた。

「なんで秀が俺にそないなことで嘘吐かなあかんねん」

「大河兄だって嘘吐く意味ないよ」

行き詰まって二人して、結局解決の見えない成果に溜息を吐く。

「……入れ替わろうか？」

長い沈黙の末真弓が、勇太に提案した。

「おまえと俺が？」

「そう。今度は俺が秀に訊いて、勇太は大河兄に訊く。そしたらどっちが嘘吐いてるかわかるんじゃない？　お互いそこは身内だからなんか、かっこつけたりとか」

「秀がか？」

「大河兄はあるかも」

秀はともかくと真弓が肩を竦めると、勇太もそれは納得する。

「せやな。……けど」

もっともと思えることを言った真弓に、しかし気が進まず勇太は頭を掻いた。改めて大河に尋ねるのはかなり億劫《おっくう》だ。

「ねえ、勇太だよ！　抜本的解決するって言ったの‼　根絶やしにして焼き払うなら本気出していかないとこっちも！」

「物騒なやつやなおまえはほんまに……」

そこまで言った覚えはないと、身を乗り出してきた真弓の勢いに勇太は怯《ひる》んだ。

「するの？　しないの⁉」

顔を覗き込まれて、勇太が観念する。

「します……明日な。続きは明日や」

せめて明日に持ち越すことくらいは許してくれと、勇太ももはや自分が何に立ち向かっているのかを見失った。

そしてもちろん翌朝も味噌汁のない食卓が、全く和やかでない帯刀家全員で囲まれた。最近全員揃《そろ》うことは珍しいが、月曜日の朝なので皆それぞれに早い。

「……なんか最近、足んねえ」

何しろ家長の大河と台所を預かる秀が口をきかないので険悪な空気溢《あふ》れる飯台の上で、その空気などものともせずにぼやいたのは、帯刀家三男でプロボクサーの丈《じょう》だった。

くうんと縁側からバースが、毎日足りない匂《にお》いがあるとでもいうように相槌《あいづち》を打つ。

「あれ？　最近飲んでねえな。味噌……」

「丈兄」

ここのところ禁断となっている単語だとも気づかず、おもむろに味噌汁と言おうとした丈を、すんでで真弓が止めた。

「この間後楽園《こうらくえん》のとこの味噌ラーメン屋さんで丈兄見たよ。店員さんがかわいかったー」

揶揄《からか》うように笑った真弓に、すぐさま丈が頬を緩めて味噌汁のことを忘れる。

「いやー、かーわいいよなー。ベトナムの子らしいんだよ。ベトナム語今勉強してるとこ。Ngon quá. Anh yêu em」

「それなんて意味？」

「おいしい愛してる」

真顔で言った丈に、むっつりしていた大河も、おとなしく白飯を食《は》んでいた明信も、味噌汁のことを考えていた勇太も咳《せ》き込んだ。

茶をいれている秀のみが、涼しい顔だ。

「気が早くない？　てゆかおいしいのあと飛び過ぎじゃない？　こんにちはって言ったの？」

「言えてねえよ……どうせ何覚えたって言えねえで終わるんだから、好きな言葉を覚えさせろ！」

そんな悲しいことを言われては、真弓も味噌汁を止めてまで聞くことではなかったと大きく後悔する。

「ごめん丈兄……こんにちははなんて言うの？」

「Xin chào」

「ちょう簡単じゃん。今日それ言いなよ」

「……Xin chào……」

言えと言った途端に照れる丈に、一体この兄はいくつだったかと、真弓だけでなく家族全員が目眩《めまい》を覚えた。

「よっしゃ！　今日はイケる気がしてきたぜ‼」

けれど単純な三男は弟に背を押されてすっかりやる気を出して、食べ終えた食器を片付けシャドウボクシングを始める。

「いってきまーす！　Xin chào！」

ヒャッホー！　とまで言って玄関を出て行った丈に、誰ともなく大きな溜息が溢《こぼ》れた。

「Xin chàoの一つで浮かれながら出てったで……大丈夫なんかいなあいつ」

「Xin chào一つに大きな責任を負わされた気持ち」

不安しかなく、皆の視線が自然と玄関を向く。

「僕も行こう。今日大きな法要があるから、お花大変で」

大学院に向かう前に木村生花店を手伝うと、明信も苦笑して食器を重ねて立ち上がった。

「置いておいて」

「何言ってるの、秀さん。せめて洗うよ。本当にずっと秀さんに任せっぱなしで……」

声を掛けた秀に明信が、そして味噌汁が出ないことについても言及もできずに口籠《くちご》もるが、残された勇太と真弓、縁側のバースまでもが大河の顔色を見る空気の中言えるはずもない。

「……任せっぱなしで、本当にごめんね」

謝ることしかできず、明信は台所に向かった。

不自然過ぎる気まずさの中、秀はいつも通りの憎らしいほどの能面顔、大河は腹立たしげにしかも一度も秀を見ずに、大きな音をたてて新聞を畳みながら立ち上がる。

「ごちそうさま」

口をきかないと言っても「いただきます」と「ごちそうさま」を言わないという選択肢は大河にはなく、秀に向かってというより飯台に言い捨てて立ち上がった。

行こうとした大河に、すぐさま秀が大河の食器を重ねる。

「……今自分で片付けようとしてた！」

その考えに及ばなかった自分ごと腹が立ったのか大河は、突然真弓に向かって言った。

「なんで俺に言うの……大河兄」

「この大きなご飯茶碗、僕が片付けなかった日はないんだけどね」

いつもやさしいのに凍り付くような冷たい声で秀は、微笑んで勇太に教える。

「せやからなんでおまえは俺にゆうねん……そないなおっそろしい笑顔で」

「さあ、どうしてだろうね」

笑顔も消えて秀は、さっさとお勝手に去った。

「……おまえが味噌汁を……っ!」

断末魔のように大河は味噌汁と呻《うめ》いて、大きな音をたてて居間を立ち去る。

最早気が重いが勇太と真弓が顔を見合わせて、大きな溜息を吐いて勇太はゆっくりと大河の後を追った。

「いってきます」

息を潜めて気配を消して洗い物をしていた明信が、明らかに逃げるようにして出て行くのに真弓は「いってらっしゃい」と声を掛けて、台所に立った秀を追う。

「もっと食べる? 真弓ちゃん運動部だもん。マネージャーって言っても体力使うよね」

後ろに真弓が立った理由を秀はすぐさま食事だと思い込んで、既に穏やかな声を聞かせた。

「いっぱい食べたよー。……でも」

自分と勇太の食器を運んで来た真弓は、それを秀に渡しながら少し子どもっぽく笑った。

「なんかあるなら食べる」

「そう言うと思った。真弓ちゃん最近よく食べるから。おにぎりでいい?」

「うん」

大きく頷いて真弓が、台所の椅子に座る。

くたびれた白い割烹着を着ている秀は、慣れた手つきで小さなおにぎりを握り始めた。

中身はシーチキンだと、真弓は尋ねなくてもわかっている。子どもの頃大好きだったと、勇太が言っていた。

「真弓ちゃん、少し背が伸びたよね」

「え？　まだ伸びるかな？」

「体動かしてるからじゃないかな。今度測ってみなよ」

へえ、と嬉しくなって自分の頭のてっぺんを真弓が触る。

「もう少し伸びるといいなー。備品取るときとか、スッて取ってもらうのなんかやなんだ」

「いやなの？」

「うーん。野球部では結構、ちゃんと男友達との普通のつきあいっていうか……初めてだから楽しくてそれ。だから前は気になんなかったけど、女の子扱いみたいなのされるとやなんだよね」

もう握ったおにぎりを皿に置いて、秀が複雑そうな顔をして真弓を見た。

「ありがとう！　……ん？　何？」

じっと見つめられていると気づいて、おにぎりに手を伸ばしながら真弓が笑う。

「その黒いジャージもね。なんだか最近、時々知らない人なんじゃないかってくらい真弓ちゃんが大人に見えて」

寂しいと秀の唇が動いたけれど、声は綴《つづ》られなかった。

「そんな顔されると聞きにくくなるー」

いただきますとおにぎりに噛《か》みついて、上目遣いに真弓が秀を見る。

「何を？」

「あのね」

「あ、出ちゃった真弓ちゃんのあのね。あのねの後が、いつもすごいんだよ」

警戒して一歩後ずさった秀にも、最早この上目遣い子どものふり作戦は通用しないのかと真弓は肩を竦めた。

「大河兄も言ってた、それ」

大河の名前を出すと秀が、拗《す》ねたように口をわずかに尖らせて横を向いてしまう。

その横顔には不思議な表情が映っていて、真弓には全ては読み取れない。それでも大河と同じことを言ったのが嬉しいのだということと、恋人と八日も口をきいていない憂いくらいははっきりと見えた。

「なんでこんなに何日も口きかないでいられるの？」

率直にどうして喧嘩をしたのか訊こうと思っていたけれど、秀が心を痛めているとわかって、せめてできる限りやさしくしようと声をやわらかくする。

「僕だけが口をきいてないわけじゃないよ」

「そうだけど。だから、秀はなんで口きかないの？　大河兄と」

そもそも真弓はせっかちな方で、やさしくしようと思いながらも問いかけは結論を急いだ。

大きな溜息を吐いて、秀が冷蔵庫を見つめる。

この悠久の時が一体いつまで続いてしまうのか本当はもうとっくに大学に向かいたいと思いながらも、真弓は堪えて続きを待った。

「真弓ちゃん、生まれたときからずっと同じお味噌のお味噌汁食べてるの気づいてた?」

勇太の言った通り、秀の唇からは味噌という言葉が綴られる。

「……知らなかった。そうなの?」

「うん。お隣のお豆腐屋さんが、いつも同じ麴屋《こうじや》さんからお味噌を入れてて。それを小売りしてもらってるんだよ。僕と勇太が来るずっと前から。真弓ちゃんが生まれる前から。……多分大河も生まれる前から」

不意にそれを教えられて、そんなにも長く同じ味噌が家で使われていたことにはさすがに真弓も驚いた。

「壮大。なんでお豆腐屋さん?」

「大豆繋《つな》がりだろうね」

「お味噌って大豆なんだ? え? 豆腐も?」

日頃食品の成分についてなど考えもしない真弓が、両方大豆だと言われてキョトンとしてしまう。

「ちょっと! なんなの秀っ、その珍しい絶望的な顔で見ないでよ!!」

普段ほとんど表情のない秀に心の底から信じられないものを見るようなまなざしを向けられて、思わず真弓は悲鳴が出た。

「ちなみにお醬油《しょうゆ》も大豆です」

「へえ」

「とてもよい大豆で作られたそのお味噌が、今この家にはありません」

醤油にも感心した真弓にもめげず、秀が厳かにそれを告げる。

「え！　それ大ごとじゃん」

俄に知らされた伝説の味噌失われるの報に、俄なことだが真弓は目を見開いた。

「大ごとです。それでも大河は、少しも僕の話を聞こうとしなかった」

「……あの」

秀のおかしなペースに乗せられて、完全に味噌コースに動いていた己に気づいて、真弓が慌てて軌道修正を図る。

「大河兄は、仕事のことで秀とケンカしたって言ってたよ？」

遠慮がちに真弓は、率直にすれちがいの原点を突いた。

「仕事のこと？」

それこそ「それって食べられるの？」というような冷め切った瞳を秀が見せる。

話が味噌なだけに、仕事は単品では食べられないと真弓も痛感してしまいそうになった。

「それはいつものことでしょう？」

「そうかもしれないけど。でも大河兄は秀のお仕事大切に考えてるんだよ」

しかしこのまま秀の声高な味噌トークに巻き込まれては兄がかわいそうだと思い直して、真弓が必死に訴える。

「仕事のことなんか毎日毎時間毎秒聞いてる。僕は」

「聞いてるかなあ……？」

ガミガミと怒る大河と耳を塞《ふさ》いで逃げ回る秀をもういいというくらい目撃している真弓は、秀の言葉に素直に頷くことはとても難しかった。

「そんなことより味噌がないんだよ。大事な話をしたかったのに大河は少しも聞こうとしない。どうでもいいって言ってた……どうでもいいって」

言われた言葉が鮮明に蘇《よみがえ》ったのか、秀が大きく項垂れる。

「僕の言うことなんか、大河は聞く気がないんだ。それって」

悲しみに声が濡《ぬ》れるのに、それにしても「味噌で⁉　そこまで⁉」と真弓は言いたいが秀が真顔なので突っ込みようがなかった。

「僕のことがどうでもいいってことなのかもしれないね……」

「どうしよう重症。てゆうか」

だから味噌で？　と言いたいのをぐっと堪えて、見失われてしまった争点を必死に真弓が探す。

「いくらなんでもすれちがい過ぎじゃない……？　秀。そのお味噌の話、大河兄にしたのっていつ？」

同じ時の喧嘩だと思い込んでいたが、大河の言う仕事の話と、秀の訴えている味噌の話は別の時間のことなのかもしれないと、真弓は犯行時間を聞き取ることにした。

「九日前。土曜日だった。みんなが出かけた朝」

言われれば先々週の土曜日は、誰も彼もが何かしらの用で朝家を出たと真弓もなんとなく覚えている。

「うーん」

そして帰宅したらもうこの秀曰《いわ》く味噌を巡る闘いは始まっていたとも、真弓は記憶していた。

「いや。味噌巡ってない」

危うく秀に言い含められるところだったと、真弓が首を振る。

「お味噌はとても大切な食べ物です」

憂いを帯びた瞼《まぶた》で秀に呟かれるまでもなく、味噌汁がない壮大な日々を過ごしている真弓にもそのことは大ごととはわかった。


「入るで」

玄関右手の大河《たいが》の部屋の襖を拳《こぶし》で叩いて、本当はとっとと仕事に行きたい勇太《ゆうた》は言葉と同時に戸を横に引いた。

八日間ずっと不機嫌な顔をしている大河が何か書類を纏《まと》めながら振り返って、酷《ひど》く不満そうに勇太を見る。

「秀《しゅう》との喧嘩の理由なら、昨日真弓《まゆみ》に話した」

滅多に自分の部屋を訪ねてきたりしない勇太が来た理由はわかっていると、早々に大河は結論づけた。

「まあまあ、そうゆうなや。なんちゅうかその」

先制攻撃を受けて仕方なく、勇太がポケットの煙草を取り出す。

「とりあえず煙草でも吸えや」

「……何処の親方なんだよおまえは」

縦に振って一本煙草を差し出しながら歩み寄り腰を下ろした勇太に、顔を顰《しか》めながらも大河が指を伸ばす。

「サンキュ」

「どういたしまして」

お互い自分の煙草には自分で火を点《つ》けて、一息吐く。

「つうかおまえ未成年！」

高校を卒業したのでこうして最近度々忘れることにはたと気づいて、大河は勇太の煙草を取り上げようとした。

「堅いことゆうなやー。仕事場でも木くず多くて吸われへんし、真弓もうるさいから吸われへんし。最近ほんまに本数減ってんねん」

「そのままやめちまえ」

身を引いた勇太に、大河が肩を竦める。

「おまえにゆわれたないわ。それに秀がおっても、あいつこの世の終わりかみたいな悲しい目で見よるから吸いにくい。表情薄いくせに」

「……まったくだ」

さり気なく秀の名前を改めて出した勇太に、大河はまた顔を顰めた。

「あんたの方も随分怒っとるみたいやなあ。今回は」

自分の非など知ったこっちゃないと大河が、最初から語気荒く秀を咎める。

「つうか怒ってんのは俺だけだ。あいつの言い分なんか知るか」

「なんでそないに怒れるん。八日も口きかんとようおられるわ」

気持ちよく煙を吐き出して、呆れ返った声を勇太は胡座《あぐら》をかきながら聞かせてやった。

「今度という今度はもう知らねえ」

「もう知らねえやつの話しとる顔ちゃうで。思いっきり知っとるやつやから、そないにカッカするんやろが。ちゅうか、真弓があんたは怒ってるんやなくて悲しんどるちゅうとったわ」

言われれば大河は随分と憔悴《しょうすい》して疲弊して見えると、勇太も多少の同情を覗かせる。

憐れまれて気を張らせるのにも限界を迎えたのか、強ばっていた肩から息を抜くように大河は煙を吐いた。

「悲しいよ。あいつは……」

呟いたきり大河は、簡単には続きを継がない。

「聞いたるからゆうてみい」

「……おまえな。ガキの分際で」

生意気を言うなと言い掛けて、隣で超然としている勇太に大河は苦笑した。

とっくに勇太は立派な社会人で、保護者のように秀を見つめていて、そうでなくとも子どもの頃から大人であろうとしていることを大河もよくわかっている。

「自分が大事なものを、他人にも同じように大事に思ってもらいたいっていうのは傲慢《ごうまん》なのかな」

「ゆうてみいとはゆうたけど、そないな難しい話には俺はつきあわれへんで」

「おい」

聞くと言っておいてそれかと大河に突っ込まれて、仕方なく勇太は気合いを入れるために背筋を伸ばした。

「がんばるわ。続けろ」

「だから……俺は本当に、秀との仕事は大事なんだ。恋人になるより先に、あいつの小説があった。それは出会ったばっかの学生の頃にもあったもんで」

誰かに話したかったのか大河は、胸の中にあった思いを、ゆっくりとだけれど淀みなく言葉にする。

「秀は小説家になるつもりはなかったって言うが、それはおじいさまが厳しく反対してたからだ」

「そうなん?」

初めて聞いた話に目を丸くした勇太を、大河が見た。

「ああ。だからあいつは小説も隠れて書いてたし、俺が今の雑誌に誘って話が進んだのもおじいさまがもう亡くなってたからだ。もし生きてらっしゃったら、多分」

まっすぐ見られて勇太が、大河は誰でもよくてこの話をしているのではなく、自分にしているのだと知る。

「あいつは何も書かなかったかもしれないし、そしたら俺たちの縁は離れたままだ」

切れたとは、大河は言わなかった。

そう思っていないというよりも、今はそう言えるということなのかもしれないと勇太にもわかった。

「俺は編集者になって、秀と恋人になれなくてもあいつの書いたものを本にしたいと思った。表情も言葉も少ないあいつが、文章の中だと生き生きする。生きてるかどうかもわかりにくいあいつが、すんなり苦もなく生きられるのが小説の中だと俺は今でも思ってる」

「……そうなんか?」

そう言われると秀にとって小説はとても大切なものに勇太にも思えたが、その当の小説をほとんど読まない自分は、ならその秀を知らないのかと複雑な思いもする。

「今は現実だってよく生きてるよ。それは間違いない。だけどなんていうか」

煙草を噛んで、大河は言葉を選んでいた。

「秀にだってそこは、最初の大切な場所だったはずなんだ。それを俺たちは二人の仕事にできた。奇蹟みたいな話だ」

自分の気持ちを整理するように、淡々と大河はそれを声にする。

「おまえには悪いけど、そこで生きてる秀を一番わかってるのは間違いなく俺だ」

強い言いようではなく、むしろ告げる大河の言葉が何か控え目だ。

「俺には秀との仕事が、本当に大切なんだよ」

呟いた大河の声に、隣の豆腐屋で朝も流れる水音が重なった。

「……ノロケっちゅうにはなんや、しんどいな。おまえも」

大河がそういう人間だとは勇太も知っていたつもりだったが、それにしても我が養い親ながらそんなにも思われては、聞いてもなんと言ったらいいのかわからない。

「秀かて、いややいややゆうとるけど続けとるやないか。おんなしように大事なんちゃうん」

適当なことを言ったつもりはなく、勇太は大河に告げた。

「もうすぐ今の連載が終わるんだ。そしたらすぐ新作が始まる。一作でも力を抜いたら、こういう仕事は駄目だ。なのにいつまでも次回作のことを考えようとしないで」

「いつものことやろ」

「本当に目の前なんだよ。考えてる様子がないのは俺にはわかる。もうリミットはとっくに過ぎてるのに、どうして考えられないのかそれを教えてくれたら俺も一緒にどうにかするって言ったらあいつ」

言い掛けて大河が、酷《ひど》く辛そうに眉を寄せる。

「……そんなことって、言いやがった」

それを言われた大河の心情は察するに余りあって、勇太も溜息しか出なかった。

以前ならここで、自分は謝ったとふと、勇太は思った。

秀が迷惑をかけてすまないと、自分自身のことと同じに養い親のことをきっと大河に謝った。けれどもう、秀は勇太のものではない。秀のことを最も思うのは、目の前で疲れた顔をしている男だ。

もしかしたらずっとそうだったのかもしれないと思うと、寂しさが勇太の胸に呼ばれた。

「けど秀は、あんたと喧嘩しとる理由、仕事のことやってゆうてへんで」

簡潔にそのことを伝えようと、勇太が口を開く。

「秀と話したのか」

「なんで喧嘩しとるんて訊いた。おまえが味噌の話を聞いてくれへんからやってあいつゆうとった」

「味噌？」

当然であろう疑問符の嵐が、大河の顔に連打された。

「味噌のことなんか一言も言ってねえぞ、あいつ。嫌がらせみてえに味噌汁出ねえから、俺もすっかり参ってるけど」

一言もと大河が言い放つのに、勇太も秀が全くわからなくなる。

「参るもんだな。当たり前みてえに毎朝飲んでたのに……くそ」

いや、そもそも大河と秀は別々のときの話をしているのではないかと、不意に勇太は思い当たった。

そう考える方が自然だ。

「その喧嘩したん、何月何日何時何分地球が何回回った時や」

真顔で訊いた勇太に、大河が困惑を露わにする。

「重要かそれ」

「めっちゃ重要や」

重々しく、勇太は大河を見た。

「九日前、土曜日の朝だ。俺は半休だったが、みんな出かけたんで秀と仕事の話をしたんだ」

はっきりとした日にちが、大河の口から返された。


「九日前の朝、土曜日の朝。みんなが出かけた後って」

翌日、味噌汁が出ないこととうとう十日目の夕飯前、真弓と勇太は居間の飯台で暗く頭を突き合わせていた。

「それやっぱり同じときの喧嘩の話だよね……味噌と仕事」

「なんなんや一体」

本当に大河と秀は同じ時同じ場所で同じ喧嘩をしたのかと、その不可解は極まるばかりだ。

「いよいよ時空を超えたんじゃない？　六次元とかなんかそんな感じで」

「わけわからんしうっといからもう今夜が決戦や」

「今日で十日だよねえ⁉　お味噌汁抜き‼　このままじゃ死んじゃう！」

喧嘩の芽を焼き払うという壮大な目的は、続く味噌汁なしの日々に飲み込まれて、勇太と真弓はすっかり目的を見失っている。

「と、いうか……何故その決戦の火ぶたの前に僕と龍《りゅう》ちゃんまで呼ばれたのかな？　ええと、いなきゃ駄目ですか」

熱くなる勇太と真弓の横に、二人に言われたので致し方なく連れて来た閉店後の龍を伴った明《あき》信《のぶ》が、困惑しきって二人に尋ねた。

「家族の問題だよ」

「そうかもしれないけど……大河兄と秀さんの問題だし。二人とも大人だし」

その問題に明信も疲弊はしていたが、龍のところで毎日味噌汁を作っているので真弓と勇太ほどには切迫していない。

「知ってるんだからね明ちゃん。最後のお味噌を龍兄に食べさせていることを‼」

「ここんちの味噌で毎日味噌汁食うとるて、俺が龍から聞いた。あほみたいなノロケ顔でゆうとったわ！」

味噌汁罪深いと、真弓と勇太が明信に形相を変えた。

「あー、言った言った」

息を呑んだ明信に咄嗟《とっさ》に睨《にら》まれて、両手を上げて龍には言い訳もない。

「冷蔵庫にあったお味噌で最後だなんて知らなかったんだよ！　僕もお味噌汁がないのが辛くて……でも秀さんが作らないのに僕がここで作るのもって思って、だから」

珍しく大きな声を出した明信の方には勇太と真弓に言い訳があって、必死に捲《まく》し立てた。

「なんで明ちゃんが作っちゃいけないの。なんなのそれ嫁姑問題なの」

いっそ明信が作ればよかったのではと、すっかり味噌汁に乾いた真弓が口を尖らせる。

「だって、喧嘩の原因がお味噌汁だから。それで秀さんが作らないのに、僕が作ったら秀さんに悪いよ」

あっさりと明信が大河と秀の喧嘩の原因を明言するのに、勇太と真弓は顔を見合わせた。

「お味噌汁が原因なの？　なんで明ちゃん知ってんの？」

「勃発する直前までここにいたから僕……」

「それを早よゆえや！　俺と真弓で二日がかりで原因探ってわからへんから決戦やゆうてたんや‼」

入れ替わってまでの苦労がどっと疲れのように襲って、勇太が大きく歯を剝《む》く。

「くうん」

縁側で観戦していたバースが、みんなの賑《にぎ》やかさに小さく苦情を漏《も》らした。

「わからなかったの？」

「大河兄が仕事が原因だって言い張ってるんだよー。秀が大事な仕事のこと、そんなことって言ったって。凹《へこ》んじゃって」

「そんなことって先に言ったの大河兄なのに」

怪訝《けげん》な顔で明信が、真弓の証言に首を傾げる。

「大河兄が仕事の話を切り出す前から……秀さんはお味噌汁の話をしようとしてたんだよ。大河兄は無視してた」

「ええと、だな。すごいなここんちは。いくらカップルが二組同居してるとはいえ、家族間でそんなに個人情報が共有されんのか？　中学生ならグレて家出すんぞ」

あまりにも明け透けにそれぞれの事情を喋《しゃべ》り過ぎではないかと、ごく真っ当に龍は苦言を挟《はさ》んだ。

「誰も中学生じゃないもん。それに安心して？　龍兄の大事な大事なかわいい明ちゃんは、龍ちゃんの話なんか全然しない。少しもしない」

「せやな。おまえの名前も口にせえへんわ。安心せえ、中学生」

自分のためなのはわかっているが名前も口にしないと二人に重ねて言われて、自ら振った話なのに中学生並みの繊細さを発揮して龍が肩を落とす。

「お味噌のこと言おうとして秀さん、すごくソワソワしてたし」

一方明信は今はその朝の記憶を呼び起こすのに必死で、落ち込む中学生に気づかず秀を回顧していた。

「えらいな明信。おまえ秀がソワソワしとるんがわかるんか」

「さすがにみんなもうわかるでしょう」

「丈兄《じょう》も？」

今更といいなそうとした明信に、不在の兄の名前を真弓が口にする。

「……それはさておき。お味噌汁薄くて、でも多分秀さん敢《あ》えてだったんだ。薄いの。お味噌変えたいって言ってたから、そのとき」

早期解決を求める心は二人と同じ明信が、顔を顰めて大河のことも思い出した。

「よくそんな事細かに覚えてんね。明ちゃん」

「ハラハラしながら早く出て行こうと必死だったんだよ」

情が深いのか薄情なのか全くわからないことを言って、明信が溜息を吐く。

「大河兄は確かに締切がどうのって言ってた気がするけど、でもそれはいつものことだから。秀さんはお味噌を変えたいって言おうとしてて。多分」

「味噌変わるとしたらどうするっちゅうとったな。あいつ確かに」

辻褄《つじつま》は合うがしかしどうしてそれがそんなに大ごとなのか、こうなってみても勇太にはピンとこなかった。

「お味噌薄くしてみたけどこれが嫌ならって、秀さん大河兄に言ってたんだよ」

「言われたらなんか薄かったような気がしてきた。なんで大河兄にだけ訊くの。俺たちにも訊いてよー！」

なんでももうちょっと濃い方がいいと真弓が、両手を上げる。

「おまえそれはちょお待てや。話がずれるやろ」

「なんかこないだから明もずっと味噌汁の話だな。味噌がどうしたんだ」

「おまえも黙れ龍」

話が見えずに口を挟んできた龍を、呼びつけておいて勇太は掌《てのひら》を見せて黙らせた。

「でも大河兄は秀さんの話聞かないで仕事のこと怒りながら、薄かったみたいで味噌汁に醬油どばーって……」

それは惨劇の土曜日になったわけだと、勇太も真弓も、さすがに龍も、長い喧嘩の始まりを知って沈黙する。

「……その続きはどないなってん」

「申し訳ないけど、僕は取るものも取りあえず最前線から脱走しました」

恐る恐る尋ねた勇太に、明信が息を吐くのに誰も何も言えない。

「ただいまー」

　そこに、あまりにも脳天気な三男丈の声が玄関から響いた。

「Xin chào!　どうしたんだよおそろいで」

「丈兄、こんにちは言えたんだね……」

　上機嫌の兄に今日どんなよいことがあったのかはすぐ知れて、真弓はあたたかく微笑もうとしたが若干声が乾く。

「そうなんだよ！　いやーかーわいくてさー」

「後にせえその話は」

「んだよ聞けよ。ちぇー、夕飯もあの子んとこで食ってくりゃよかったなあ。最近秀のメシ、味薄くねえ？」

　作ってもらってなんだけれどそれが不満だと、小声で丈は漏らした。

「あ」

「ああ」

「……うん」

　味噌汁に気を囚《とら》われていたが言われればとても薄くなっている秀の食事に、ようやく真弓も勇太も明信も気づく。

「オレスポーツやってっから、もう少し塩気濃くてもいいくらいなんだけど。てか単純に濃い方が好きなんだよな」

「俺もー」

「俺もや」

頭を掻いて丈は、何故いるのだと龍にガンを飛ばしながら明信の隣に座った。

「そこはまだみんな若いもんね……でも僕は、特に発言する権利も持たない研究者見習いで」

「研究者見習いになんか関係あんのか。塩気が」

密かに明信の料理でさえ塩気が薄いと思っている龍が、濃い方がいいのは自分も同じだと発言する。

「塩分必要なほど、あんまり体動かしてないかなって」

「うちで動かしてんだろ」

迂闊《うかつ》に変に低い声で言った龍を反射で丈が殺しに掛かったのは、静観していたバースにも仕方のないことのように思えた。

「……っ……」

肘で龍の首を押している丈を上から無言で真弓が押して、殺してやる義理はないが寒気がしたので勇太も軽く真弓を押す。

「やめて死んじゃう……っ、違うよ！」

慌てて明信は、非力な腕で丈をなんとか止めた。

「……げほっ、……っ……」

臨死しかけた龍は、息を継ぐので精一杯だ。

「違うってば！　花結構重いから‼　だからっ」

「何と違うと思うてん。明信」

真っ赤になってむきになった明信に、わかっていながら勇太が尋ねる。

その言葉に限界まで耳たぶを赤くして、明信は畳にめり込みそうなほど背を丸めた。

ようやく息の整った龍も、この状況で明信に触れていいとは思えず無力だ。

「……ねえ、明ちゃん恥ずかしさで死んじゃうから。勇太」

「すまん」

そこまで追い詰めるつもりではなかったと、素直に勇太が謝っても明信はまだ立ち直らない。

「こんち……」

勝手知ったるなんとやらで玄関から上がって来た魚屋魚藤《うおふじ》の一人息子達也《たつや》が、発泡スチロールの箱を持って居間の手前で立ち止まった。

集まってただならぬ空気を存分に発揮している帯刀《おびなた》家の人々に、その箱をスッと置いて達也は無言で回れ右する。

「待って達ちゃん。なんか一人でも多い方がいい」

すかさずその右足にタックルして、真弓は達也を引き留めた。

「何がだよ！　俺はジャケット取りに来ただけなのにお袋に残った魚をここに運べと言われた善良過ぎる魚屋の息子だぞ！　ワカメだってあるんだから‼」

「善良やから今日はここにおれや。わかった。おまえがゆえ、ウオタツ」

真弓に無理矢理座らされた達也に、勇太が腕組みをする。

「……何を」

「秀に、そのワカメで味噌汁を作れとおまえがゆえ」

「は⁉　ぜんっぜんイミわかんねえんですけど！　なんでよそんちの子がワカメ掴んで味噌汁作

れって言わねえといけねえの‼」

暴君は勇太だけでなく、それがいいと帯刀家の人々が頷くのに、達也は全力で抵抗した。

「おまえがこのワカメを持って来たからだろうなあ。俺もワカメの味噌汁は好きだな。基本だろ」

「龍兄まで何言ってんのかなーあったまいてー。帰してくれ、味噌汁なら母ちゃんに頼む」

「いいね……達ちゃんはいつでもお母さんのお味噌汁が飲めて」

もう随分と発動していない幼なじみへの上目遣いのお願いを真弓がするも、年季の入り過ぎている達也はそんな目線には絆《ほだ》されない。

「いつでも飲めてねえだろ。俺は隣町の地獄のように何もない、何もないならまだいいすげー汚ねえ団地で一人暮らししてんだぞ」

「ちっ」

正論を返して来た達也に、真弓は打って変わって舌打ちを聞かせた。

「ちってなんだよおまえ！　大学入って変わっちまったな‼」

「でも、よそんちの子が言ってくれたらさすがに秀さんもお味噌汁作るかも……」

そんな理不尽な話があるかと悲鳴を上げた達也を見つめながら、明信も秀の味噌汁で頭がいっぱいになってしまう。

「サダメだな」

腕を組んで、丈が真顔で追随した。

「何が」

「ワカメを持って救世主が現れた」

「バカ言うなよ丈兄！」

「町外れの教会に貼ってある絵みてえだなおまえ。ワカメ持っておまえが来たら赤ん坊が生まれる」

「龍ちゃんそれ受胎告知」

ニュアンスはわかるけれど話が違うと、専門分野の間違いを明信は場違いに指摘しないではいられない。

「キリストなんだー達ちゃん」

「どうしちゃったんだよこの家の人々は……」

誰からも、いつどんなときでも庇《かば》ってくれる明信からもまともな発言は与えられず、抵抗する力をなくして達也は畳に膝をついた。

「キリストさん待っとったんや。なれやおまえがキリストに」

「イエス！」

勇太の適当な言葉に、丈が頷く。

「おまえ上手《うま》いことゆうたな」

「イエス」

「上手いかなそれ。オヤジギャグじゃん」

「……ホントおもしろい人たち。じゃ自分はこれで……」

小声で言って畳を這《は》うように行こうとした達也の後ろ襟《えり》を、勇太はおもむろに摑んで引いた。

「……っ……！　死ぬだろっ」

「殺さん加減は覚えたで。おら、これ持って。お持たせですがちゅうて」

仕事場でよく使われるので覚えた「お持たせですが」を完全に誤用して、勇太が氷の敷かれた箱の中からワカメの袋を見つけて達也に無理矢理持たせる。

「うんうん。もうすぐ秀が買い物から帰ってくるから。座ったまま秀を見上げて」

「そうだね。達坊うちで何度かごはん食べてるから」

「秀の味噌汁が飲みたくなったんで作ってくれって言え、達也」

「先生に味噌汁作らせようって会に呼ばれたのか？　俺も。先生は大河と喧嘩してから味噌汁作んねえのか？」

根本を見失っている帯刀家の人々に、根本がまだわからない龍が問い掛けた。

「あ……違うなんだっけ」

「抜本的解決やった……」

味噌汁じゃないと真弓と勇太が、ワカメをじっと見つめる。

「なんの？　でもそうだねワカメのお味噌汁が本題じゃないよね……」

その抜本的解決については知らされていない明信にも、ワカメではないことがわかった。

「オレ秀の味噌汁飲みてえよー！」

心の底から丈が叫ぶのに、四人ががっくりと項垂れる。

「今現在、仲直りして欲しいもう喧嘩しないで欲しい秀のお味噌汁飲まないと死んじゃう、が同率首位」

「おまえとうとう野球用語で喋り出しよったな……」

畳に手をついて呟いた真弓に、勇太が力なく言った。

「さあペナントレースもいよいよクライマックス、勝者はどのチームに」

なるほどと理解して龍が、適当な解説を挟む。

「全部や」

「ペナントは一つしかないからペナントレースなんだぞ」

「ただいま。気が早いね、まだ八月なのにもうリーグ優勝の話？」

突然、居間の廊下から穏やかな秀の声が降った。

そのレースの渦中にいる人の出現は実は突然ではなく、秀はいつも通り静かに玄関を開けて静かに廊下を歩いて来ただけなのだが、帯刀家の四人、無関係なはずの龍と達也、縁側のバースまでもが息を呑む。

「どこかマジック点滅したの？」

実のところ秀はこういう厭味《いやみ》を言わない人間かというとそうではなく、主に大河との苛烈《かれつ》な口論中には存分に発揮されることを皆知っていた。

「ていうか、龍さんも達也くんも。いらっしゃい。お夕飯食べて行って、ありものだけど」

「あ……あああの、お袋がこれよかったらって」

まっすぐ見つめられて何故なのか達也は平常心を失って、発語が上手くいかない。

「あ、ワカメ」

達也は箱の中身のことを言ったつもりだったが、正座のまま両手にしっかりワカメの袋を持っていたので、秀の視線が当然そこに行った。

「ええぞ、行け！　ウオタツ‼」

「がんばって！　達ちゃん‼」

「頼んだぞ達也！」

「ありがとう達坊」

四人から身勝手な後押しを受けて、達也がワカメを持ったまま固まる。

「ありがとうね、いつも。お父さんにもお母さんにも、よくお礼を伝えて。ワカメは……」

じっとワカメを見つめて、ぼんやりと秀は、無駄すぎるほど長く考え込んだ。

「酢の物かな」

その一言に、真弓と勇太と丈と明信が畳に倒れる。

「奥さん、酢の物はいただけねえな。酢の物は」

「そうですか？　花屋さん」

時々無意識に昼メロごっこをしてしまう龍に、秀は買い物袋を飯台に置いて首を傾げた。

「俺は酢の物は嫌いだ」

そこに、今度こそ突然、何かきちんとしなければならない用があったのか髭も当たってスーツを着た大河が、仕事帰りだと主張するその姿で現れる。

しかしこちらも突然現れたのではなく、もはや居間には七人の男がワカメを巡ってざわめいていたので誰も気づかなかっただけだ。

「……そうですか」

酢の物に対する言葉だったが、人々は二人が十日ぶりにまともに会話をしたことに息を呑んだ。

「そうだ。ワカメは」

意を決したまなざしでまっすぐに秀を見て、大河が言葉を喉元《のどもと》に溜める。

「味噌汁だろう」

思い切り吐き出された言葉に、畳に倒れた人々は大いなる前進を感じてむくりと起き上がった。

「そうですか」

涼しい顔というよりほとんど能面と変わらない秀は、何を思っているのか誰にもさっぱりわからない。

「何故おまえは十日も味噌汁を作らない」

「お味噌がないからです」

けしかけなくとも大河も秀も限界だったのか、ギャラリーを無視して二人は勝手に核心に入って行った。

「なら買い足せ。なくなって初めて思い知ったが、味噌汁がない食卓は目玉のない龍と同じだ」

「ええ。僕も画竜点睛《がりょうてんせい》を欠いた日々を十日間過ごしています。君のせいでね」

「なんでそれが俺のせいなんだ。おまえが勝手に味噌汁ストライキをしてるんだろうが」

「それは君がお味噌の相談を無視したからです」

秀にしては随分ときっぱり言われて、大河が怪訝な顔をする。

「……いつ味噌の相談なんかした」

「二つ前の土曜日の朝でした」

「そのとき俺は次の連載の話をしたはずだ」

「僕は確かに君にお味噌の話をしました。お味噌を変えたいけれどどう思うかと訊きました」

「変えたかったら好きに変えたらいいだろ」

「ええそのときも君はそう言った。どうして変えたいのか何故変えることを僕が躊躇《ためら》うのか、君は少しも聞いていなかった」

「聞いたさ！」

「なら言ってみてよ今！」

売り言葉に買い言葉で聞いたと言った大河に、秀にしては随分強い声で主張が返る。

勝手に二人は核心に入ったようにも見えるが、きっかけはしかし、達也が両手で大切に持っていたワカメ以外の何ものでもない。

「俺、いつまでワカメ持ってたらいいのよ……」

救世主はもちろん、そんなことは全く不本意だった。

「し！　大事なとこ‼」

よその家の味噌汁戦争に巻き込まれて賢者のようにワカメをあたためている達也の口を、真弓が塞いだ。

「……俺はあのとき、本当に大事な話をおまえにしてたんだ。次の連載、ここまで何も決まってなかったらやばいだろうが。一つ一つ大切にしてかないと、人気は水物なんだぞ？」

「僕もとても大切な話をしていたんだけど、君は本当に聞いていなかったんだね。改めて驚くよ」

「悪化の予感しかせえへんぞ」

止めるべきなのではと勇太が小声で言ったが、激化する戦乱は濁流のようで誰もどうすることもできない。

「正直、俺は仕事の話をした記憶しかない。だが言われればおまえは味噌汁の話をしてた気がする。それは悪かった。今聞くよ」

振り返ったら多少は記憶が蘇ったのか、大河が大きく譲歩して秀に聞くと言った。

「お味噌を変えたいんです」

やけに静かな声で、けれど何故だか躊躇いを見せながら秀が告げる。

「変えたかったら変えればいい。台所のことはおまえに任せてる」

「……ものすごい昭和のお父さんのセリフ」

「ここは堪えて聞こう」

任せていると言い切った大河に真弓の呆れた声が漏れて、そこは真弓に同意だが明信が人差し指を立てた。

「この話はこの間も君にしたんだけど、この家のお味噌は君が生まれる前からずっと同じ味噌なんです」

「は？」

二度目だと前置きされているのに大河が、初めて聞いたと言わんばかりの間抜けな声を漏らしてしまう。

もちろんその反応は秀の憤りに油を注いだが、深く息を吐いて秀はもう一度口を開いた。

「お隣のお豆腐屋さんが入れてくださっているお味噌を、君のお母様が使い始めて。ご両親が亡くなったあとも、お豆腐屋さんがお味噌をそのまま扱ってくれていたんだ。それを明ちゃんが使って、僕もその話を聞いてお味噌は必ずお隣から分けていただいていました」

「豆腐屋から……ああそうか。大豆か」

「そう。だから」

続きをけれど、秀が強く躊躇う。

「お母様の味なんだよ。お味噌汁」

躊躇われた理由は、初めてそのことを教えられた大河、丈、真弓にも聞いてすぐにわかった。

随分と前に亡くした人だけれど、その母が選んだ味噌がずっと受け継がれていたと聞けば、それだけで子どもたちの胸はいっぱいになる。

その顔を見ている龍にも達也にも、秀の躊躇いの意味は伝わった。

「そうか……それは、知らなかった。明信は知ってたのか」

場外にいたのに不意に自分の兄から振られて、明信が慌てて背を正す。

「知ってたけど、ごめん僕はそんなに深くは考えたことがなくて。お豆腐屋さんが、いつもの味噌入ったよって声を掛けてくれるから使い続けてただけだよ」

秀ほどにはその味噌の意味を明信が思わなかったのは、薄情だからではなく当事者だからだ。

母親の選んだ味噌について秀が強く執着するのは、他人だからこそその子どもたちの気持ちを思うからのことで。

「その味噌を、変えたいのか？　なんでだ」

「それも僕は言ったけど」

何も聞いていない大河に、秀の唇から大きな溜息が溢れた。

「すごく美味《おい》しいお味噌なんだけど、昔ながらの麹屋さんのお味噌で。だから大きなメーカーが作ってるようなお味噌より塩分が強い」

「それがどうした」

「それがどうした?」

ここまで、聞いていない大河への我慢に我慢を重ねていた秀が、ぷつりと切れた音が居間に大きく響き渡った。

「あなたはご自分の健康診断の結果をご覧になっていないのですか?」

「どうしたらいいのかわかんねえくらい、先生の丁寧な言葉すげえこえぇ……」

言わずもがなで凍り付いた人々を代表して、ワカメを抱えたままに達也が呟く。

「健康診断? ……ああ、春に受けたっけな。もう結果出たのか?」

何故この長男はこんなにも燃えさかる火に無造作にガソリンを撒《ま》くのだと、声を聞く人々はただ絶望した。

「ご覧になっていないんですか。結果が出たことも忘れていると。けれど僕は見ました。何故ならあなたがご自分の机の上に無造作に広げていたからです」

「なんで」

「FAXを使ったときに目に入ってきました。広げてあったんです」

何故勝手に見たという一応普通の反論をしようとした大河に、秀は猶予を与えない。

「eGFRが正常値ながらギリギリでした」

「eGFRてなんだ」

「推算糸球体濾過値《ろか》です」

「……推算糸球体濾過値てなんだ」

「ギリギリだったので気になって僕は調べました。簡単に言うと腎機能の値です。腎臓が濾過する機能を示す数字です」

「へえ」

またガソリンが惜しみなく撒かれるのに、人々はもう避難したいがこの闘いの結末を見届けないわけにはいかなかった。

「随分ちゃんとした検査なんだな」

「あなたは勤続年齢の関係で検査項目が多いようです」

「記念受験みたいなやつか」

「た、大河兄……もう少し考えてから発言して……」

知らない言葉が出て来たことに興味がいってしまった大河を、足下から必死に明信が呼び止める。

「記念受験に落ちても死にはしませんが、腎機能が落ちたら大変です」

「でも正常値なんだろ?」

「君はまだ二十代なんだよ。二十代で正常値ギリギリだったらこの先どうなっちゃうの?」

「どうなるんだ?」

「今のままの生活をしてたら、腎臓の機能低下の先は生活習慣病の嵐だよ。原因は絶対に塩分の取り過ぎが大きい。塩分の取り過ぎは心疾患や脳の疾患、高血圧だって招くんだから」

感情的になり過ぎて言葉が通常に戻った秀は、溜め込んでいた不安を一度に爆発させた。

「聞いてるだけで病気になりそう……」

兄の体に並べられた不安は秀の愛の証《あかし》だとはわかっても、病名が多過ぎて真弓などは逆に深刻に受け止め損なう。

「だからお味噌なんだね。秀さん」

なるほどと、恋人への心配から秀の思考の全てが味噌に集中した理由を思い知って、明信はなんとも言えない息を吐いた。

「そうなんだ……人が一日に摂取する塩分の十パーセントは、お味噌汁だと言われていて」

「じゅっぱーて少ないいんちゃうん？」

ピンとこずに思わず勇太が、本当に余計な口を挟んでしまう。

「勇太は自分が一日にどれだけの塩分を摂取してるか把握してる？　勇太もお醤油たくさん使うよね。僕が焼いた卵焼き、揚げた唐揚げ、焼き魚にさえも何もかもに塩分は含まれています。その中の十パーセントだよ!?」

「……もう余計なことゆわんから続けてくれ。ホンマに俺が悪かった」

何故うっかり思ったことを口から吐き出してしまったのだろうと、勇太は自分の迂闊さに目眩を覚えた。

「だから僕は、お味噌を減塩に……できれば、したくて」

遠慮がちに秀が、結論と思われることを口にする。

「したらいいだろ」

少し分が悪いと顔を顰めながらも、それでどうしてこんなに秀は怒っているのだと、大河はまだまだ反省しなかった。

「今までの麴屋さんに、減塩のお味噌がないんだよ」

「……え」

「それも僕は君に言った」

聞いていないことを責めたのではなく、自分でも処しきれないことに秀は不意に泣いてしまいそうな声をあげた。

「でもみんなのお母さんのお味噌だから。どうしたらいいのかわからなくて」

「それは」

俯いた秀がもうほとんど泣いていて、ガソリンを撒いていた大河の声も弱くなる。

「ちゃんと……聞かなくて悪かった。だけど」

「え、引かないの大河兄。この展開で引かないのは戦国武将ならもうデッドだよ」

遠回しでもなんでもなく真弓は、兄にもう引けと進言した。

「だけど俺も、本当に大事な話をしてたんだ。俺はおまえの原稿のことは」

けれど弟の提言など聞かず兄は、周りも見ずにそのまま進む。

「命と同じに考えてる」

「そんなわけないでしょう」

重い大河の言葉を、すぐさま秀は否定した。

「そんなわけないとか言うな！　おまえの原稿は残っていくものだろう？　俺はそれを助ける仕

事で、なんなら命よりもっと長く生きるものの話をしてるんだ」

それを秀に解こうとして大河は、上手く言葉を選べず息を吐く。

「おまえと……今みたいになる前から、俺はおまえの書くものを見てそれを仕事として扱ってきた。おまえを知るより先に、おまえの原稿からおまえをもっと知った。おまえが否定しようと、おまえの仕事はおまえ自身だよ。それは命と同じだろう？」

「そんな風に考えてもらう価値があるとは思えないよ」

真摯《しんし》に訴えた大河に、それでも秀は頷けなかった。

「おまえの命の価値を決めるのはおまえじゃなくて俺だ！」

すぐに大河は短気を起こして、説得を放り出して声を荒らげる。

「それを言うなら君の命のことだって君一人に決めて欲しくなんかない！」

秀は秀で子どものような癇癪《かんしゃく》を起こして、持ちうる限りの大きな声を上げた。

「なーんだ」

緊迫感高まる居間には不似合いな、丈の間延びした呑気《のんき》な声が響き渡る。

「二人とも大事なものが全然違うんだな」

肩を竦めた丈は、二人の喧嘩に興味をなくしていた。

「兄貴は秀が、秀は兄貴が一番大事なんだろ？　そしたらえーえんの平行線だろ。平行でいたらいいんじゃねえの？」

そこ同じリングじゃない、と肩を竦めて、丈は心底どうでも良さそうに鼻をほじった。

「丈兄……今日片思いしてる女の子にやっとXin chàoが言えただけだっていうのに」

「ほんまやで、丈。しかもええ年こいてそないな片思いしとってからに」

「恋愛という視点を降りて俯瞰《ふかん》で考えてる……天才だな、丈兄」

「ボクシング視点だな。おまえすげえぞ、丈」

目から鱗と全員が、あっさりとこの喧嘩は「解決しない」という結論を導き出した丈に称賛の拍手を送る。

「それ褒《ほ》めてんのかよ……みんな」

「本当にすごいよ、丈。だって、見てほら」

丈の肩に手を置いてそっと明信が示す方を皆が見ると、丈の言葉に互いからの思いでいたたまれなくなった恋人たちが、向かい合わせで立ち尽くしていた。

丈に教えられたことはシンプルでわかりやすく、要は恋人が何より大切なのは自分だということだ。

「お母さんの味かー。でもごめん、気づかなかった全然」

仏壇を振り返って、そもそも母の味をほとんど知らない真弓が大きく伸びをする。

「受け継いだはずの僕も、そのことは考えなかった。お母さんの味、大切かもしれないけど……」

恋人たちの気づきが脳に届くのにはつきあっていられないと、ギャラリーは解決できるところからしていこうと努め始めた。

「秀さんの気持ち、大河兄を心配する気持ち考えたら絶対、うちの母さんじゃなくたって誰でも」

ふと、明信が龍を見る。

「すぐ変えてって言うよ」

そんなに遠くにはいないもう一人の母親の気持ちを思って明信は、滅多にしないことだけれど他者の気持ちを断定した。

「そうだなあ。それに味噌変えたって別に覚えてることは忘れねーし」

真弓と同じに仏壇を少し振り返って、丈が笑う。

「残念ながら死んだ人は生き返んないけど、こっちは生きてるしさ。思い出の味より、生きてる大河兄の健康の方が大事だよ」

みんなそう思うと付け加えた真弓に、それぞれに違う親や養い親を持つ、勇太も、達也も、龍も、苦笑して頷く他なかった。

「……もっと早く、みんなに訊けばよかった」

丁寧に教えられて、そういうものが人の気持ちだと、改めて秀が知る。

「こんばんはー！　誰かいないの⁉」

不意に、玄関の方からよく知っている女の声が響き渡った。

「あ……はい」

廊下近くに立っていた秀が慌てて玄関に走り、大河も後を追って、その声の主がある意味渦中の人だと気づいて皆顔だけ廊下に出す。

「あ、丁度よかった先生。先生に用だったんだよ。これ」

女は隣の豆腐屋の女将《おかみ》で、まさに話題の味噌が入っていると思《おぼ》しきプラスチックの小さな樽《たる》が、玄関にどんと置かれた。

「先生、悩んでただろ？　ここの味噌に減塩味噌がないって。この間麴屋さんと話したときにその話したら、先生みたいな人が多いって言って」

「……僕みたいな？」

「味噌たくさん使うのは年寄りが多いからね。高血圧とかそういうので、よく言われるから今年丁度試作品作ったところだって分けてくれたんだよ」

まさか女将は自分がその大騒動完全解決の宝物を持って現れたとは知らずに、呆然としている秀に困って肩を竦めている。

「評判悪くないから次から商品にするってさ。まあ使ってみな」

「ありがとう……ございます。本当に……」

こういう形で両方が丸く収まるとは誰も想像しておらず、驚きのあまり秀は涙ぐんだ。

「ちょっ、ちょっとどうしたの先生泣いたりして！　具合でも悪いんじゃないの⁉　大河あんたちゃんと見ててあげないと駄目だよこの人、いつもぼんやり生きてんだから！」

隣人なのに核心を突いて、女将が手を振ってさっさと玄関を出て行く。

「見てるよ……ちゃんと」

女将にではなく自分に言い聞かせるように呟いて、大河は秀の隣に屈《かが》んだ。

「色々、考えてくれてありがとな。今度からどんなに頭に血が上ってても、ちゃんとおまえの話……聞くよ」

本当に悪かったと、大河が秀に言葉を尽くす。

「君が……僕の書くものを心から大切にしてくれてるの、わかってる。受け止め切れないことも多いけど、本当は嬉しい」

こともある、と小さく言い添えて秀が、安心から溢れてしまった涙を廊下に落とした。

「でも、命がなかったら何もできないよ」

間近に久しぶりに恋人の顔をちゃんと見て、秀がわずかに微笑む。

「喧嘩することも、君の心配をすることも。君にそうして」

久しぶりにちゃんと恋人の顔を見たのは、大河もまた同じだった。

「大切に思ってもらうことも」

「……秀」

目を合わせて掠《かす》れた声を聞いて、大河の指が覚えず秀の頬に伸びる。

「ねえそれ後でやってくんないかな！」

だがしかし玄関先でそんな仲直りを許すには、あまりにも時間が悪く真弓が大きな声で割って入った。

「せやな。魔法の味噌も来たことやし、何より腹が減ったわ」

味噌の飛び込み方が勇太にはもう魔法で、豆腐屋の女将は魔女だ。

「腹減った！　二人の愛はもう腹一杯だ！」

もっともな言い分を丈が大きく叫ぶ。

「独り者の達也に、いつまでワカメをあっためさせとくつもりだ」

気の毒だろうと龍は、律儀に両手でワカメを持っている魚屋の一人息子を憐れんだ。

「龍兄……それせめて自分で言わしてくれよ俺に」

他に言葉もないと達也が、ワカメをあたためたまま項垂れる。

「ご……ごめんねみんな。このお味噌でワカメのお味噌汁作るねとりあえず」

慌てて秀は大河の肩を押し返して、大河は思い切り空間を抱きしめる羽目となった。

「ありがとう達也くん」

小走りに達也に駆け寄って、やっと秀がワカメを受け取る。

「箱の中には本日の魚が入ってるよ」

「すぐにごはんにするから、食べて行って。ね。龍さんも」

客人である二人に告げて、秀は食材を持って台所に向かいいつものように白い割烹着を身につけた。

「断る理由なんか何一つねえよ……」

「俺もそう思うぞ達也」

十日に亘《わた》る恋人たちの不和の結末に参加したのは達也も龍も全く本意ではなく、疲れ果てて力なく呟く。

程なく台所から何か夕飯の匂いがして、皆一様に安堵《あんど》して飯台を囲んだ。

「お味噌じゃない気がするなあ。なんか」

急いで出汁を取ろうとしている秀が香らせるものを嗅《か》いで、真弓が独りごちる。

「せやな……味噌のせいちゃう」

少し遠くに秀の背中を見つけて、勇太も苦笑した。

「そうだと思う。僕はうちのお味噌でお味噌汁作ってたけど……秀さんのお味噌汁恋しかった」

十日間帯刀家の人々は味噌汁がないことに餓《う》えていたが、欲しかったのはきっと味噌汁一つのことではない。

家の中の者がちゃんと言葉を交わす時間、笑う時間。その息を吐くために与えられる毎日の変わらない食事と、それを作る人のたてる穏やかな物音。

足りないものは、思ったよりも多過ぎた。

「自分より大事な人かー。いるかなオレ。明ちゃんガキの頃から大事だけど」

誰より幸いそうな大河をちらと見て、気恥ずかしく丈が畳に大きく伸びながら横になる。

「うちじゃなくて、よそには？」

複雑そうな顔で隣にいる龍に苦笑しながら、遠慮がちに明信が丈に尋ねた。

鼻の頭を掻いて、ほんの少し丈が考え込む。

「Xin chào!」

軽快に丈が声にするのに、皆が笑った。

久しぶりに味噌汁の香りが帯刀家にたちこめて、台所に立つ秀とその後ろ姿を見ている大河にだけは、ベトナム語の挨拶《あいさつ》が聞こえないままだ。

世界平和はほど遠く恋人たちはまた同じ喧嘩で家族を騒がせるのだろうが、それもまた幸いと思えなくもない、暑い夏の終わりだった。

［守護者がめざめる逢魔が時］番外編

二流退魔師と無害な凡人

神奈木智

扉イラスト　みずかねりょう

夾竹桃《きょうちくとう》を使って死にたい、と言いだしたのは女の方だった。

「だって、薄い桃色の花弁が愛らしくて死出の小道具にはぴったりじゃない？」

裏庭に群生している一部を指差し、彼女は嬉《うれ》しそうに瞳を輝かせる。季節はちょうど初夏に差し掛かったところで、濃い葉陰の合間から可憐《かれん》な花がたくさん顔を出していた。

「ねぇ、知ってる？　夾竹桃はね、全部が毒なんですって。根も葉も茎も、植えた土まで全て毒なの。だから、子どもの頃は〝触ったらダメ〟ってきつく母様に言われたわ。おまえ死んじゃうわよ、って」

その話は、男もよく知っている。同じ話を、母親から聞かされていたからだ。

そうして、ずっと不思議にも思っていた。

そんなに危険な花を、この家の人間はどうして放置しているんだろう――と。

「葉と根を煮詰めて、毒のスゥプを作るわ。ほんのちょっと口にしただけで、確実に死ねると思うから。少しは苦しいかもしれないけど、神経に作用する毒だって話だし、きっとすぐ楽になるはずよ。だから、ちょっとの我慢よね。それくらい、辛抱しなくちゃ」

想像するだに恐ろしい話だったが、男は「いいね」と相槌《あいづち》を打った。

楽に死ねるのなら、無論その方が望ましい。だが、そう都合よくはいかないとわかっていた。

大事なのは「確実に死ぬ」ことだ。死に損なうのだけは、絶対に避けなければならない。

「きっと、いつか使う時がくるわ。その日、私は何を着たらいいと思う？」

はたして、どうやって死ねばいいのか。

そんな一番の難問を片付けたせいか、女の表情はすこぶる明るかった。男は愛しさで気も狂わんばかりになりながら、表面上は穏やかな態度を崩すまいとする。

女の笑顔を見るのは、本当に久しぶりだった。

このまま抱き締めることができたら、どんなに幸福だろうか。

「ごめんな、亜希子《あきこ》。俺に、何の力もないばかりに……」

「白い服にするわ。白いワンピース。花嫁衣裳《いしよう》みたいに、真っ白なのにする」

「おまえはそれでいいが、男が白のタキシードなんて用意したら、たちまち町の連中の目についてしまうぞ。決行の前に計画がバレたら、事じゃないか」

「だったら、色だけでも揃《そろ》えればいいわ」

男が渋い顔をすると、女は「ふふっ」と笑んだ。

まるで、死ぬのが楽しみね、と言っているような顔だった。

今年も、また二月がやってきた。

日に三本しかない路線バスの最終便から降りた途端、早霧颯也《さぎりそうや》はやれやれと溜《た》め息《いき》をつく。今年から時刻表が変わったことを知らず、ここまで来るのにだいぶ手間取ってしまった。

だが、颯也が事前にチェックしなかったのも無理はない。二十歳で初めてこの地を訪れてから五年間、何一つ変化など起きなかったのだ。

「最終便が五時って、早すぎだろ」

東京《とうきょう》から特急と各停を乗り継いで三時間、駅から路線バスに揺られること四十分。

全国でも指折りの地味さを誇るS県R町は、山間に位置する人口二千人余りの小さな集落だ。町民の平均年齢は高く、夜は早く休む家庭が多い。大概の若者は大都市へ出て行き、夜間に遊ぶ場所もない。実際、バスが廃線にならないだけ有難いくらいだ。

「バス以外は、とりたてて変わりなし……と」

久々に田舎の空気を味わいながら、見慣れた風景をぐるりと見回す。山の隆線や田園の変わり映えしない眺めに、落胆とも安堵《あんど》ともつかない苦笑が浮かんだ。

あと何年、この土地へ通うことになるのだろう。

それは、颯也自身にも見当がつかなかった。今年で終わりになるかもしれないし、年老いて動けなくなるまで続くかもしれない。

「あらぁ、早霧さん。今年も待っていたわよ。本当に、あんたは熱心だねぇ」

未舗装の道路をしばらく歩いていたら、隣の鉈豆《なたまめ》畑から声をかけられた。五分ほど先にある旅館の女将《おかみ》、遠山早苗《とおやまさなえ》だ。暇な時が多いので、もっぱら畑仕事に精を出しているらしい。

「そろそろ家に戻ろうかと思ってたんだけど、ここにいれば早霧さん通ると思ったのよぉ」

「あはは、いい勘してるね。道具、貸しなよ。俺が持ってあげるから」

颯也の申し出に「悪いわねぇ」と笑って、初老の女将は一緒に歩き出した。

定宿にしている『遠山館《とおやまかん》』は、町で唯一の宿泊施設だ。こぢんまりした木造の建物は旅館というより民宿といった趣きだが、女将の実家の宮島《みやじま》家が町でも一、二を争う古い家柄で発言権が強いこともあり、いわゆる町の外交役としての役目を担っているらしい。

「女将さん、元気そうで良かったよ。またしばらくお世話になるからよろしく」

「十年も前に亭主が亡くなってから、気楽な一人暮らしだもの。賑《にぎ》やかになって嬉しいわ。観光地でもない辺鄙《へんぴ》な田舎に泊まろうなんて物好きは、今じゃ早霧さん以外はいないしねぇ」

「物好き……か」

「あらやだね。別に、深い意味で言ったんじゃないのよ」

慌てたように付け加え、女将はそそくさと畑道具を片付けに行った。一人残された颯也は、勝手知ったる気分で表玄関の引き戸に手をかける。案の定、鍵はかかっておらず磨りガラスの扉は難なく開いた。この辺はのどかなので、どこの家でも鍵をかける習慣がないのだ。

（まぁ、そうだよな。第一、魔物には鍵なんか意味がないし）

薄暗い土間の玄関に一歩踏み込み、颯也は無言で天井を見上げる。

そのまま目を細めて集中し、四隅の暗がりを念入りに観察した。闇が濃い梁《はり》の一角には、去年女将へ渡した護符が貼ってある。その効力を確認するためだ。

（……うん。あの感じなら、まだ当分は大丈夫だろ。穢《けが》れも雑霊程度だし）

止めていた息をいっきに吐き出し、ホッと緊張を解いた。なにぶん建物自体が古いので、澱《よど》んだ〝気〟や低級霊が溜まりやすい。特に心配するほどではないのだが、ここの女将はやたらと信心深く、颯也の『商売』を知ってからというもの何かにつけ頼られていた。

「さぁて、今夜は何を作ろうかしらね。早霧さんが来たなら、ご馳走《ちそう》にしないと」

戻ってきた女将が、さっさと横を通って上がり口に立つ。彼女は泥のついた割烹着《かっぽうぎ》でゴシゴシと手を拭《ぬぐ》うと、「さ、おあがんなさい」と客用のスリッパを出してきた。

「それから、今年も屋敷神の方をお願いね」

「了解。そっちは、今夜にでも済ませちゃうよ」

「ああら、良かったわぁ。これで、また一年間安心だねぇ」

ありがとう、と拝まれてから、ようやく二階の客室へ案内された。ここは一階が女将の住居になっており、客が食事を取る和室の居間以外は彼女のプライベート空間になっている。もっとも二階の三部屋も他の客で埋まることはないので、そちらは実質颯也の貸し切りだ。

「それがね、今年はちょっと違うのよ」

去年と同じく一番奥の和室へ通された後、お茶を運んできた女将が自慢げに言った。

「今夜は、早霧さんの他にも予約が入ってるの。それも四名も」

「四名？　へぇ、凄《すご》いじゃないか。俺がこの宿へ泊まるようになってから、今まで他の客とかち合ったことなんか一度もなかったのに。近くで祭りでもあるのかな？」

「こんな時期に？　あっても、観光客が来るようなものじゃないわよ」

「ふぅん。じゃ、流行《はや》りの『聖地巡礼』とか？」

「何よ、その呪文《じゅもん》みたいなのは」

「俺もよく知らないけど、アニメや映画でロケや舞台に使われた場所を、実際に訪ね歩くファンが多いらしいよ。そういや、ちょっと前にヒットしたアニメの主人公、隣のH市出身の設定だってネットで言われてたな。ま、俺は観てないから何とも言えないけど」

「あら、じゃあそれかしら。四人のうち、二人は子どもなのよ」

なんだ、と颯也は苦笑する。それは、単に家族旅行で立ち寄るだけだろう。R町の近くにもイベントや観光地はあるし、値段が高めな現地の宿を避けただけかもしれない。

「家族？　ううん、違うと思うけどねぇ」

おしゃべり好きな女将にかかると、個人情報などダダ漏《も》れだ。

「だって、電話で男性四人って言われたもの。大人二人と中学生が二人って」

「へぇ……」

「車で来るって言ってたから、少し遅くなるかもしれないわね。しかも一泊二日だから、忙《せわ》しないのよねぇ。まぁ、明日は日曜だから、帰らないと学校に間に合わなくなっちゃうし。でもね、だったら何のために来るのかしら。そもそも……」

「女将さん、あんまり客の詮索しちゃ良くないよ」

やんわり窘《たしな》めると、いけない、と女将は両手で口を覆った。退屈な田舎暮らしで、たまに来る余所者《よそもの》のプロフィールが気になるのは無理もないことだ。颯也も咎《とが》めるつもりはなく、悪戯《いたずら》っぽい笑みを浮かべるとひっそり声を落として言った。

「でも、面白い話があったら内緒で教えてよ」

「あらやだよ、早霧さんってば」

あはは、と破顔し、彼女は機嫌よく部屋を出て行った。年に数日の滞在とはいえ、付き合いも五年になると遠い親戚くらいの感覚だ。しかし、女将――宮島家の後ろ盾があってこそ、自分は普通の顔をして町に出入りできることを颯也はよくわかっていた。

R町は早くから開拓されたため歴史が古く、その分閉鎖的な空気も強い。他所から移り住んだ人たちは三代続くまで余所者扱いだし、それを当然とする意識が住民の根底にある。

そんな息苦しい土壌が生みだした、数々の不気味な伝承や噂話《うわさばなし》。

中でも、颯也の人生を狂わせたのが一組の男女による心中事件だった。

「女将さん、俺、ちょっと近所をぶらっとしてくるよ。夕飯までには戻るから」

「あら、けっこう暗くなってるわよ。足元には気を付けてね」

「大丈夫。この町は、もう第二の故郷みたいなもんだし」

荷解きを終えた颯也は、台所の女将へ声をかけて再び外へ向かった。


「……相変わらず、誰も近寄らないんだな」

鬱蒼《うっそう》とした雑木林の入り口に立ち、颯也は小さく呟《つぶや》いた。

町の東側に、近隣から神山と敬われる標高三百メートルの小高い山がある。山頂へ向かうルートは幾つかあるのだが、一番近道になるはずの雑木林に住民は滅多に立ち入らなかった。

別に、危険な野生の獣が出るとかいう理由からではない。

ここで、五十年ほど前に心中事件があったからだ。

もっとも、人死にだけならずっと以前からあるだろう。古来、戦や病気、飢饉《ききん》などであっけなく人は死んでいたはずだ。それでも心中事件だけが住民の心に影を落とし、あまつさえ雑木林に立ち入ることを戸惑わせるのは、その死に纏《まつ》わる忌《い》まわしい噂が存在しているからだった。

心中した女の幽霊が、この地を彷徨《さまよ》っているという。

町民の口は重かったが、何とかかき集めた情報によると心中は失敗に終わり、死んだのは女の方だけだったようだ。一緒に死ねなかった怨《うら》みからか、女の霊は今も恋人を探し続けている。そうして、年恰好《かっこう》の似た男性を見つけては、地獄へ引きずり込むという話だ。

「地獄ってのは、作り話っぽかったけどな」

だが、この町で数名の行方不明者が出ているのは事実だった。

初めは心中事件の直後に三人、それから年月が経《た》ち、再び二人が消えたのが十年前。しかも、一人の例外を除いては全員が男性だ。幽霊の仕業と断定するのは乱暴だが、少なくとも人口の少ない、鍵すらかける習慣のない田舎町において、これは異常事態なのではないか――そう言われて久しいが、何故だか町民は何も手を打とうとしなかった。心中の現場に粗末な供養の祠《ほこら》を立てたきり、放置しているのが現状だ。

五年前、その噂を小耳に挟んでやってきたのが颯也と妹の莉佳《りか》だった。

『ノウマク・サンマンダ・バザラダン・カン！』

闇に染まった空に、不動明王の一字呪が響き渡る。

だが、霊力が足りないのかさしたる効力は発揮されず、弱々しい光は途中で空しく霧散した。

（畜生、考えが甘かったか……）

知っている真言はあらかた試したが、そろそろ颯也の呪術は弾切れだ。もともときちんと修行を重ねて身に着けたものではなく、付け焼き刃もいいところなのだが、それでもどうにかなってきた今までの雑霊とは相手が違っていた。

雑木林の一本道を入ってしばらく進むと、傍《かたわ》らに崩れかけた小さい祠がある。手入れもされず花どころか供え物もなく、顔の欠けた地蔵に刻まれた名前はすでに判読が難しい。

この惨状は、町の人間が薄情だから、というのとはちょっと違った。皆、ここを恐れて近寄れないのだ。現場を目の当たりにした颯也も、さもありなん、と納得した。普通の人間でさえ本能的に避けたくなるほど、禍々《まがまが》しい気配が祠に棲《す》みついている。

『くそ、しぶといなっ』

効果なし、と知った颯也は、呼吸を整えて剣を模した印を新たに組んだ。少し離れた背後には莉佳が控え、微量ながら霊力のバックアップをしてくれている。危険だから付いてくるなと言ったのに、内気な彼女は片時も兄の側を離れたがらなかった。

『ノウマク・サンマンダ・バサラダン・センダンマカロンシャダ・ソワタヤ・ウンタラタ・カン・マン！　このまま、おとなしく闇に返れ！』

今度こそ、と持てる限りの念を込め、力強く印を振り下ろす。銀色の閃光《せんこう》が迸《ほとばし》り、神気の光が祠を直撃した。蠢《うごめ》いていた影が怨嗟《えんさ》の悲鳴を上げ、狂ったようにのたうち回る。

『やった……！』

胸を躍らせ、颯也は止めていた息を深く吐き出した。だいぶ手こずらされたが、さすがに片付けられるだろう。これまで何人もの霊能力者が除霊に挑み、己の手には余ると逃げ帰ってきた悪霊だ。それを調伏《ちょうぶく》したとなれば、颯也の武勇伝は瞬く間に広がるはずだった。

（『協会』の連中め、ざまあみろ！　俺にだって、このくらいの力はあるんだ！）

入会したいと勇んで本部を訪れ、門前払いを食らった屈辱が蘇《よみがえ》る。

だが、間違っていたのは向こうだった。颯也の霊力は、『協会』所属の霊能力者たちにだって決してひけを取らない。連中が勝てなかった悪霊を今、完全に滅しようとしているのだから。

『莉佳、見たか？　これでもうバカになんか……』

されないぞ、と振り向こうとした刹那《せつな》『ダメッ！』と鋭い声がした。

『兄さん、ダメ！　まだ終わってない！』

直後に思い切り突き飛ばされ、颯也は路上に転がった。

『り、莉佳……』

『兄さ……ぁ……』

顔を上げた颯也は、我が目を疑った。

どす黒い煙が莉佳の全身に纏《まと》わりつき、大蛇さながらに締め上げている。

腐臭と憎悪に満ちたそれは、じわじわと彼女を闇へ取り込もうとしていた。

『にいさ……たすけ……』

『待ってろ！　すぐにそいつを祓《はら》って……』

急いで立ち上がろうとしたが、足が震えて上手く立てない。颯也は必死に己を叱咤《しった》し、あらゆる聞きかじりの真言を浚《さら》ってみたが、どれも中途半端で役には立たなかった。くそ、と焦りに任せて放った呪符が、難なく煙に吸い込まれていく。

ゆらぁり。

朽ちた祠から、長い影が這《は》いずり出てきた。

女だった。

髪はべったりと血と泥で固まり、覗《のぞ》く舌には黒い虫が這っている。のろのろと地面へ下ろした両手を見て、颯也は悲鳴を上げそうになった。女の左手は、手首から先がなかったのだ。

『り……莉佳……』

ぺたり。ぺたり。女が莉佳へ近づいていく。颯也は悟った。こいつが祠の悪霊だと。気も狂わんばかりに『動け』と念じたが、身体《からだ》は指一本自由にはならなかった。

ぺたり。ぺたり。

女が、莉佳の背後から圧《の》し掛かる。

にたり、とそいつは笑った。笑いながら、莉佳の頭に齧《かじ》りついた。

『や……やめろ……』

がりがりと骨の音に混じり、女の呪詛《じゅそ》がドッと颯也の脳に雪崩《なだ》れ込む。

おまえだ。おまえを待っていた。離さない。離さない。

他の奴らは死ね。死ね。死ね。死ね死ね死ね死ね死ね死ね死ね死ね。

『兄さん、助け……て』

必死で手を伸ばす莉佳の指先から、鮮やかな血が滴り出す。

ぽたり、と滴が垂れるたび、颯也の耳元で哄笑《こうしょう》が渦巻いた。

あはははは。真っ赤だ。私とおんなじだ。真っ赤。真っ赤。ざまあみろ。あはははは。

おんなじだ。私とおんなじ真っ赤だ。おんなじだ。おんなじだぁ。

『あ……く……』

凄《すさ》まじい苦痛に襲われ、颯也は呼吸ができなくなる。

視界が狭まり、ぐるぐると世界が回り出した。

『り……か……』

それきり、ぷつりと意識が途切れる。

再び路上で目を覚ました時、莉佳の姿は跡形もなく消え失せていた。


あれから五年。

颯也は、毎年同じ時期にここへやってくる。もちろん、莉佳を取り戻すためだ。彼女はいわゆる神隠しに遭っている状態だから、悪霊さえ調伏できれば突破口が開けると信じていた。

「五年間、全国を飛び回って退魔師としての腕も磨いてきた。もう、以前みたいな失敗は二度としない。俺は、未熟なくせに功を焦って莉佳を犠牲にした。その償いのためにも、必ずおまえを助けてやるからな。待ってろよ……莉佳……」

本当に、悔やんでも悔やみきれない過ちだった。

若気の至りとはいえ、頼まれもしない除霊に失敗した挙句に行方不明者を出したのだ。町民による当時の颯也への風当たりは、当然だが相当強かった。そんな中、女将だけがひどく同情をしてくれ、皆に取り成してくれたお蔭で今も通うことができている。警察の取り調べも受けたが証拠不十分で解放され、最終的には発作的な家出ということで片付けられてしまった。

『ねぇ、兄さん。どうしても行かなきゃいけないの？』

莉佳の怯《おび》えた声音は、まだ耳に残っている。

『その現場、行方不明になるのは男の人だけなんでしょう？　だったら、兄さんだって危険かもしれないじゃない。ねぇ、どうしてもダメなの？　そこでなきゃいけないの？』

颯也は聞く耳を持たなかった。退魔師として名を上げるチャンスだと思ったし、結果的にそれが兄妹の幸福へ繋《つな》がると思い込んでいたからだ。おまえは家で待っていればいい、と諭すと、莉佳は『嫌よ』と言い張った。幼い頃から颯也の後ばかりくっついて、何でも言うことを聞いてきた彼女が示した、初めての自分の意志だった。

『だったら、女の方が役に立つかもしれないじゃない。お願い、私も連れていって。絶対、足手まといにならないって約束するから。兄さんに万一のことがあったら、私は生きていけない』

今も、颯也は自分を責め続けている。

どうして、もっと強くダメだと言わなかったのか、と。

彼女はまだ十八歳で、人よりちょっと霊感がある程度だったのに。

「誰かぁ……」

気がつけば、周囲はだいぶ暗くなっていた。

あまり長居をしていい場所ではないので、そろそろ戻るかと颯也は踵《きびす》を返しかける。その背中へ、今にも消え入りそうな弱々しい声が聴こえてきた。

「誰か……誰かいませんかぁっ？」

「え……」

雑木林の奥から、何者かが助けを求めている。

だが――相手は生きている人間だろうか。

「ううう、人の気配がしたと思ったのに。ああ、もうまいったなぁ……どうしよう……」

判断がつかずに逡巡《しゆんじゆん》していると、段々と内容が泣き言めいてきた。しかし、まだ颯也の中で一抹《いちまつ》の迷いが残る。住民も寄り付かない雑木林に、こんな時間に人がいるのもおかしい。もしかしたら、悪霊の罠《わな》かもしれなかった。あいつらは、獲物をおびき寄せるためなら何だってする。

「誰かぁ……」

がりがりがり。

颯也の耳に、女が莉佳の頭に齧りつく音が蘇った。

滴っていく血。赤黒い染みの土。恐怖に見開かれた莉佳の瞳。

「誰かいませんかぁ！　すみません、木の根に足が挟《はさ》まれて動けないんです……」

「い、今行く！」

反射的に、颯也は答えていた。もし、相手が生身の人間ならやはり見殺しにはできない。

「大丈夫。出口はすぐだ。今そっちへ向かうから、携帯を持っていたら光らせろ！」

「ああ、良かったぁ。ありがとうございます。助かります！」

心の底から安堵したように、相手の声がいっきに和らいだ。

良かったのはこっちだ、と颯也はホッと息を吐く。

どうやら、ちゃんと生きている人間のようだ。


「本当にありがとうございました。肩までお借りしちゃって、すみません……」

ひょこひょこ右足を引きずりながら、青年が申し訳なさそうにくり返す。足首に軽い捻挫《ねんざ》をしたらしく、颯也がやむなく肩を貸して歩いているのだ。町の人間らしくないな、と思ったら、案の定東京から来たと言う。宿も決まってないというので、半ば呆《あき》れながら遠山館を紹介したところ、結果的に連れ立って帰ることになった。

「あらあら、まぁまぁ。千客万来って言うのかしらねぇ」

女将は初め驚いていたが、部屋はまだあるからと快く彼の宿泊を承知してくれた。とりあえず手当てをするために一階の居間に通され、仕方なく颯也が応急処置をすることになる。女将に頼もうかと思ったのだが、程なく玄関の方が賑やかになったので叶《かな》わなかった。

「あら、予約のお客様が到着したようね。ちょっとごめんなさい」

満室になるなんて何年ぶりかしら、と立ち上がり、いそいそと彼女は去っていく。弾んだ様子は足取りからも窺《うかが》え、颯也は青年と顔を合わせて笑ってしまった。

「俺は、早霧颯也。東京の中野《なかの》から来た。そっちは？　大学生？」

「あ、葉室清芽《はむろせいが》と言います。俺も東京からです。えっと、はい、大学に通ってます」

「清芽……変わった名前なんだな」

「清い芽、と書きます。父がつけたそうです。それと、今日は本当に助かりました」

ぺこりと頭を下げる様子は、しおらしい中にも清潔感と品が感じられる。名前のまんまだな、と颯也は胸で呟き、何となく彼に好感を抱いた。雑木林では暗かったし、正直それどころではなかったので気づかなかったが、電灯の下で見るとなかなか整った顔立ちだ。表情が柔らかいせいか女子ウケする男臭さからは外れているが、力強い眼差しが線の弱さを払拭《ふっしょく》していた。

（特別目立つわけじゃないけど……何か、不思議な雰囲気を持った子だよな）

颯也がそんな感想を持ったのには、大きな理由がある。

清芽の全身を、淡い光が覆っていたからだ。

喩《たと》えるなら、それは蝶《ちょう》が飛ぶ時に散らす鱗粉《りんぷん》に似ていた。時たま光ってハッとさせられるが、掴《つか》みどころがない上にオーラと呼べるほど色もはっきりはしていない。もっと強く視《み》ようとしたが、それ以上は颯也のレベルでは無理だった。憶測に過ぎないが、恐らく清芽には非常に霊格の高い守護が憑《つ》いているのだろう。

（まぁ、あんな時刻に雑木林にいて無事だったくらいだしな）

それにしても、と密《ひそ》かに感嘆する。

通常、人が釣り合いの取れない守護を持つと不幸な結果を招きやすい。〝気〟の強さに当てられて、自身の魂まで引きずられかねないからだ。だが、清芽の健やかな状態を見る限り、上手く共存しているようだ。ごく普通の青年にしては、珍しいケースだと思った。

「どうかしたんですか、早霧さん？」

まじまじと見ていたら、にこりと笑みを返された。颯也でいい、と返事をし、わざと不愛想な顔を作り直す。勝手に霊視していたなんて知ったら、彼も気分は良くないだろう。もちろん、颯也は自分が霊能力者だと打ち明ける気はさらさらなかった。今でこそ商売にしているが、子どもの頃はこの能力のせいでさんざん嫌な目に遭っている。嘘つき、詐欺師《さぎし》、妄想癖。視えて聞こえるモノを口にしただけなのに、周りの人間から向けられたのは奇異の眼差しだけだ。

妹の莉佳も、自分と同じだった。

この世でたった二人きり、お互いがお互いの理解者だった。

「おまえさ、どうしてあんな場所に一人でいたんだ？　あの雑木林は、地元の人間も滅多に近づかない危険なところだぞ。俺がいたからいいものの、下手すりゃ野宿か神隠しだ」

「いよいよとなったら、携帯で救援を頼もうとは思っていました。でも、足が挟まって抜けないなんて恥ずかしくて。俺、この手のドジをよくやっちゃうんですよね。お蔭で、いつも弟に怒られてばかりです。今日のことも、きっと後でめちゃくちゃ説教されるだろうなぁ」

「答えになってないだろ」

「え？　あ、そうか。ええと、何て説明すればいいのかな……」

よほど後ろ暗い事情でもあるのか、清芽は返事に四苦八苦している。そんな困っている様子が憎めなくて、颯也はつい仏頂面を崩してしまった。

「俺の友人たちが、この町へ来ているはずなんです。でも、彼らは車だったから俺の方が先に着いちゃったみたいで。あの雑木林に行けば絶対会えると思ったんだけど、待てど暮らせど誰も来ないし。うろうろしていたら根っこに足を挟んじゃって、もう最悪でした。でも、友人に携帯でSOSの連絡したら絶対に呆れられると思って……なかなか……」

「いや待て。俺の乗ったバスは最終だったけど、他に乗客はいなかったぞ。もしかして、その前のバスに乗ってきてたのか？　嘘だろ？　おまえ、あそこに何時間いたんだよ？」

「……四時間です……」

「……バカ？」

反射的に口走ったセリフに、清芽は思い切り傷ついた顔をする。

「その言い方、弟にそっくりだ。あいつだけ東京に置いてきちゃったから、きっと怒ってる。だけど、友人を追いかけるって言えば反対、いや妨害されるに決まってるし」

「妨害って、弟どんだけなんだよ」

「颯也さんは、明良《あきら》を知らないからそんな呑気《のんき》なこと言えるんですよ！」

あああ、と頭を抱える姿は、決して大袈裟《おおげさ》に語っているわけでもなさそうだ。どれだけ強面《こわもて》の弟なんだ、とちょっと可笑《おか》しくなり、颯也は「まぁまぁ」と慰めに回った。

「気持ちはわかる。俺も、妹の尻《しり》に敷かれてばかりだった。年中説教されていたし」

「妹さんがいらっしゃるんですか。いいなぁ、俺も女の兄妹が欲しかったです」

「……今は行方不明なんだけどな」

「え」

さっと相手の顔が曇るのを見て、すぐさま後悔が押し寄せる。莉佳のことは、これまでほとんど他人に語らないできたのに、一体どうしてしまったんだろう。

「いや、えっと、俺は諦《あきら》めてないっていうか……」

まずい。黙っていると、どんどん「可哀想感」が増してしまう。

颯也がしどろもどろに言い訳をしていると、やがて清芽が穏やかな口調で呟いた。

「きっと、見つかりますよ」

「…………」

「そんな気がします。大丈夫ですよ」

不思議だった。

莉佳を失ってから、同じような言葉は嫌と言うほど浴びてきている。そのたびに〝おまえに何がわかる〟〝気休めを言うな〟と、腹立たしさを募らせてきた。

それなのに、今日会ったばかりの青年の一言が澄んだ水のように心へ染みていく。

「颯也さん……？」

戸惑いがちに、清芽がこちらを窺ってきた。

（ああ……そうか……）

その目に晒《さら》され、颯也は彼を『特別』だと思った理由を知った。

自分は許されている――そう感じられるからだ。

莉佳の失踪に、長いこと自責の念を抱いていた。未熟な己の傲慢《ごうまん》さが、妹を闇の手に捕らえさせてしまったのだと。日々悪夢に目覚め、自分を責めながらの五年間だった。

それなのに、清芽の声や眼差しは違う感情を与えてくれる。絶望に縁どられていた「莉佳を見つける」という執念が、温かな希望に変わっていくのがわかる。

「君は……」

「は、はい？」

「君は面白いな……」

どことといって特徴のない、ごく平凡な好青年。秀でた霊力があるわけでもなく、才気走った切れ者とも思えない。それどころか、人気《ひとけ》のない雑木林に迷い込んで怪我《けが》をするマヌケっぷりだ。それなのに、何故だか安心して本音を吐露したくなる。

「ええと、面白い……ですか？」

場違いな感想を述べられ、清芽はだいぶ面食らっているようだ。

「あの、颯也さん。そんなことよりですね」

「センセエ！　何でこんなとこに来てるんだよ！」

「わッ！　びっくりした！」

障子を明け放した廊下から、唐突に少年の声が割り込んできた。驚く清芽や颯也をよそに、相手はズカズカと座敷へ乱入してくる。同時に夜の冷気もなだれ込んできたが、続いて入ってきた連中にたちまちかき消されていった。

「清芽さんじゃないですか。え、どうしてここに？」

「あれ、もしかして僕たちを追ってきたの？」

「おまえ、ちゃんと明良にことわってきたんだろうな。後が面倒だぞ」

「そ、そんなに皆でいっぺんに……」

口々に勝手なことを言いながらぐるりと清芽を囲んだのは、大人の男性が二人と中学生らしき少年が二人の四人組だ。してみると、彼らが今夜の予約客で間違いない。

「あっ、センセエ怪我してるじゃん！」

「見せてみろ」

最初に入ってきた少年が指摘するや否や、光の速さで男性の一人が清芽の傍らへ膝《ひざ》を付いた。黒の開襟《かいきん》シャツにジャケットと、全身黒ずくめの怪しさだが、最先端のセットアップと言われたら信じてしまいそうなスタイルの良さだ。恐縮する清芽を制して丁寧に様子を見る横顔は精悍《せいかん》な野性味に彩られた美丈夫で、街ですれ違ったら確実に振り返ってしまうだろう。

「……捻挫か？　痛むのか？」

「あ、うん。でも、大丈夫だよ。颯也さんが、手当てしてくれたし」

「颯也さん？」

知らない男の名前に、男のこめかみがピクリと動く。「俺のものに勝手に触るな」的なヤバい空気を感じ、颯也はそろそろと身を引きかけた。それでなくても、当たり前のように清芽の足首に触れ、騎士のごとく振る舞う様子に呆気《あっけ》に取られていたのだから尚更だ。

「あのね、颯也さんはそこの人。ここの宿泊客だよ」

颯也が引いているのを察し、清芽は渋面で男を窘めた。

「凱斗《かいと》ってば、いつからそんなに過保護になったんだよ。たかが捻挫だろ。颯也さんは雑木林で俺を助けてくれて、宿まで連れてきてくれたんだ。いい人なんだからね」

「来るなと言ったのに追いかけてきて、あまつさえ雑木林に行ったたって？　そんな奴に過保護呼ばわりはされたくないな。今回は留守番してろと、あれだけ念押ししただろうが」

「それは、凱斗と明良の間で勝手に決めたことだろ！　俺は納得してない！」

「仕方ないだろう。この前の出張におまえが付いてきてから、明良の機嫌は最悪なんだ。あいつがこれ以上ブラコンを拗《こじ》らせたら、苦労するのはおまえ……」

「あのさぁ、二人とも」

　延々と続く言い合いに、最初の少年がウンザリと水を差す。その口調はまるきり対等で、年の差など微塵《みじん》も感じさせなかった。

「劇的な逢瀬《おうせ》にテンション上がるのはわかるけどさぁ、そろそろ落ち着いたら？」

「なっ……煉《れん》くん、俺は別に……」

「煉、冷やかすのはやめなよ。あれは、二人なりの照れ隠しなんだから」

「た、尊《たける》くんまで何を……ッ」

　凱斗は不敵なほど涼しい顔を崩さなかったが、清芽は真っ赤になっている。

「……あの、凱斗」

　やがて、気まずそうに清芽が切り出した。しょんぼりと項垂《うなだ》れ、上目遣いに相手の機嫌を窺う様子は、つい先刻颯也を励ましてくれた人物と同じとはとても思えない。

「ごめん……たかが捻挫とか言って。颯也さんがいなかったら、もっと厄介なことになっていたかもしれないのに。俺、本当に心配かけるつもりじゃなかったんだけど……」

「清芽……」

「やっぱり、一人で置いていかれると不安でさ。皆、無事に帰ってくるかな、とか。余計なことをあれこれ考えちゃうんだよ。俺がいたって何の役にも立たないって、わかってるのに」

「バカだな」

ふっと、慈しむように凱斗が囁《ささや》いた。

半ば呆れつつ見ていた颯也は、その一瞬の変化に思わず魅せられる。それまでの取っつき難さが嘘のように、美しく魅力的な男がそこにいた。もとより人目を惹《ひ》く男前だとは思っていたが、こんなに優しい表情ができるとは何だか騙《だま》された気分だ。

ああ、こいつもなのか——そう悟った。

瞳の甘さが示すように、この男にとっても清芽は『特別』なのだ。

多分、颯也が感じたものとは異なる感情だろうが、何故だか奇妙には思わなかった。

(彼らが自然にしているせいかな。付き合ってる、とか言われても納得しちゃいそうだ)

同性同士ではあるが、他者には侵しがたい絆《きずな》が二人を結び付けているのが伝わってくる。あえて関係を尋ねるのは、きっと無粋な行為なのだろう。颯也に恋人はいないし、今は恋愛どころではない日々を送っているが、そのくらいの情緒は心得ている。

(周りの奴らも、普通に受け止めているっぽいもんなぁ)

ジロジロ見るのも気が引けて、颯也はそっと視線をずらした。その先では、子ども組が楽しげに明日の相談をしている。こちらは、遊びの計画で頭が一杯のようだ。

「尊、明日は気を付けろよ？　あちこち歩き回る予定だろ？」

「大丈夫。やっと『ゼラチン大魔王』の聖地に行けるんだもん。気合い入ってるから！」

似合わないガッツポーズを取る儚《はかな》げな美少年は、尊という名前らしい。もう一人、物怖《ものお》じしない物言いの少年は煉と呼ばれている。尊と煉——月と太陽くらい対照的な印象の二人だが、不思議と並んだ姿がしっくりと絵になっていた。それぞれの存在感も独特で、成長した十年後をぜひ見てみたい、と思わせる。

（ん？　尊と煉だって？　どっかで聞いたことが……）

何だろう。漫画か何かの登場人物だったろうか。

颯也が頼りない記憶を手繰っていると、最後の一人がくすくすと笑みを零《こぼ》した。

「結局、いつもと変わりない風景になったなぁ」

柔らかな声音と、落ち着いた物腰。その反面、隠し切れない華やかな空気を纏っている。それだけで、非凡な容姿の持ち主なのは容易に窺い知れた。しかし、何より颯也が気になったのは顔立ちを隠すサングラスだ。もう夜だというのに、家の中でも一向に外す気配がない。

（……てか何なんだよ、この集団。絶対、普通の集まりじゃないだろ）

存在が空気になっているにも拘《かか》わらず、颯也は腹さえ立たなかった。

癖のある子どもたち、雰囲気を作っている清芽と凱斗、そして謎のサングラス男。

何の変哲もない田舎町には、些《いささ》か刺激の強すぎる面々だ。

「へぇ……早霧颯也……くんか」

ハッと気づくと、サングラスの青年がレンズ越しにこちらを観察していた。

「な、何ですか、藪《やぶ》から棒に。俺の名前に問題でも？」

「いやいや。そんな身構えないで。ごめん、気分を害しちゃったかな。ただ、ちょっと珍しいなと思って。この町に、僕たち以外の観光客がいるとは思わなかったから」

「は？　それは、こっちのセリフですよ。あなたたちこそ、めちゃくちゃ浮いてますけど」

「僕たちは、ええと、何だっけ、尊くん？」

「聖地巡礼です！」

間髪容《い》れずに答えた後、『ゼラチン大魔王』のプリンセス・ルルが隣のH市出身なんです！　と尊は鼻息荒く続けた。儚げな美少年はどこへやら、立派なオタクっぷりだ。

「そういうわけなので、じゃあ、一度部屋で荷物を整理しようか？」

何となく煙に巻かれた気もしたが、颯也とて今夜は大事な用事がある。いつまでも、おかしな集団に付き合ってはいられなかった。

「さてと、清芽くんはどうする？　予約してなかったんだよね？」

「あ、一部屋空いてるんで、そこを……」

「何だよ、そんならセンセエは二荒《ふたら》さんと一緒でいいじゃんか」

「……煉くん、無邪気にさらりと言い切ったね」

大胆な提案だと言わんばかりに、サングラスの青年は苦笑いを浮かべている。「俺は構わない」と凱斗が答えると、清芽は今更のように狼狽《うろた》え始めた。

「俺、でも急に来ちゃったし。宿で出くわすとか、まさか思わなくて……」

「まぁ、冷静に考えればR町の宿はここだけだし確率は高いよね」

「そこまで考えてませんでした……」

我ながら唖然《あぜん》としているのが、その表情から伝わってくる。

考えてみれば、さっきから清芽のセリフはいちいち大袈裟だった。「無事に帰ってくるかな」

だの「一人で置いて行かれると不安」だの、たかだか聖地巡礼を追いかけてきたにしては、まるで生死に関わる大問題のような言い草だ。

（大体、それで真っ先に雑木林へ行くってどういう発想だよ。あそこは、聖地でも何でもない。むしろ肝試しとか、心霊スポットって類《たぐい》だろ。こいつら、ひょっとしてオカルトマニアの集団か何かなのか？　だったら、ちょっと面倒だな……）

いくら腕を磨いてきたとはいえ、少しでも気を緩めたら命を失いかねない大仕事だ。どれだけ慎重に事を運んでも足りないし、恐怖に打ち勝つ精神力を高める必要もあった。面白半分に現場を荒らされでもしたら、これまでの苦労が台無しになる。

（勘弁してくれよな。どれだけ努力したって、まだまだ力不足は否めないんだから……）

過去の屈辱を思い出し、颯也はきつく唇を嚙《か》んだ。

「あ、そうだ。本当に明良くんの方は大丈夫なの？　あの子を怒らせると厄介だよ？」

凱斗が会いしなに口走ったのと同じ質問を、今度はサングラスの青年が蒸し返した。

「あ……」

「あ？」

「……後で連絡入れときます」

「え、まだ話してないの？」

「途中で邪魔されないように、スマホの電源、切ってて……」

「センセエ、明良さんをガン無視したのかよ！　うっわ、ある意味凄い！」

オーマイガッ！　と手を取り合い、煉と尊が震え出した。サングラスの青年や凱斗も、明らかに表情が強張っている。ここまで皆に言われるなんて、明良という男はどれだけ恐ろしい男なんだろうか。こうなると、逆に本人に会ってみたくなってきた。

「まぁ、来たものは仕方ない。とにかく、詳しい話は後にしよう。清芽、俺と同部屋で構わないか？　それと、明良へは連絡をすぐ入れろ。これ以上怒らせるのは、本当にまずい」

「うん。あの、凱斗……ごめん」

「もういいから謝るな。俺の方こそ、おまえの気持ちを無視して悪かった。東京へ戻ったら、改めて明良とは話してみるよ。ただ、来たからには手伝ってもらうぞ？」

「手伝い？　俺も役に立てるの？」

おいおい、手伝うって一体何する気だよ。

颯也の心のツッコミをよそに、清芽は嬉しそうに目を輝かせている。見つめ返す凱斗の眼差しは、優しい蜜の色をしていた。甘く盛り上がる二人の世界を、サングラスの青年が「はいはい、続きは部屋でね」と無情にぶった切る。

「皆さん、もうすぐ夕食が用意できますから、すぐに降りて来てくださいね」

ぞろぞろと連れだって二階へ上がっていく面々に、忙しく立ち働く女将が声をかけた。どうせ三部屋しかないので、わざわざ案内するまでもないと思ったのだろう。凱斗に手を貸してもらい、じゃあ夕飯で、と言い残して清芽も出て行った。

「……何なんだ、あいつら……」

杳《よう》として得体の知れない集団に、不可解な溜め息が零れ落ちる。

清芽は、よくあんな連中と普通に付き合えるものだ。抜きんでた容姿も然《さ》ることながら、各人の個性が強くて感じる圧が半端ない。しかも、それが複数でくる破壊力たるや、だ。

それなのに、清芽はあくまで自然体だった。付き合いの程度もあるだろうが、彼らへの遠慮や引け目など微塵も感じられないし、むしろ向こうがこぞって構いたがっていたように思う。少なくとも、地味で控えめな雰囲気の青年を軽んじる者など誰一人いなかった。

「どこにでもいそうな凡人……なのになぁ」

ただし、颯也の使う「凡人」は肯定の意味が強い。

特殊な能力を持たず、ごく平凡に生きられるならその方が何倍もいいからだ。

「あら、早霧さん。どうしたの、難しい顔しちゃって」

気がつけば、女将が器に大盛りにした郷土料理をせっせと運んでくるところだった。男子ばかり六名ともなれば、さぞかし作り甲斐《がい》もあったに違いない。

「具合でも悪い？　屋敷神、今晩はやめて明日にしとく？」

「いや、夕飯食ったらさっさと片付けちゃうよ。今年は余計な客もいるし」

「あらぁ、余計だなんて口が悪いねぇ」

今夜の女将は、機嫌がすこぶる良い。実を言えば、そのことに颯也はホッとしていた。

毎年、宮島の本家跡に祀られている屋敷神の結界結びを頼まれているのだが、術を執り行う頃になると彼女は落ち着きを無くし出す。些細《ささい》な物音にびくついたり、家に一人でいるのが苦痛だと言いだしたり、明らかに様子がおかしくなるのだ。

何をそんなに恐れているのか、と以前に尋ねたことがある。

だが、屋敷神の結界は必ず守れと親から言われてるのよ、としか答えなかった。そうして無事に結界の結び直しが済むと、元の陽気な彼女に戻るのだ。

「本当にありがとうね、早霧さん。この町の神主は頼りにならなくって」

「ええ？　女将さんこそ、罰当たりだなぁ」

「隣町でサラリーマンやりながら、週末だけ狩衣《かりぎぬ》着てるような男だもの。中学卒業までずっと同級生だったんだけど、その頃から〝神社を継ぐのは嫌だ〟って作文にまで書いてたのよ」

「……なるほど……」

旧家の末裔《まつえい》にかかっては、神職を預かる人間も形無しだ。しかし、颯也以前にはろくな結界が張られていなかったことを思うと、確かに大した力は持っていないのだろう。悪評高い雑木林の祠も放置しているあたり、頼りにされなくても仕方ないかもしれない。

「さてと、お客さんを呼んで来ようかしらね。味つけ、気に入ってくれるといいんだけど」

久しぶりに腕を揮ったわ、と女将は嬉しそうに箸《はし》を座卓に並べ始めた。


げふ、と咳《せ》き込んだ途端、苦い胃液がこみ上げてきた。

青年は朦朧《もうろう》とした状態で寝返りを打ち、そのままげえげえと地面へ嘔吐《おうと》する。吐瀉物《としゃぶつ》で頬《ほお》が濡《ぬ》れ、ツンと鼻をつく嫌な臭いにようやく意識が戻ってきた。

「ここは……」

周囲の一切が、闇の中だった。

のろのろと身体を起こし、また胃液を吐く。舌と唇が痺《しび》れて、感覚がなかった。

どれほど吐いても吐き気は止《や》まず、胃がひくひくと痙攣《けいれん》している。

「亜希子は……」

不意に、自分が何故ここにいるのか思い出した。

そうだ、亜希子と毒を飲んだんじゃないか。身分違いだと結婚を許されず、彼女は遠くへ無理やり嫁がされそうになっていた。だから、二人で死のうと決めて人気のない雑木林へ来たのだ。

頭がガンガンする。脳内の血管が、余さず沸騰しているみたいだ。

青年は必死に目を凝らし、愛する女性の姿を探した。夜中に家を抜け出して落ちあい、互いの手首を赤い紐《ひも》で結び合ったのは「死んでも離れない」という意思表示だった。あの約束が真実なら、彼女はすぐ近くにいてくれるはずだ。

「亜希子……」

闇の静寂が恐怖を呼び覚まし、青年は焦って彼女の名前を呼んだ。自分が息を吹き返したのだから、きっと向こうも同じだと思った。恐らく、毒が弱かったのだろう。彼女が裏庭で摘んだ夾竹桃を使うと言ってきた時、もっと反対すれば良かった。半年以上前から用意していたと言うが、所詮素人なのだから、上手く毒が作れるわけがない。混乱と孤独に包まれ、青年はたまらず立ち上がろうとした――が。

「え……」

右手を、強く引っ張る者がいた。

それは信じられないほどの重さで、自分を夜へ縫い止める。まるで罪人の重しを括《くく》りつけられたようだと、青年は激しく狼狽《ろうばい》した。逃れるために右手を振り回すと、ずる、と何かが動く音がする。その瞬間、あ、と声が出た。

――亜希子だ。

そうだ、これは亜希子じゃないか。

互いの手首を赤い紐で結び、絶対に離れないと誓った相手だ。

青年は歓喜に咽《むせ》び、赤い紐の行方を急いで追った。次第に視界が暗闇に慣れ、隣に横たわる亜希子を発見する。可哀想に。すぐに背中を擦《さす》って、毒を吐かせてやらなくては。

「あき……」

勢い込んで顔を近づけた青年は、ギョロリと見開かれた瞳と目が合った。

苦渋に満ち、飛び出しかけた真っ赤な眼球だ。

「え……？」

己の見たものが何なのか、最初はよくわからなかった。

それは、愛した者の面影からあまりにもかけ離れていたからだ。

彼女が死出の衣裳に選んだ純白のワンピースは、吐瀉物と黒い血に汚れていた。相当苦しんだのか喉《のど》を掻《か》き毟《むし》った痕《あと》があり、口からはみ出した舌には黒い虫が群がっている。

「あ……きこ……」

転がっているのは、醜悪な肉塊だった。

いや、いけない。そんな風に感じてはいけない。彼女は綺麗《きれい》だ。この町どころか県下でも評判の美貌《びぼう》で、皆の憧れの存在だった。貧しい農家の末子なんて不釣り合いもいいところだし、実際に青年は気後れが過ぎて彼女の屋敷に近寄ることすらできなかった。

それほどの相手が、自分を選んでくれたのだ。

これが奇跡でなくて何だろう。

「亜希子……ごめんよ……」

自己嫌悪で一杯になり、青年は生前、いつもそうしていたように、恋人の頬を撫《な》でようとした。

その時。

もぞもぞと舌の上で、一斉に虫が蠢《うごめ》いた。

「ひいっ……」

嫌だ。

怖気が青年の意識を破壊した。

「ひいいいっ……ひいいっ」

嫌だ。嫌だ嫌だ嫌だ嫌だ。こんなところで死体と繋がっているなんて、一秒だって耐えられない。無我夢中で手首の紐を外そうとし、ますます混乱に陥った。

「ああああああああああああ」

外れない。もとより、固く固く結んだのだ。震える指で、簡単に解《ほど》けるわけがない。

外れない。外れない。外れない。

指先が擦れ、血が滲《にじ》みだした。痛みで更に動作が鈍る。青年はぜえぜえと息を弾ませ、ふと足元に転がる石に目を留めた。一抱えもある尖《とが》った石は、青年の狂気を駆り立てる。

「あぁ……あぁ……」

獣のように呻《うめ》きながら、自由な左手を石へ伸ばした。

情死した女から逃げること以外、もう何も考えられなかった。


「颯也さん、夜の散歩ですか？　もうじき日付が変わっちゃいますよ？」

夕食を終え、順次風呂へ入って後は寝るだけ、となった頃。

気配を殺して靴を履いていたら、まるで待ち構えていたように清芽が寄ってきた。しまった、と思いつつ、無視もできないので「ああ」とぶっきらぼうに返事をする。

「ちょっと用事でな。人目を避けたいから、夜中の方が都合いいんだ」

我ながら、最悪な説明だと思った。

どう取り繕っても怪しさ全開だが、そこへ犯罪者臭を上乗せしてしまった感がある。

「お兄さん、人目を避けたいなんて、よっぽどヤバい用事なんだね」

「え……」

揶揄《やゆ》するような声につられ、ぎくりとして振り返った。いつの間に来ていたのか、清芽の両隣に宿の浴衣《ゆかた》を着た尊と煉が立っている。和装の似合う尊はたおやかそのものだが、思い切り着崩したスタイルの煉はやんちゃな遊び人のようだ。

「す、すみません、颯也さん。この子たち、あなたのことが気になるみたいで」

こら、と小声で煉を叱《しか》り、清芽が慌てて頭を下げた。

「それで、ですね」

「うん？」

「良かったら、この子たちを同行させてみませんか？」

「おい！　どういう脈絡から、そんな話になるんだよ！」

あまりに突拍子もない申し出に、うっかり大声が出てしまう。慌てて口を閉じたが、就寝中の女将を起こしやしなかったかとヒヤヒヤした。彼女の居住区は奥の棟なので玄関の騒動はまず届かないと思うが、畑仕事で朝が早い人の安眠妨害はしたくない。

「あのさぁ、清芽くん。笑えない冗談やめてくれないか。仮に本気なら良識を疑うよ。子どもが起きている時間じゃないし、まして田舎道をふらつくなんてもっての外だ。それに、おまえら明日はH市に行くって言ってたじゃないか。夜更かしなんかしている場合じゃ……」

「だからだよ、お兄さん」

煉のニヤニヤ笑いが、思わせぶりな目つきに変わった。

「俺たち、明日はお出かけするんだ。尊が楽しみにしてるからな。そもそも『ゼラチン大魔王』の聖地巡礼につられなきゃ、わざわざ来るような案件じゃないんだよ」

「案件……？」

「要するに、俺たちは今夜しか動けない。だから連れて行けっつってんの。わかった、庶民？」

「な……んだ、おまえ……」

話が通じないどころじゃない。何を言ってるのか、まるきり理解不能だ。

ヤバい用事、なんて冷やかすくせに付いてきたがるのも意味不明だし、今日会ったばかりの男に未成年を預けようとする清芽にも驚きだった。無害な常識人かと思っていたが、おかしな連中とつるむだけあってやはりピントがずれているらしい。

「ははぁ。清芽くんは、俺に子守りを押しつけようって腹か」

精一杯の嫌みを込めてみたが、またしても煉が鼻で笑い飛ばした。

「子守りだ？　何、寝ぼけたこと言ってんだよ。逆だろ、ぎゃーく！」

「逆って……」

「要するに、あんた一人じゃ手に余る……ゲホッ！　ゲホゲホッ！」

得意げなセリフの途中で、その顔が苦渋に歪《ゆが》んだ。尊の肘鉄《ひじてつ》が、容赦なく脇腹へお見舞いされたのだ。煉は呻きながら身体をくの字に曲げ、ツンと澄ましている相棒に「わかったよ……黙るよ……」と息も絶え絶えに許しを乞《こ》うた。

「あの、颯也さん」

呆気に取られていたら、またしても清芽が食い下がってくる。

「だったら、勝手に付いていくのはありですか？」

「え……」

「颯也さんの後を、この子たちが勝手に歩く。それだけですから」

「頭、大丈夫か……？」

これほど言っても聞かないのかと、さすがにブチ切れそうになった。大事な術式を行う前だというのに、いつまでもこんな茶番に付き合ってはいられない。

「……正体を明かすつもりはなかったけど」

これみよがしに溜め息をつき、颯也は険しい声で言い放った。

「俺、退魔師なんだ。全国を飛び回って、お祓いとか除霊とかを生業《なりわい》にしている」

「退魔師……」

「ふざけてるわけじゃない。信じられないかもしれないが、そういう商売があるんだよ」

「え……えっと……」

みるみる清芽の笑顔が強張り、煉と尊は物言いたげに顔を見合わせている。

しかし、これは至極真っ当なリアクションだろう。『退魔師』なんて日常には無縁の単語だし、せいぜい漫画やアニメに登場するくらいだ。脳内でさんざん彼らを奇妙な集団扱いしてきたが、これで『胡散臭《うさんくさ》い人物ナンバーワン大賞』は自分に決定してしまった。

「俺は、これから仕事に向かう。遊び半分で邪魔されるのは迷惑だし、万が一災いが降りかかっても何もしてやれない。現実離れした話だと思うだろうけど、世の中には好奇心や物見遊山で触れちゃいけない領域があるんだよ。だから、付いてくるな」

「でも……」

「しつこい。おまえらのせいで失敗したら、取り返しのつかないことが起きるかもしれない。そうなったら、どう責任を取るつもりなんだ？　ごめんなさい、じゃ済まないんだぞ」

「ああ、もうまどろっこしいなぁ！」

脇腹を痛そうに擦りながら、煉がウンザリした声で遮《さえぎ》る。

「早い話が、お兄さんは結界を張り直しに来たんだろ？」

「な……おまえ、何でそれを……」

「連れてってくれたら教えてやる。俺たちの目的が何なのか。なぁ、子どもらしく〝お願い〟しているうちに、決心してくんないかな。お兄さん？」

ニヤ、と上目遣いに煉が笑った。

有無を言わさぬ暗い笑みが、問答無用に拒絶を捻《ね》じ伏せる。

「お、おまえら、怖くないのかよ。祟《たた》りとか呪《のろ》いとか悪霊とかの満漢全席なんだぞ！」

半ばヤケクソになって大袈裟にまくしたてたが、誰も引く気配を見せなかった。茶化したりドン引きしたりすることもなく、無遠慮にあれこれ質問もしてこない。何だか、颯也一人でエキサイトしているのがバカバカしくなってきた。

「どうして怖いのさ？」

ついには無邪気に問い返され、とうとう説得を諦める。

彼らはまるきり自然のままで――それが、とてつもなく不気味だった。

「清芽くんは、本当に行かないのか？」

寒くないようにね、と煉たちへ宿の名前が入った綿入り半纏《はんてん》を渡している姿に、念のため声をかけてみる。受け取った子どもたちから「ダッセーッ」「これはないです……」と文句を言われながら、清芽は「はい、すみません」と頭を下げた。

「俺は、他にやることがあるので残ります」

「そうそう。センセエは、手伝いがあるもんな？」

「良かったですね。追いかけてきた甲斐があって」

何だかんだ言いつつ半纏を着た二人の冷やかしに、彼は「ありがとう」なんて照れ笑いを浮かべている。そういえば、凱斗に「手伝ってもらう」と言われた時もやたらと嬉しそうだった。幼児のお使いじゃあるまいし、あの男の「お手伝い」はそんなに名誉なことなのだろうか。

「こっちは、心配いらないからね。俺と凱斗でちゃんとするよ」

「ま、結果的には良かったよな。あの人、無駄に迫力あって相手が怖がるからさ。センセエが一緒なら、ビビらせなくて済むだろうし。とにかく、見つけちゃえばこっちのもんだよ」

「……おまえら何の話をしてるんだ？」

意味不明の会話に苛立《いらだ》ちを覚え、颯也はつっけんどんに尋ねる。

「まさかとは思うが、泥棒でも働こうってんじゃないだろうな」

「颯也さん、煉くんたちをよろしくお願いしますね」

まったくとりあわず、清芽が真面目な声を出した。

「絶対に、この子たちから離れないでください」

何言ってんだ、と文句が出かかったが、迫力に気圧《けお》されて呑み込んだ。

彼らから離れるな、とは一体どういう意味なのか。

そもそも、屋敷神へは結界を結びに行くだけだ。さっきは脅かそうとして大袈裟に言ったが、別に悪霊退治をするわけじゃない。危険なんか、まったくないはずだ。

「お兄さん、ボーッとしてると置いてっちゃうよ？」

颯也の怯えを見透かすように、煉がポンと背中を叩《たた》いて先に出る。

「皆、行ってらっしゃい。……また後でね」

見送る清芽は先刻の気迫はどこへやら、やっぱり凡人にしか見えなかった。

宮島《みやじま》の本家は、旅館から徒歩で十五分ほど離れた場所にある。

以前は女将《おかみ》の兄が跡取りとして住んでいたが、独身のまま病気で亡くなって以降は荒れ放題となり、すでに母屋は取り壊されて久しかった。広大な敷地は手入れもされず、樹や草花も伸びるに任せ、敷地の隅に作られた小さな鳥居と祠《ほこら》——いわゆる屋敷神が祀《まつ》られている場所だけが、かつて人の営みがあった気配を残すのみだ。

「俺が依頼されているのは、祠周辺の結界だ。邪魔すんなよ？」

「え～、その話ちょっと変じゃね？　あと、満漢全席はどうなったんだよ」

「うるさいな。無理やり付いてきたんだから、さっさと手伝え」

この際開き直ってこき使ってやろうと、光源を得るための蠟燭《ろうそく》を煉《れん》へ押しつける。尊《たける》にはライターを渡して、火を灯した蠟燭を祠周辺に置くように命令した。

「あのさ、お兄さんの結んだ結界って普通の呪法《じゅほう》じゃないよな？」

せっせと地面に蠟燭を立てながら、煉がギクリとすることを言う。

「これ、悪いモノから守るんじゃなく、祠の神様を閉じ込めてるのも同然だよ」

「おまえ、何でそんなこと……」

「女将さんの依頼だって、そう話してましたよね。要するに、彼女はここの神様を隔離したい、と思っているんですね。なるほど。だから、毎年緩みを結び直してるのか。納得しました」

煉の後から蠟燭に火をつけて歩き、尊が探偵のような口を利いた。

「儀式的な意味合いなら、そこまで念入りにケアする必要ないですから。だけど、颯也《そうや》さんは少しも妙だとは思わなかったんですか？　明らかに、おかしな依頼なのに」

「え、いや、だってさ、親からの言いつけだって言ってたぞ。必ず結界を怠るなって」

「何が閉じ込められているのか、わかったものじゃないのに……」

嘆かわしい、とでも言うように、尊が眉根《まゆね》を寄せて深刻な顔を作る。

その口調といい佇《たたず》まいといい、とても十歳も下とは思えなかった。思わず「すみません」と謝りたくなり、いやいやいや、と慌てて首を振る。仮にもこちらはプロなのだから、知ったかぶった素人の意見に耳を貸す必要などないのだ。

「だけど、この祠はそんなに古くないんですね。せいぜい半世紀くらいかな？」

尊が興味深げに繁々と眺め、右手に持った蠟燭を朽ちかけた祠へ近づける。ほの暗い灯《あか》りに照らされて、周囲に群生する薄桃色の花がボンヤリと浮かび上がった。

「おい、その辺の花には触るなよ。毒だからな」

「夾竹桃《きょうちくとう》ですね。盛りはとっくに過ぎてるのに、まだ綺麗《きれい》に咲いているなぁ」

颯也の注意をさらりと流し、身を引いた尊は傍《かたわ》らの煉とヒソヒソ話を始める。

「聞いた？　神域の地続きに毒花だって」

「そりゃ、閉じ込めておきたくもなるよな」

「どう考えても、まともな神様じゃないよね」

いくら声をひそめても、内容はしっかり聞こえている。だが、確かに彼らの言う通りだった。

神様を降ろす場所に毒花を植える感覚は、颯也にも理解し難いものがある。

(女将は、祠にいるモノを閉じ込めておきたい……)

宮島家の先祖がどうして屋敷神を迎えたのか、また何故この場所を選んだのか。

そんなこと、颯也には知る由もなかった。女将は何も語らないし、莉佳《りか》の捜索に口を挟《はさ》まない代わりに結界を毎年結び直してほしい、と言われたから承知しただけだ。正直、他人の家の事情になど関わっている余裕はなかった。

けれど、そんな視野狭《きょうさく》窄が颯也は急に恥ずかしくなってくる。煉たちを素人だと見下していたが、自分はプロの退魔師としての仕事をしてきたと言えるのだろうか。

「ふぅん、神様を閉じ込める結界かぁ。でも、まだまだ甘いね。六十五点かな?」

「うわっ、な、な、何なんですか、あんたはっ」

耳元で何者かに囁《ささや》かれ、颯也は猫のように飛び退《すさ》った。その慌てぶりがよほど可笑《おか》しかったのか、あははと軽やかな笑い声が続けて聞こえる。

「……ガキだけじゃ飽き足らず、あんたまで来たのかよ……」

相手が誰だか認識した途端、がっくりと颯也は脱力した。

笑い声の主は、あのサングラスの青年だった。煉たちと同じ備え付けの浴衣《ゆかた》に半纏《はんてん》という格好をしているが、無駄に手足が長いので悲しいほど似合っていない。

「いや~、結界なら僕の出番かなと思ってさ。清芽《せいが》くんに訊《き》いて、急いで追いかけたんだよ。夜道に迷わず来られたのは奇跡だなぁ。この辺って、本当に真っ暗なんだねぇ」

「てめーが長風呂だから、置いてきたんだよ。な、尊?」

「来てくださって嬉《うれ》しいです！　あと、みんなお揃《そろ》いでいい感じです！」

「そういえばそうだね。よし、後で写真を撮って明良《あきら》くんに送りつけてやろう」

また明良かよ、と白ける颯也をよそに、三人はわぁわぁ盛り上がっている。そんな温《ぬる》い空気の隙《すき》を突くように、青年はごく自然に颯也を押し退《の》けるとおもむろに祠の正面に立った。

「じゃあ、ちょっと始めるかな。君が無理なら、僕がやるから」

「は？」

君が無理なら、僕がやるから――？

激しくプライドを傷つけられ、カーッと頭に血が上る。ふざけるな、おまえは一体何様なんだ。ガキたちも生意気だが、呪術とは百億光年も離れた人種のくせして出しゃばるな。怒りに任せて食ってかかろうとした颯也は、直後にぞわりと肌を粟立《あわだ》てた。

「ああ、来ちゃったかな……」

まずったな、と青年が零《こぼ》し、すぐさま表情を引き締める。

夜風に混じる生臭い臭い。

湿気を帯びた闇がどろりと濁り、何かがやってくる気配がする。

「煉くん、尊くん。気をつけて」

緊張を孕《はら》んだ青年の声に、雰囲気を一変させた煉と尊が頷《うなず》いた。

その臭いは、閉じた祠から漂ってきていた。

供物皿《くもつざら》は雨風で汚れ、土台には苔《こけ》と黴《かび》が蔓延《はびこ》っている。板の一部は腐り落ち、そこから中の暗闇が漏《も》れていた。去年颯也が訪れて以来、放置されていたのは明白だ。

「女将さん、あれほど手入れをしろと言っておいたのに……」

苦々しげに呟《つぶや》く颯也へ、サングラスの青年が「いやいや」と苦笑した。

「無理でしょう。普通、怖ろしくて近寄れないよ。まして、祠に縁がある者なら」

「怖ろしい？　バカ言うなよ。だから、俺が毎年結界を……」

「颯也さんの結界って不浄を撥《は》ねるんじゃなく、そこの神様を閉じ込める呪術でしたよね？」

煉に庇《かば》われるようにして、尊が再び話を戻す。

「今、わかりました。だったら無理です。意味がないです」

「意味がない？」

「女将さんに騙《だま》されていたんですよ。そこにいるのは、神様なんかじゃありません。本当の神様は、とっくの昔に腐っている。今、御神体を憑代《よりしろ》としているのは……」

ギィイイ。

悲鳴に似た軋《きし》みが、夜へ吸い込まれていった。

観音開きの扉が開き、中で蠢《うごめ》いていた闇がどろりと月下に這《は》い出てくる。

「う……嘘《うそ》だろ……なんで……結界は……」

「とっくに緩んでいたのかもしれないね。もしくは、僕たちの存在に呼応して出てきたか」

ゆっくりとサングラスを外しながら、青年がやや高揚を滲《にじ》ませて呟いた。思った通り物凄《ものすご》い美形だったが、今はそこに感心している場合ではない。

「あんたたちに呼応？　どうして？」

「う～ん、強い光に引き寄せられる蛾《が》みたいなものかな？」

「ふ、ふざけんなっ」

「そもそも、君はどうして毎年この時期にR町へ来るの？　結界が緩む頃合いだから？　それだけじゃないよね。君が調伏《ちょうぶく》したい相手が、この時期になると姿を現すからだろう？　ほら、季節外れの夾竹桃が咲いている。五十年前に心中で死んだ女が、愛した花だ。未練と無念が再燃して、彼女の怨《うら》みに力を与える。霊波が活発になれば、動向も追いやすい。……違う？」

「あんた、何でそれを……」

颯也は呆然《ぼうぜん》とした。青年の指摘は、一言一句間違っていなかったからだ。

「……っと、込み入った話は後で。そろそろ気合い入れないと」

「お兄さん、下がってな！」

タッと軽快に土を蹴《け》り、煉が前へ飛び出した。

弾みで颯也はよろりと後ずさり、自分よりずっと幼い背中を呆気《あっけ》に取られて見つめる。

「来た来た」

舌なめずりするように、煉が呟いた。

どす黒い闇は土の上に流れ、意思のある生き物のようにずるりと近づいてくる。強烈な腐臭と凍りつく冷気に、蠟燭の炎がゆらりとそよぐ。

「こいつが……祠に……」

颯也はゴクリと喉《のど》を鳴らし、雑木林で女と相対した恐怖を思い出した。しかし、眼前には中学生の子どもが立っている。自分だけ逃げるなんて醜態は晒《さら》せない。

「女だね……」

サングラスの青年が、口笛でも吹きかねない調子でうそぶいた。どうしてわかる、と目を凝らしたが、かろうじて腕と思《おぼ》しき部分が見分けられるだけだ。良かった、両手がちゃんとある。一瞬、そんな馬鹿げた感想が脳裏を過《よ》ぎった。長虫のような指が土に爪を立て、それはずるり、ずるり、と芋虫《いもむし》のように這ってくる。

「オ……オン・ダキニ・ギャチ・ギャカニ……」

「ばっか！　いきなりダキニ天とか、何考えてんだよ！　殺す気か！」

振り向いた煉に一喝され、びくっと途中で唇を止めた。やんちゃな面影は失《う》せ、明らかに瞳が変わっている。青い焔《ほのお》が揺らめく幻視に、颯也は気圧《けお》されたまま言葉も出なかった。

「にぃ……さぁ……」

くぐもった呻《うめ》き声が、足元から聞こえてきた。

ハッとして落とした視線の先で、二つの目がこちらを見つめている。絶望を湛《たた》えたその色は、五年前にも目にしたことがあった。青年の言う通り、この影は女だ。そして……――。

「にいさぁん……」

「り……」

「お……に……ぃ……」

「りか……」

まさか、ありえない。そんなはずがない。

颯也の脳内を、凄《すさ》まじい勢いで嵐が渦巻いた。

「お……俺は……俺が……」

がくがくと身体《からだ》中が震え、視界がぐにゃりと歪《ゆが》んでくる。

誰か、嘘だと言ってくれ。

相手が妹だとも知らずに、五年間も祠に閉じ込めていたなんて。

「退けっ！」

呆然とする颯也を突き飛ばし、煉がパン！　と両手を胸の前で合わせた。

「降魔印で魔を押し戻す！」

「や……やめろ、莉佳《りか》に何をするんだ……」

「ノウマク・サンマンダ・ボダナン・バク！」

素早く印を組み換えた煉が、鋭く真言を言い放つ。直後に祠の奥から眩《まばゆ》い光が生まれ、強烈な光線が幾つも影に絡みついた。ぱくりと大きな口を開き、莉佳が獣のように絶叫する。

「アァアァアアアア——ッ」

激しい抵抗も空しく、彼女は凄まじい勢いで引きずり戻された。あっという間に視界から姿が消え、直後にバタンと扉が閉まる。全ては一瞬の出来事で、後には静寂が広がるばかりだった。

「莉佳……おい、莉佳！　莉佳ぁッ！」

「ごめんね、颯也くん」

取り乱して祠へ駆け寄ろうとした肩を、やんわり摑《つか》んで止められる。離せ、と力任せに振り払おうとしたが、青年は微動だにせず涼しい顔をしたままだった。

「じゃあ、次は僕だね。緊急処置だけど、しばらく籠《こ》もっていてもらおうかな」

「やめろっ！　あんた、莉佳に何をする気だっ」

「もちろん、結界を張り直す」

え、と絶句する颯也の前で、彼はゆっくりと地面に片膝《ひざ》を付いた。浴衣の裾《すそ》が割れ、太腿《ふともも》まで露《あら》わになると妙な艶《なま》めかしさが空気を変える。口の中で小さく真言を唱えながら、青年は右の人差し指を真っ直ぐ地面へ降ろした。

「〝我が言の葉、縛となりてこの地を封じる〟」

最後に耳慣れない言葉を乗せ、さらさらと封印の呪文字を書き始める。そこへ青年がふう、と息を吹きかけると淡く呪文字が発光した。ゆらりと土から浮かんだそれらは、円を描いて祠の周囲を回り出す。まるで魔術かＣＧでも見ているような光景だった。

「こんな……」

信じられない、と颯也は目を見張った。

全国を旅して回り、多くの呪術者たちと出会ったが、こんな呪を見たのは初めてだ。

「こんな結界の張り方、ありなのか？　祭具も霊符も使わないで、あっさりと……」

「まったくだよ。てめ、櫛笥《くしげ》。見た目だけ派手な結界作ってんじゃねぇよ」

呟きに便乗して、煉が不満げに嚙《か》みつく。

櫛笥……それが青年の名前か、と無意識に反芻《はんすう》し、「ん？」と颯也は首を捻《ひね》った。

櫛笥。煉。尊。そして凱斗《かいと》。

やっぱり気のせいなんかじゃない。煉たちの時も何かが引っかかったが、彼らの名前には聞き覚えがある。それに、櫛笥の顔はどこかで見たことがあった。それも、ごく日常的にだ。

颯也の困惑をよそに、櫛笥は悪びれもせずに答えた。

「あくまで緊急処置なんだから、見栄え良くしときたいでしょ。いいじゃない、普通の人には視《み》えないんだし。このくらいは遊び心と思ってほしいなぁ」

「ふざけんなっ。俺はおまえのそういう軽薄なところが……」

「もう、煉はどうしてすぐ櫛笥さんに突っかかるのかな。ツンデレって呼ばれたいの？」

「尊！　誰がツンデレだ！」

そういうところだよ、と言い返され、煉は「うっ」と黙り込んだ。櫛笥がくすくす笑い、平和すぎる会話にますます混乱する。先刻の衝撃など、まるでなかったかのようだ。

だが、颯也だけは簡単に気持ちを切り替えられなかった。

「どうして……」

ぽつりと零れ落ちた声音は、混乱に満ちている。

「どうして、莉佳があんな姿に……俺は、五年も気づかずに……」

「颯也さん？」

「俺は……今まで何を……」

「……あの」

遠慮がちな呼びかけに視線を移すと、尊がこちらを見上げていた。

清浄な微笑は一切の穢《けが》れを帯びず、中性的な美貌《びぼう》と相まって神秘ささえ感じさせる。

「ほんの一瞬ですが、莉佳さんの魂と話せました。大丈夫です、彼女は死んだわけじゃありません。肉体は別のところにあって、魂だけが捕らわれているんだと思います」

「え……」

「助けてほしいって、そう言っていました。お兄さんに、そう伝えてと」

「…………」

〝きっと見つかりますよ。そんな気がします。大丈夫ですよ〟

清芽の声と尊の言葉が、颯也の中で自然と重なった。あの時、素直に信じる気持ちになれたのは、そこに感じた希望が真実だと思えたからだ。気づけば煉や櫛笥も一緒になって、励ますように自分を見つめていた。微《かす》かな気恥ずかしさが心に生まれ、舐《な》められまいと肩肘《かたひじ》を張ってきた気持ちがゆるゆると解《ほど》けていく。

「君たちは……一体……」

何者なんだ、と口にしかけた時、唐突に目の前の男と記憶が結びついた。

「櫛笥早月《さつき》……」

「はい？」

「あんた、櫛笥早月かよ！」

ええええええ、と思わず声がひっくり返る。見覚えがある、どころじゃなかった。櫛笥早月は霊感タレントとして有名な芸能人で、その美貌と確かな鑑定眼で超売れっ子の人物だ。この手の輩《やから》には胡散臭《うさんくさ》い奴が多いが、彼の霊力が本物なのは颯也も知っていた。

「あ～あ。だから言ったんだよ、どうせバレるぞって」

「そうかなあ。でも、初めっから顔を晒したら出オチじゃない？」

「最近、テレビに出ずっぱりですもんね。ＣＭも増えたし」

憎まれ口を叩《たた》く煉に比べて、尊の賛辞は実にストレートだ。満更でもなさげに肩を竦《すく》めると、櫛笥は懐から出した眼鏡《めがね》をかけ直し「黙っていてごめんね」と颯也へ微笑《ほほえ》みかけた。

「本物だ……本物の霊感タレント、櫛笥早月だ……」

「その肩書き、安っぽくて不本意なんだけど、まぁ本人です」

あわあわと狼狽《うろた》える颯也へ、櫛笥は優美に挨拶《あいさつ》をする。

田舎宿の浴衣も半纏も、浮いてしまって当然だった。颯也はあまり関心がなかったが、それでも同業者の有名人ということもあって、櫛笥のプロフィールくらいは知っている。封印や結界の呪を十八番《おはこ》とする櫛笥家の御曹司《おんぞうし》で、血筋の良い純正の霊能力者だ。

「え、何で？　どうして芸能人が？　ていうか、煉と尊、おまえらも……」

一つの答えが呼び水となって、次々に疑惑の欠片《かけら》が形を露わにする。

まさか、と颯也は青ざめながら、しかし確信を持って子どもたちを指差した。

「おまえら、ひょっとして〝西四辻《にしよつつじ》の先祖返り〟だろう！」

「あ、久々に聞いたな、そのフレーズ」

「フリーの退魔師にまで知られてるなんて、僕たちけっこう有名なんだね」

やったね、とハイタッチをする二人は、すでに子どもの顔に戻っている。

だが、颯也は二度と騙されなかった。

煉の見せた焰と、桁外《けた》れの真言の発動。

悪霊に捕らわれた莉佳と、あの極限で会話したという尊の言葉。

そんな芸当はおいそれとできるものではないし、彼らの年齢を考えれば奇跡に近い。けれど、それも道理だった。〝西四辻の先祖返り〟は、平安時代まで遡《さかのぼ》る「裏の陰陽道《おんみようどう》」と呼ばれた一族の末裔《まつえい》だ。その通り名が示すように、退魔を得意とする煉と優れた霊媒《れいばい》能力の尊でコンビを組んで『協会』の広告塔となっている。もちろん、実力は折り紙付きだ。

「櫛笥早月と西四辻の二人……あんたたちが揃ってるってことは、もしかして黒ずくめで凱斗って呼ばれていた奴は二荒《ふたら》凱斗だな？　そうか、だから妙な圧を感じたんだ。あの男、噂《うわさ》では特殊な霊能力の持ち主だって言うじゃないか。くそ、おまえら揃いも揃って……！」

全身からいっきに力が抜け、颯也はくらりと眩暈《めまい》に襲われた。

「畜生、何なんだよ。どうして俺たちの業界でトップクラスの有名人が、こんな辺鄙《へんぴ》な場所に集結してんだよ。大体、おまえら『協会』の所属だろ！　依頼がなけりゃ動かないはずじゃないのかよ！　エリートのくせして、人の仕事場を荒らしてんじゃねぇよ！」

「僕たちがエリートかどうかは、この場合あんまり関係ないと思うんだけど」

「言ってやるなよ、櫛笥。お兄さんは、俺たちを素人だって信じてたんだからさ」

「最初に会ったのが清芽さんだから、仕方ないですよね。あのピュアさはかなりの煙幕ですし」

「清芽……そうだ、清芽くんはどうなんだよ？　あいつも『協会』の人間だったのか？」

人畜無害で少し間が抜けた笑顔を思い出し、颯也は縋《すが》るように問いかける。

「あ、センセエは違うよ」

至極あっさりと、煉が否定した。

「センセエは、俺と尊の家庭教師なんだ。霊感ゼロで、むしろ普通より鈍い」

「じゃ、じゃあ清芽くんだけが一般人なのか。なんだ……」

ホッと胸を撫《な》で下ろす反面、それはそれで逆に凄い、と思う。

曲者《くせもの》揃いの連中に囲まれてよく平然としていられるな、と感心していたが、普通であることの強さを清芽は体現しているんだろうか。いや、それだけではないだろう。彼を包んでいた守護の襞《ひだ》は、護符や霊体から与えられるものとは格が違っていた。

「でもさ、清芽くんには高い霊格の守護が憑《つ》いているよな？　ある種の神気のような……」

「え……」

「颯也さん、視えたんですか？」

凄い勢いで尊に食いつかれ、いやその、と口ごもる。稀代《きたい》の霊媒師と言われる西四辻尊を前にして、迂闊《うかつ》な霊視など報告できない。そもそも、颯也は霊視が得意ではないのだ。

「あの……ボーッとだけ……淡い光を感じたっつうか、何つうか……」

「すっげぇな、お兄さん。センセエと初対面の時、俺たち誰も視えなかったんだぜ？　この尊でさえ、最初は反応してなかった。あんた、何もんだよ？」

「あっ、いや、俺はしがないフリーの……」

さんざん彼らに問うたセリフを、まさか自分がぶつけられるとは思わなかった。しどろもどろになる颯也を見かねてか、櫛笥が「そろそろ戻ろうか」と助け舟を出す。

「ごめんよ、颯也くん。騙すような真似《まね》をして。ほら、僕たち『協会』の人間は、何かとフリーの君たちと対立しがちだろう？　最初に身元を明かすと、警戒されて話がややこしくなると思ったんだ。でも、僕たちはどうしても明日には町を出て行かなきゃならなくて」

「まさか、『聖地巡礼』って冗談じゃないのかよ……」

「マジだっつってんだろ。尊が『ゼラチン大魔王』の大ファンなんだよ。けど、ただでさえ出席日数がヤバいのに、月曜に食い込んだら学校休まなきゃなんないしさ。……ったく、急に依頼が来るんだもんな。場所がH市の隣でなかったら、絶対断ってたよ」

「………」

今度こそ、颯也は答える気も起きなかった。

彼らは全てが規格外だ。その霊力はもとより、性格も発想もついていけない。

「それにしても、まさか清芽さんが来ちゃうなんてびっくりだったね。やっぱり、初めから誘えば良かった。二荒さんは明良さんを気にかけてたけど、もう付き合っているんだからこの先ずっと遠慮しているわけにはいかないんだし」

「付き合ってる……あいつら、やっぱりそういう関係……」

「さ、帰るよ！」

颯也の追及をかわすように、わざとらしく櫛笥が声を張り上げた。

「凱斗くんと清芽くんが、そろそろ見つけてる頃だろう。上手く女将と話がついたら、こっちへ戻って僕の封印を解く。後のことは、二荒くんと煉くんに任せるよ。正式に祠を除霊して、颯也くんの妹さんを悪霊から解放してあげなきゃね」

「え？」

「そのために頑張ってきたんでしょう、お兄さん？」

煉の口調を真似て、櫛笥が軽くウィンクをする。

さすがは芸能人、気障《きざ》な仕草がばっちり決まっていた。

「あの、俺、わからないんだけど……」

「ん？」

「莉佳は、雑木林の悪霊に捕らわれたものとばかり思っていたんだ。現に、毎年あそこで俺は心中事件で死んだ女の霊と対峙《たいじ》してきたし、あいつを滅すれば莉佳は戻ってくるって信じてた。だけど、そうじゃなかったんだよな？　宮島家の屋敷神は、どう関係しているんだ？　雑木林で消えた莉佳が、どうしてここに封じられてたんだよ。女将は、それを知っていて俺を利用していたのか？　どうして？　俺が死に物狂いで莉佳を探してる姿を見て、笑ってたのか？」

「颯也くん……」

堰《せき》を切ったようにまくしたてていたら、情けないが涙が滲んできた。

町で唯一の味方であり、気を許せる相手だと思っていた。それなのに、遠山早苗《とおやまさなえ》は自分に嘘を吐き通していたのだ。それだけならまだしも、颯也自身に莉佳を封印させていた。そんなの、あまりに残酷な仕打ちではないか。

「とにかく、今は早く旅館へ戻ろう」

慰めるように肩を叩き、櫛笥が優しい声音で言った。

彼の言葉に、煉と尊も神妙な顔つきで頷く。

「大丈夫だよ。必ず妹さんは取り返すから」

声を揃えて誓う二人に、颯也はようやく弱々しげな笑みを見せた。

「あれ、旅館の前が騒がしくないですか？」

最初に異変を見咎《みとが》めたのは、先頭を歩いていた尊だった。

すでに丑三《うしみ》つ時をすぎたというのに、遠目からでも異常な興奮が伝わってくる。玄関前につけられた救急車は、赤いランプが回りっぱなしだった。起こされた近所の人間が集まっており、不安そうに顔を見合わせたり、声を落として会話をかわしたりしている。

「女将さん……」

やがて、清芽に付き添われて建物から女将が姿を現した。猫背で歩く彼女は簡素な部屋着の肩から半纏を羽織り、急に老け込んだように見える。野次馬のどよめきの中をとぼとぼと歩いていく様子に、颯也はたまらなくなって駆け出した。

「女将さん！」

すぐに颯也だと気づいたのか、青ざめた様子で彼女が顔を上げる。その目は、混沌《こんとん》と罪悪感がないまぜになっていた。潑剌《はつらつ》とした印象は消え失せ、怯《おび》える老婆がいるだけだ。怒りも疑惑も矛先を失い、颯也はただ呆然と立ち尽くした。

「早霧《さぎり》さん……ごめんねぇ……」

かろうじて聞こえた言葉に、胸の奥がギュッと切なくなる。

騙されていた憤りよりも、ひたすらに淋《さび》しくて悲しかった。

――と。

「あんただったのね……」

不意に、女将の声に怨みの音が滲んだ。

え、とたじろいで彼女の睨《にら》んだ方向を追うと、寝巻のまま飛び出してきたと思われる老人がポツンと立っていた。誰だ、と困惑する颯也の耳に、野次馬たちの囁きが流れてくる。一人が「和《わ》田《だ》のところの神主じゃないか」と呟き、あの項垂《うなだ》れている男が、と驚愕《きょうがく》した。確か、女将の同級生で神職を継ぐのが嫌だと作文に書いた人物だ。

「まさか、あんたが密告したなんて。この裏切り者！　一生恨んでやる！」

「早苗ちゃん……」

老人の口から、やるせない声が漏れた。

それは、後悔とも安堵《あんど》ともつかない響きだった。

「あんたがまともな神主だったら、もっと違ってたんだ！　恨んでやる！　恨んでやる！」

人が違ったように口汚く喚《わめ》き散らす女将を、清芽と救急隊員が懸命に宥《なだ》めている。老人は罵倒《ばとう》を甘んじて受けながら、ボンヤリと彼女が救急車に乗っていく様子を眺めていた。

「あの神主さんが、僕たちの依頼主だよ」

控えめな声で、櫛笥がそっと呟く。

救急車が走り去り、野次馬が散った後も、老人はずっとその場に佇んでいた。

一体、屋敷神の結界を張っている間に何が起きていたのか。

さっぱり事態を呑《の》み込めない颯也へ、清芽が「知っていることを話す」という。そこで渋々ながらも居間の座敷へ戻り、櫛笥たちも含めた全員で彼の話を聞くことになった。

「実は、凱斗が今出かけていていないんです。だから、代理で俺が颯也さんに説明しますね。女将さんから聞いた内容と、和田神主からの依頼から彼が経緯を整理してくれました。ただ、俺も部外者には違いないので、説明不足な部分は櫛笥さんや煉くんたちに補ってもらえたら……」

「そういや、二荒さんはどこ行ったんだよ、センセエ？」

「うん、ちょっとね。大丈夫、話が終わったら合流することになってるから」

歯切れの悪い答えを返されて、煉は器用に片眉を上げる。

「何か、嫌な予感がするんだけどなぁ」

「……僕も」

「右に同じかな」

「皆、考えすぎだってば」

尊と櫛笥が連なって同意するのを、清芽は苦笑いでごまかした。

「とにかく、話を戻すよ。すみません、颯也さん」

恐縮され、いいやと首を振る。

こっちは凱斗の不在も気づかないほど、頭の整理が全然できていなかった。

「まず、落ち着いて聞いてくださいね。先ほど救急車で運ばれたのは、女将さんだけじゃありません。あなたが到着する前に、もう一人いたんです。それが……莉佳さんです」

「え……？」

「とはいえ、莉佳さんの魂は悪霊に捕らわれたままですから意識はありません。救急隊員の方たちは、植物状態だと判断したようです。でも、本当はそうじゃない。女将さんは、この旅館の奥で莉佳さんの身体を匿《かくま》っていたんですよ。あの悪霊に、肉体まで乗っ取られないために」

「いつから……」

「最初からです。五年前、颯也さんたちが雑木林の祠へ向かった時、実は女将さんと和田神主もこっそり後をつけていたんですよ。彼らは一部始終を目撃し、颯也さんが意識を失った後で抜け殻になった莉佳さんを旅館まで運んでいった。幸い真夜中だったので、人目につかずに済んだそうです。あなたのことも介抱しようと戻ったけれど、ちょうど目を覚ましたところだったのでそのまま帰ったと言っていました」

「ちょっと待ってくれ。意味がよく……」

莉佳が、この旅館にいた？　五年間も？　女将は、何食わぬ顔で嘘を吐き通していたということだろうか。でも、何のために？　俺に怨みでもあったのか？　そもそも、どうして除霊の現場に女将と神主が追ってくる必要があるんだ？　わからない。何もかもわからない。

怒濤《どとう》のように疑問が押し寄せ、颯也の混乱はますます激しくなる。動揺を見てとった櫛笥がとびきり柔らかな声音で、「でもね、彼らは颯也くんの敵ではないんだよ」と言った。

「僕たちは、『協会』を通して和田神主から依頼を受けた。依頼内容は二つ。莉佳さんの身体を保護してほしいということ。そして、祠の悪霊の調伏だ。彼は、自身の神通力が弱いせいで悪霊を抑えておけなかったことを恥じていてね。それが女将さんへの負い目になっていて、強くは出られなかったんだよ。けれど、よそで修行しては毎年ここを訪れる君の姿を見るにつけ、段々黙っている罪悪感に耐えきれなくなってきた。それで、代わりに僕たちがやってきた」

「何故、和田神主がそこまで知っていたかというと、彼の父親である先代の神主が宮島家の屋敷神に携わったからです。先代にはそこそこの力があり、束の間の平和が保たれていました。でも、息子の代……和田神主になって事情が変わってしまった。彼には、先代が屋敷神に封印したモノを抑える能力がありませんでした。その時から、様々な悲劇が生まれたんです」

「封印……？」

櫛笥の後を継いだ尊の言葉に、困惑は深まるばかりだ。

沈鬱《ちんうつ》な表情の清芽へ、真実を求めて颯也は詰め寄った。

「あの屋敷神には、莉佳の前にも誰かが閉じ込められていたのか？」

「……はい。心中事件で亡くなった女性、宮島亜希子《あきこ》さんです」

「みやじま……だって……？」

「あの悪霊は、女将さんのお父さんの妹——叔母にあたる人なんです。R町ではタブー扱いだそうですが、正体は宮島家の娘だったんですよ。かつて、宮島本家には女将さんを含む長男一家と当主夫妻、それに一人娘の亜希子さんが住んでいました。だから、女将さんは颯也さんに何も言えなかったんだと思います。自分の叔母が悪霊となって、妹の莉佳さんを襲ったとは……」

「…………」

早霧さん、ごめんねぇ、と潤んだ声で呟く女将が蘇《よみがえ》った。

颯也が通っていた五年間、彼女はどんな思いで側にいたのだろう。今となっては知る由もないが、彼女もまた同じ年月を苦しみ続けていたのだ。

「早霧くん、旅館の玄関に護符を貼ってあげていただろう？」

封印を得意とする櫛笥が、思いがけないことを言い出した。

「あれも、一種の結界になっていたんだね。恐らく、悪霊は妹さんの魂と同化した後は肉体に乗り移ろうとしていたんじゃないかな。でも、ギリギリのところで妹さんが抵抗をしていたので、同化が儘《まま》ならなかった。だから、強引に護符を突破できなかったんだと思う」

「悪霊が莉佳と同化を狙《ねら》っていた？　だから、男なのに俺は助かったのか？」

「あくまでも憶測だけどね。悪霊は、莉佳さんに自分と同じ『何か』を感じたんだよ。そして、不幸にも波長があってしまった。そうして生きた魂を取り込んだことで、現実世界への干渉が大きくなっていったんだ。女将さんや和田神主は、さぞ怖ろしい思いをしただろうね」

「現実への干渉って……」

「考えてもごらん。憑《と》りつくならまだしも、人の肉体を乗っ取ろうなんて普通の死霊にできる芸当なもんか。生きている人間の方が、よっぽどパワーが強いんだから。でも、亜希子はそれをやろうとした。この世への凄まじい執念が、彼女を化け物へと変えたんだ」

「もしかしたら……恋人が死んだって、まだ知らないのかもしれませんね」

清芽の何げない呟きに、その場がシンと静まり返る。

亜希子の悪霊は、恋人を探してこれまで複数の若い男を死に引きずり込んでいるのだ。ありえない話ではないと、誰もが背筋を寒くした。

「でも、俺はやっぱり腑《ふ》に落ちない」

納得のいかない思いを抱え、憮然《ぶぜん》と颯也は口を開く。

「どうして、女将さんがそこまでするんだ？　叔母が悪霊になったからって、あの人には何の責任もないじゃないか。俺に打ち明けて、普通に除霊を頼んでくれれば……」

「颯也さん……」

「あ、いや、俺じゃ歯が立たなかったかもしれないけど。だけど……！」

「女将さんには、責任を感じる理由があったんですよ」

意を決したように、清芽が驚くべき事実を語り出した。

「何故なら、亜希子が悪霊と化したのは女将さんのお父さんに原因があったからです。宮島家の屋敷神は、家の繁栄を願うためのものじゃありません。亜希子から、長男——即ち女将さんのお父さんを守るためでした。それほどの怨みを、彼女のお父さんは買っていたんです」

「兄が妹に……恨まれていた？」

「そうです。彼は亜希子の唯一の味方として、心中の計画を打ち明けられていました。彼女が、庭に咲いている夾竹桃の毒で死のうと考えていることを知っていたんです。でも、妹を溺愛《できあい》していた兄は他の男と心中するなんて耐えられなかった。二人の選んだ道を応援すると言いながら、実際は相手の男だけが死ぬように毒の量に細工をしたんです」

「なんだって……」

「けれど、どういう運命の悪戯《いたずら》か死んだのは妹の方だった。あまつさえ、半狂乱になった恋人は互いを繋いだ赤い糸から逃れるために彼女の手首を石で叩き潰《つぶ》してしまったそうです。愛する妹を失い、その遺体まで傷つけられた兄は激しく怒り、パニック状態だった恋人が己を頼ってきたところを絞め殺してしまいました」

「…………」

想像を絶する愛憎劇に、颯也はもう言葉も出ない。

愛する妹を喪《うしな》うくらいならと、人を殺《あや》めるまで思い詰めた男の心。だが、莉佳を取り戻そうと死に物狂いで生きてきた五年間を振り返れば、自分にも同じ狂気がないとは言えなかった。

「気の毒な恋人たちの死から、この町での悪夢が始まりました」

悪夢は、そこからが本番だった。

町を騒がせた心中事件は、町民の宮島家への遠慮もあり恋人の後追い自殺ということで幕を閉じた。だが、やがて三人の若い男が雑木林付近で神隠しに遭い始める。

「時期を同じくして、兄は亜希子の亡霊に悩まされ出しました。初めは罪悪感が見せる幻覚だと思っていましたが、彼女の霊は日ごとに強い怨みを兄へ訴えるようになっていった。とうとう、このままでは憑り殺されると兄は両親へ訴えました。その際、己の罪の全てを告白し、当時の神主が秘密裡《り》に調伏へ呼ばれたんです。先ほども話しましたが、それが先代の神主です」

「じゃあ、あの祠の神様が腐っていたのは……それだけ、あそこに封印された亜希子の怨みが凄まじかったってことなんですね。ありとあらゆるものを憎んで、恨んで……」

尊が、真っ青になって唇を震わせる。

「その姪《めい》が女将……」

「残念ながら、屋敷神を祀った甲斐《かい》もなく程なくして女将さんのお父さんは亡くなりました。自殺したんだそうです。心労が祟ってか、亜希子の仕業なのかは今もってわかりません。残された妻は離縁して実家へ戻り、幼かった女将さんは跡取りの兄と一緒に本家に留《とど》まりました。でも、彼女は何も知らなかった。痛ましい真相は、亡くなった宮島家の当主夫妻、先代の神主しか知らないはずでした。そうして、宮司《ぐうじ》を息子に継がせるにあたって先代は屋敷神の秘密を伝えた。常々息子の神通力に不安を感じていた先代は、己の手に負えなかったら『協会』へ頼め、と言い残しました。でも、和田神主は言いつけを守らなかった。結果、屋敷神の封印は緩み、亜希子の悪霊はその時に当主を受け継いでいた女将さんの兄を祟り殺しました」

「…………」

「町でも、再び神隠しが始まった。恐れ戦《おのの》いた神主は、うっかり女将さんに屋敷神の因縁を話してしまったんです。折しも、神隠しの噂を聞いた颯也さんが妹を伴って町へ来ている。後は、今までにお話しした通りです。亜希子は莉佳さんの魂を取り込み、完全な同化を狙っています」

そうか、と颯也は深々と息を吐いた。

恐怖にかられてダキニ天の真言を唱えかけた時、煉が「殺す気か！」と怒鳴ったのは、亜希子の中に莉佳がいると知っていたからだ。櫛笥が押し戻す呪を使ったのも、そのためだった。

「あそこで莉佳を調伏していたら、俺は自分の手で莉佳の魂まで……」

「……そうです」

「はは……」

思わず、苦い笑みがこみ上げてくる。

自分だけが蚊帳《かや》の外だった。

もし清芽たちがこの町へ来なかったら、きっと一生莉佳とは会えなかっただろう。事件の真相にも気づかず、いずれは莉佳と同化した悪霊の力で殺されていたかもしれない。女将や和田神主だって、きっと無事ではなかった。

残酷な現実を思い知らされ、颯也は激しく打ちのめされる。

「やっぱり『協会』ってのは凄いんだな。あんたたちみたいな霊能力者が、たくさん所属しているんだろ？　そりゃ、俺らみたいな野良とは出来が違うよな……」

「颯也さん……」

「五年前、俺は『協会』——日本呪術師協会の門を叩いたことがある」

プライドを根こそぎ剝《は》ぎ取られ、いつしか唇が動いていた。

皆がハッと表情を変え、複雑な思いを抱いて颯也の話に耳を傾ける。

「俺、ガキの頃から人には視えないものが視えて、聴こえない声が聴こえてさ。俺ほど強くはなかったけど莉佳にも同じような能力が備わっていたから、兄妹でそれを活かして生きていけないかって考えたんだ。で、ある人から『協会』に所属して除霊の仕事を請け負うと、かなりギャラがいいって聞いて……それで……」

「何の修行も勉強もなしで？　それは、ずいぶんと無茶したなぁ」

全員の気持ちを代弁するように、櫛笥が深く溜《た》め息《いき》をついた。だが、颯也だってそんなことは百も承知だ。特殊な血筋の彼らとは違って、環境が整っていなかっただけなのだ。能力を磨くにどうすればいいのかなんて、誰も教えてはくれなかった。

「俺と莉佳は、養護施設で育ったんだ。頼れる大人がいないから、少しでも早く独り立ちして二人で暮らしたかった。ずっと薄気味の悪い子どもだって言われ続けて、自分でも頭がおかしいのかと不安に思ったりもしたけど、人にはない力で稼げるならって」

「………」

「だけど、あっさり門前払いを食らったよ。相手にもされなかった。後で知ったんだけど、あそこはスカウトされた人間しか所属できないんだってな。『協会』の人間が国内外の優秀な霊力の持ち主を調査していて、密《ひそ》かにランク付けをしているって話だった。もっとも、あいつらが特Aをつけたのは後にも先にも一人だけで、しかも未成年だって言うじゃないか。何度スカウトで声をかけても無視されてるって聞いて、ちょっとだけ溜飲《りゅういん》が下がったよ」

「特Aの未成年……」

「無視されっぱなしか……」

気のせいか、颯也が口を滑らせた途端、その場に奇妙な空気が流れた。誰もコメントしようとしないのは嫉妬《しっと》か、あるいはその話を耳にしたことがないせいだろうか。

だけど、今の話は決して眉唾ではない。実際に『協会』へ連れて行ってくれた職員が、こっそり教えてくれた情報だった。ただ、特Aの人物と颯也では当然ながら雲泥の差があったらしく、自分は歯牙にもかけられなかったが。

「俺、頭にきてさ。だったら『協会』の連中を見返してやろうと、あちこちの霊障の場を渡り歩いたんだ。その間に、見様見真似でいろんな呪術も覚えてさ。で、R町の噂を耳にした」

実際、そこは厄介な場所だった。

もともと霊道だったところに不浄の死と血が穢れを運んだため、颯也が来た時には悪霊の巣窟《そうくつ》になっていたのだ。何人もの霊能力者が調伏に失敗し、尻尾《しっぽ》を巻いて逃げ出したという話も納得のひどい有様だった。

「颯也さん？　どうしましたか、顔色が……」

不意に黙り込んだ颯也を心配して、清芽が大丈夫かと窺《うかが》ってくる。

その顔がぐんにゃりと輪郭を崩し、視界に墨のような霧が広がり始めた。

「なぁ、亜希子が同化を狙っているなら、簡単なことじゃ莉佳を解放しないよな？」

「それは……」

「じゃあ……じゃあ、莉佳はどうなるんだ？　生きながら悪霊になるっていうのか？　俺がちっぽけな虚栄心にかられたばっかりに、妹をそんな残酷な目に遭わせたんだよな？　あの時、あいつが来るって言い張ったのを、俺は困った振りをしながらちょっといい気分でいたんだ。莉佳はいつまでたっても、俺がいないとダメなんだなって。そんなつまらない優越感を満たすために、俺は妹を犠牲にしたのか。いや、そうじゃない。俺は、莉佳が大事だったんだから」

ふらりと伸ばした両手が、清芽の二の腕をきつく摑む。

痛みに顔を顰《しか》め、清芽が狼狽《ろうばい》気味に問いかけた。

「そ、颯也さん、急にどうしたんですか」

「なぁっ？　俺は莉佳を大事にしてたよな？　だったら、莉佳を取り戻さなきゃ。もう一度目覚めさせなくちゃ。なぁ、頼むよ。力を貸してくれ。あんたたちは、国内でも指折りの霊能力者だろう？　さっきだって、容易《たやす》く事態を収めたじゃないか。そうだ、尊くん。君は莉佳と話したんだよな？　だったら、あの子は今何て言っている？　兄さん助けてって、まだそう言い続けているんじゃないのか？　なぁ、清芽くん。君は彼らの先生なんだろう？　尊くんを説得して、莉佳の霊視を頼んでくれよ。なぁ！　なぁ！　なぁ！」

「颯也さん！」

きつく揺さぶった瞬間、雷のような衝撃に見舞われた。

そのまま畳の上へ吹っ飛ばされ、強《したた》かに身体を打ち付ける。

「え……」

嘘のように霧が晴れていき、颯也はパチパチと目を瞬かせた。

今自分の身に何が起きたのか、さっぱりわからない。思い余って清芽を追い詰め、感情をぶつけまくったところまでは覚えていた。ただし、何を口走ったのかは少しも思い出せない。

「あ、あれ？　俺、なんで……」

「すみませんっ、大丈夫でしたかっ？」

何もしていない清芽の方が、颯也よりよほど慌てていた。いや、謝らないといけないのは取り乱したこっちだし、と思いつつ颯也は伸ばされた手に触れた——刹那《せつな》。

(何だ、この感覚……)

指先から、光の濁流が流れ込んできた。

温かくて眩《まぶ》しくて、けれど底には計り知れない怖ろしさが滲んでいる。全部を受け止めたら壊れてしまいそうな、凄まじく強烈な波動に全身が震えた。

「く……あ……ッ」

ダメだ。手が離せない。苦しい。息ができない。

雪崩《なだ》れ込む光が膨《ふく》らんで、内側から破裂してしまいそうだ。

「うあっ」

「……危なかったですね」

「お兄さん、案外隙だらけだなぁ」

強張って動けずにいる颯也を、煉と尊の二人が「せーの！」で引き剝がした。何が何だか、と混乱する頭上から、無邪気な声が降ってくる。

「あのさ、お兄さん、憑かれかけてたのわかる？」

「え？」

「どうやら、女将さんのお父さんも成仏はしてないみたいだな。そんなに影響力はないようだけど、お兄さんの〝妹ラブ！〟な感情に同調しちゃったんだよ。気をつけなきゃ」

「え……え？」

「ずいぶん、はた迷惑な兄妹だねぇ」

苦笑する櫛笥に頷きながら、尊も「清芽さんの〝加護〟が弾かなかったら、完全に憑りつかれていました。良かったですね」なんて真顔で言っていた。

憑りつかれる？　この俺が？

清芽さんの〝加護〟？　〝加護〟って何だ？

「一体、何の話を……」

愕然と漏らした呟きに、あ、と颯也自身が答えを見つけた。

清芽を包む淡い光。

誰も霊視できなかったという、強い守護の存在が彼にはあったではないか。

「あの、颯也さん。痛くなかったですか。すみません、俺の意志ではどうにもならなくて」

「コントロール……できないのか……」

「ええと、はい、まぁ……そうです……」

しきりに恐縮しつつ、すみません、と清芽が頭を下げた。

その様子を見ている内に、みるみる力が抜けていく。

彼は、どこにでもいる好青年だ。愛すべき凡人であり、特別な霊力など何も持たない。

だけど、側にいると安心する。

語る言葉は信じられるし、全てを包み込んでもらえそうな気持ちになってくる。神気を帯びた守護の存在が、清芽を選んだのも何となくわかる気がする。

「清芽くん、君は……君が……」

「はい？」

「君が、一番怖いってオチか」

思わず口をついて出た一言に、「それを言っちゃあ……」と全員が苦笑いをした。

「……やっと来たか」

宮島家の屋敷神まで戻った面々へ、腕組みをしたまま立っていた凱斗が溜め息を漏らす。

だが、その言葉にすぐ答えられる者はいなかった。

繰り広げられた光景が、あまりに想像を絶するものだったからだ。

「これって……」

かろうじて声を発したのは、颯也が最初だった。

昇る朝陽の中、粉々に砕かれた祠の破片があちこちに散乱している。

鳥居にはひびが走り、しめ縄は地に垂れ下り、まるで台風の直撃でも受けたような惨状だ。

魂縛された莉佳を救うべく勇んで来たものの、予想外の展開に出くわして何から問えばいいのかわからない。ただ言えるのは、昨夜の禍々《まがまが》しさは跡形もなく消え去り、敷地にもただ空虚さが漂っているという事実だけだった。

「まさか、凱斗……」

「もちろん、俺じゃない」

詰め寄る清芽に凱斗は両肩を竦め、残骸の中央へ顎《あご》をしゃくってみせる。

「おまえに置き去りにされて、よほど腹が立ったんだろうな。俺が亜希子の調伏にここへ来た時には、もうこの有様だった。一人にさせたら旅館まで破壊しかねないと思って、お目付けでずっと一緒にいたんだよ。見ての通り、もう俺たちにはやることなしだ」

「嘘……」

絶句する清芽の視線を追って、颯也もゆっくりとそちらを見た。

その先に、見知らぬ青年が立っている。

声をかけるのも憚《はばか》られるほど、不機嫌極まりない顔だ。まさか、彼がここで暴れたのだろうか。だとすれば、ずいぶんと豪胆だと驚くしかなかった。朽ちかけているとはいえ、仮にも神の社《やしろ》をめちゃくちゃにするなんて怖いもの知らずにも程がある。

「明良……」

明良……あきらだって？

呆れたような清芽の声に、思わず耳を疑った。

明良という名前は、昨日からさんざん聞いている。皆が怖れ、しかし語らずにはいられない謎の存在。一体どんな強面《こわもて》な男だろう、と想像していた清芽の弟だ。

「兄さん、待ちくたびれたんだけど」

開口一番、彼は拗《す》ねた口調でそう言った。他の人間は一切無視だ。夜半からずっと一緒にいた凱斗でさえ、まったく視界に入れていなかった。

（何だ、こいつ……）

反射的に颯也は反発を覚えたが、それも明良がこちらへ向き直るまでだった。

不遜《ふそん》な表情がこの上なく似合う、王様然とした美しい容姿。

荒涼とした背景にも負けない、難なく場を支配する存在感。

昨日から今日にかけて、強烈な人物には事欠かなかった。凱斗、櫛笥、煉、尊。誰もが魅力的で特別な香りがし、選ばれた人間特有の華やかさを持っている。

だが、目の前の彼は抜きんでた力強さで颯也を瞬く間に魅了した。

「あのな！〝待ちくたびれた〟じゃないんだよ！　どうすんだよ、これ！」

颯也の感嘆をよそに、清芽が怒り心頭で弟を怒鳴りつける。

「あああ、もう。これじゃ、ヤンキーの抗争があったみたいじゃないか……」

「だって、祠の浄化と調伏に来たんだろ？　手間を省いてあげたんだよ」

「そういう問題じゃないし、それは凱斗たちの仕事だし、後片付けが大変だし！」

「兄さんが悪い」

「へ……」

「凱斗を追っかけて、俺を置いていくから」

小学生のような文句を口にし、明良が唇を尖《とが》らせた。清芽だけでなく、颯也や他の人間まで一瞬言葉を失ったが、やがてくすくすと楽しげな笑い声が聞こえてくる。誰かと思って振り返ると、煉と尊が「カッコよすぎる……」と肩を震わせていた。

「ただでさえ、生きた人間を魂縛した悪霊の調伏は難しいのに」

「でも、ここまで壊す必要なんか全然ないのに」

「すっげぇな、尊。空気まで澄み切ってる。穢れが全部吹っ飛んでるぞ」

「僕、ここなら住めるよ、煉」

鼻先を突き合わせ、二人は感動のまま破顔する。

次の瞬間、彼らはあっという間に颯也を追い抜き、明良の元へ駆けて行った。

「明良さん、センセエを追ってきたんだね！」

「凄い！　さすがの愛ですね！」

「鬱陶しい。あっち行けよ」

照れ隠しではなく、本気で明良は嫌がっている。忌々《いまいま》しげに舌打ちをし、犬の仔《こ》を蹴散らすように邪険に二人を押し退けたが、煉たちは慣れているのかまったく意に介さなかった。喜色満面ではしゃぎながら、スターが登場したと言わんばかりに歓迎の意を表明している。

「まったく……煉くんも尊くんも、そうやって明良を甘やかすんだからなぁ」

困ったものだと清芽は嘆くが、どう見ても甘やかされて喜んでいるようには見えなかった。しかし、上手い具合に明良の視線が清芽から外れたので颯也はおそるおそる尋ねてみる。

「明良って……確か君の……」

「あ、はい。弟です。見るからに生意気そうでしょう」

「いや、生意気ってレベルは超えてるよな？」

確かに面倒くさそうな人物ではあるが、それを補って余りある魅力が彼にはある。さんざん清芽が怖れていたのでどれだけゴツイ奴かと思いきや、櫛笥と並んでも遜色ない美形とは意表を突かれた。おまけに、あの傍若無人《ぼうじゃくぶじん》な態度だ。世界征服するために生まれてきました、なんて言われたらうっかり信じてしまいそうだ。

「弟さん、カッコいいね。……いろんな意味で」

「俺にとっては、単なる暴れん坊ですよ」

「それでさ、さっきから皆の会話を聞いていて思ったんだけど」

「はい？」

「もしかしなくても、彼は……霊能力者なのか？　ここを破壊しまくるほどの？」

「……はい。あ、でも『協会』とは無関係ですよ。そういうの興味ないって」

「〝生きた人間を魂縛した悪霊を調伏〟って煉たちの話、本当か？　あいつが一人で、あの化け物をやっちゃったのか？　俺が五年間、血の滲む努力を重ねてもダメだったのに？」

「す、す、すみませんっ」

まるで己の咎であるかのように、小さくなって清芽が頷いた。やっぱり、という思いと、今までの苦労は何だったんだ、という脱力感で颯也はもう笑うしかない。

「凄いな。凄い……」

「そう……やさん……？」

「こんな奴が、世の中にはいるんだな」

僅《わず》か数時間の間に、たった一人で。しかも仕事でも義俠心《ぎきょうしん》からでもなく、兄から置き去りにされた腹いせに、だ。その理由になった悪霊を、彼は苦も無く闇へ葬ってしまった。

「『協会』が欲しがる特Aだって、きっと彼には及ばないんじゃないか？」

「そ……それは、どうでしょうか……」

冷や汗をかきつつ語尾を濁す清芽の隣で、颯也は清々《すがすが》しいまでの敗北を味わっていた。

筋金入りだ、と溜め息が漏れる。

明良の兄への執着の前では、自分のシスコンぶりなど赤子のようなものだ。

「颯也さん？　あの、何で笑っているんですか？」

「ああいや、何でもないよ。ただ、何ていうか……俺はまだまだ半端だなって」

「半端？　颯也さんがですか？」

「うん。能力も覚悟も莉佳への愛情も。全部が中途半端だった。何だか、目が覚めたような気分だよ。こんなスッキリした気持ちになるのは、生まれて初めてかもしれない」

笑顔のまま、颯也は大きく深呼吸をした。

煉たちが言った通り、澄んだ秋の空気が心地好い。一片の不純物も混じっていない清浄な空間を、兄への邪念だらけの青年が生みだしたからだ。その矛盾が、また面白かった。面白くて——

心の底から羨《うらや》ましかった。

「俺、もっとちゃんと修行するよ」

深々と息を吐き出しながら、朝の陽光に目を細めた。

「ずっと、斜めに世間を見てきた。恵まれない環境への僻《ひが》みや、他人に蔑《さげす》まれてきた霊能力への劣等感が胸に巣食って俺を苛《さいな》んできたんだ。そのせいで成功を焦って、莉佳まで巻き込んだ悲劇を生んでしまった。だから、改めて誓う。あいつにはこの先一生かけて償っていくつもりだし、誇れる兄でありたいからさ」

「誇れる兄……」

「ああ。そのためには何か一つでもいい、これが早霧颯也だって言える力を身に付けたい」

気負いも見栄もなく、心の底から想いが溢《あふ》れ出る。

この瞬間を、清芽が聞いてくれて良かった、と思った。きっと、彼なら笑わずに受け止めてくれるだろう。その喜びがあれば、己の言葉に恥じない生き方をしようと頑張れる。

「凄くいいと思います。颯也さん、カッコいいです」

明良を賞賛する煉たちのように、清芽の口から素直な応援の言葉が贈られた。照れ臭さと満更でもない気分の狭間で、颯也は（ほらな）と笑顔で呟く。

こいつは、きっと見ていてくれる。この先の自分が、どう変わっていくかって。

「莉佳さんの魂は、ちゃんと解放されたと思います。明良は困った奴だけど、俺が本気で怒るようなことはしませんから。その辺は、しっかり弁《わきま》えて行動できる男です」

「ありがとう、清芽くん」

「妹さんのことなら、僕がお手伝いします」

会話を耳にした尊が、大人びた表情を作った。

「僕の得意分野は霊媒なので、疲弊した妹さんの魂とコンタクトして器へ導きます。五年の歳月を考えると少し時間がかかるかもしれませんが、きっと帰ってくるはずですよ」

「目を……覚ますのか……」

「大丈夫です。莉佳さんは、亜希子の霊に捕らわれても抵抗し続けた。本当は、とても芯の強い女性なんだと思います。何より、颯也さんの元へ帰りたがっている。だから、きっと」

断言こそ避けたが、その声には自信が漲《みなぎ》っていた。

稀代の霊媒師、西四辻尊の言うことならば、と颯也は安堵する。

「ありがとう……」

ゆるゆると緊張が解けていき、ゆっくりと膝から頽《くずお》れた。明良を除く全員が集まってきたが、彼らに上手く言葉が紡げない。ただ、明良が史上最高のブラコンだったのを心の中で神に感謝した。そうでなかったら、もう少し解決に手こずっていたはずだから。

「ん……？」

不意に、ぞわぞわと悪寒が走った。

何だろう、と顔を上げると、明良が険しい目つきでこちらを睨んでいる。はるばる兄へ会いに来たのに、先ほどから清芽を独占している颯也へムッとしているようだ。

ええぇ、と強い目力にたじろぎつつ、一方で倒錯的な感動に包まれた。何しろ、初めて彼の視界に自分が入ったのだ。今なら、名乗れば名前くらいは聞いてくれるかもしれない。いや、そんな自殺行為をしたら呪殺されそうな勢いだけど。

「あ、そういえばさ」

櫛笥がわざとらしく声を上げ、慌てて明良の視線を遮《さえぎ》ってくれた。

「今更な質問なんだけど、明良くん、僕の結界も破っちゃったんだね？」

「そんなの当たり前だろ？」

「その顔、全然悪いとか思ってないよね。ああもう、自信無くなるなぁ」

「明良、櫛笥さんに謝れってば！　ホントにおまえは……」

はぁ、と溜め息をつく櫛笥と説教を始める清芽の脇で、煉と尊が「最強だ！」と小躍りしている。彼らの熱狂ぶりもわからなくはないくらい、明良という青年は強烈だった。あんまりうるさいので額を小突かれていたが、煉と尊は「ご褒美《ほうび》です！」と感激している。

「いつかは目を覚ます……か……」

誰にも聞こえない声で呟き、その響きを舌の上で静かに溶かした。

正直、今の颯也には途方もない未来図だ。

過去の五年間の方が、倒す相手が明確な分、余計な考え事をせずに楽だったかもしれない。

「でも、希望はある。新しい目標も見つけた。だから――頑張れるさ」

いつか、『協会』の方からスカウトが来るような霊能力者になってやる。

密かに生まれた目標は、まだ清芽にも打ち明ける勇気はなかった。けれど、もう少し自信ができたらきっとまた会いたい、と思う。何かを持っている凡人同士、通じ合うものもあるだろう。

友達なんて得たことはないが、清芽となら分かり合える気がする。

友達か、と颯也はくすぐったく反芻《はんすう》した。うん、その単語は悪くない――んだけど。

「んんん？」

ふと、嫌な予感に顔を上げる。

不幸にも、強い視線は二人に増えていた。明良と――凱斗だ。

「なぁ、凱斗。あいつ誰？」

「そうだな、明良。名前と顔は、覚えておいた方がいいかもしれないいな」

際立った男前が二人、顔を近づけて悪魔のような囁きを交わしている。

彼らは揃ってこちらを見ると、不敵な面構えで笑んで見せた。

「んんんんん――ッ？」

近い将来、颯也は厄介な弟と独占欲の強い恋人の両方を敵に回すことになる。

だが、それはまた別のお話になりそうだ。

［FLESH & BLOOD］番外編

赤毛の予言者

松岡なつき

扉イラスト　彩

1

イングランドの下層貴族の結婚に必要なものとは何か。

美貌《びぼう》――ノー。

才気――これまたノーだ。

正直なところ、その二つは備わっていれば喜ばれるが、真に求められているものではない。うっとりと二人だけの世界に漂っていればいい恋愛と違い、婚姻には厳しい現実がつきまとう。

欧州でも指折りの華やかな宮廷に生きる者にとって、エリザベス女王陛下の目に留まるための上等の衣裳《いしょう》や、上役への賄賂《わいろ》はあって当然、なければ浮かぶ瀬はなかった。

つまりロンドンで成功したいと思えば、ぞっとするほど莫大な金が要るというわけだ。

実際、女王陛下の恩寵《おんちょう》によって、庶民が飲むワインや遊戯用カードへの課税などの特権を得られなければ、今は裕福な家であってもいずれは家計が破綻《はたん》する。

よって年頃の息子を持つ家では、利益やコネを生む血脈に連なり、一ポンドでも多い持参金を携えた女を嫁として迎えたがるのが常だった。

もちろん、この僕、ロバートが生まれたセシル家も同様だ。

今はバーリー男爵の称号を持ち、政府の重鎮として重んじられている父ウィリアムも、ちょっと前までは庶民議員に過ぎなかった。その人生が大きく開けたきっかけの一つは、僕の母であるミルドレッド・クックとの再婚だ。

クック家は騎士階級で、ロンドン市長も輩出している。僕の祖父に当たるサー・アンソニーは知見に優れ、夭折《ようせつ》されたエドワード王の教育係を務めていた。チューダー家は学問を愛し、師に礼を尽くす。おかげで祖父も王家の人々の信任を得ていた。エドワード王が生きておられたら、クック家はさらなる栄光に包まれていたに違いない。

さて、父の聡明《そうめい》さや実直さに感銘を受けたサー・アンソニーは、その出世を見込んで娘を嫁にやり、協力関係を結ぶことにした。まあ、派閥作りの基本だ。

大望ある男達にとってはこの上ない選択――ところが、僕の母ミルドレッドの考えは違っていた。不満だったのだ。

母を含めたクック家の五人姉妹は、それぞれ指折りの才女として知られている。

「騎士の家に生まれたからって、必ず騎士に嫁がなきゃいけないっていう法はない。必死に勉強してきたのは、野卑な田舎者や下っ端役人の妻になるためじゃない。他人が羨《うらや》む縁談を得るためなら、どんな手でも使う。邪魔をする者は姉妹でも容赦しない」

それが彼女達の合い言葉だったというのだから、どのような性格かは推して知るべしだろう。中でも母は上昇志向が最も強かった。というのも、サー・アンソニーからある言葉を聞かされていたからだ。

「我が息子エドワードには、そちの娘のように賢い娘を娶《めと》らせたい」

ヘンリー八世陛下が気まぐれに発した一言を、サー・アンソニーはお世辞だと承知の上で娘に話した。我が子を褒《ほ》められて嬉《うれ》しくない親はいないし、これからの勉学の励みにもなると考えたのだろう。

しかし、娘の方はそれを本気にした。自分は『王も認める娘』なのだと舞い上がった。長じて王子との結婚はさすがに無理ということが判ってきても、その自尊心は衰えるどころかますます燃え上がった。そう、現実に直面するまでは。

自分の結婚相手が地方のジェントルマンで、しかも再婚だと知った母が、どれほどの失意に沈み込んだのかは想像に難くない。例の合い言葉も胸に突き刺さったはずだ。

実際、面と向かって馬鹿にされたらしく、母は妹達を密《ひそ》かに恨んでいる。それは叔母達も同様で、表向きは仲良く行き来しているものの、セシル家の悪口を広めるのに余念がないらしい。

「重臣の筆頭ですって？　誰がそんなことを言っているの？」

「きっと姉上よ。お優しい陛下のおかげで、死に損ないの旦那が男爵になれたから浮かれているんじゃない？」

「あら、王子様とも結婚できると息巻いてた方にしては、ずいぶん妥協なさったことね」

やれやれ、相手を貶《おとし》めれば、自分の立場が向上するとでも思っているのだろうか。実際はその反対だということぐらい、賢い叔母達も知っているはずなのに。

「確かに私の夫は王子じゃないし、高位貴族でもない。だったら息子を父親よりも出世させて、少なくとも伯爵にするまでよ」

母の見上げたところは、底なし沼のような失意からでも必ずや這《は》い上がってくることだ。

僕が彼女から受け継いだものの中で、そのしぶとさは最良の部分でもある。

もちろん金で買うことのできる騎士位と違い、叙爵されるということは極めて難しい。気前の良かった父君とは違い、女王陛下は支払いの段になると途端に厳しくなることで有名だ。臣下への労《ねぎら》いも感謝のお言葉だけということが多い。

それでも母はこの夢に賭《か》けることにした。

つまり、息子である僕の運命も定められたということだ。

「何という身勝手……！　僕の意志はどうなる？」

などと怒り狂うのは愚かなことだ。僕は母に抗議をしたことがないし、これから先もするつもりは一切ない。うっかり者の乳母が床に落とし、背中が湾曲したままになってしまった時点で、僕の生きる道は決まった。

気丈な母もそのときばかりは残酷な運命を呪《のろ》ったそうだが、まだ何も判らずに笑っている僕の顔を見て、気を取り直したそうだ。

「おまえは怪我《けが》をしただけよ。生きてさえいれば、挽回《ばんかい》の余地はいくらでもある。だから、皆と違うことを悲しんだり、誰かを羨んだりするのはお止め。完璧《かんぺき》な人間なんて、どこにもいない。聖書を読んでご覧。万能の神様が何度も作り損ねたもの、それが私達よ。滅ぼされなかったのは神の愛だし、不完全なままで生きていかなければならないのは神の国へ至る試練なの。その二つだけはどの人間にも平等に与えられている。最後に笑えるのは試練に打ち勝った者だけよ」

それが母の揺るがぬ信念だった。

確かに他人から馬鹿にされたり、哀れまれたりしたくないのなら、誰からも一目置かれるような才能を身につけるのが一番だ。上手に身体を使えない代わりに、素早く頭を回転させるというように。

「イングランドでは長子のみが財産を相続する。土地や証券、地位も全部ね。ただし、あなたのお父様の場合、譲りたくても譲れないものが一つだけあるわ。女王陛下の腹心という立場よ」

僕には腹違いの兄トーマスがいる。まあまあ風采《ふうさい》が良く、鷹揚《おうよう》で快活、僕にも優しくしてくれるが、セシル家の後継者としては致命的な欠点があった――勉強嫌いなのだ。

「見聞を広めさせようとパリに行かせたのに、トーマスが身につけてきたのは何だと思う？　女の尻を追いかけることだけだ……！」

父上の失望は察して余りある。兄上が見るべきものはパリ娘の美しさだけではなく、フランス宮廷の内情や、そこに赴任しているスペイン大使の動向だということは、いちいち教えられなくても判りそうなものだ。

しかし、母上はこれを契機と見て取った。政界における権力を凡庸《ぼんよう》な長男に譲って、そのまま維持していくことは不可能に近いという父上の危惧《きぐ》を逆手に取り、いかに僕が聡明かをことあるごとに売り込んだのだ。

「ロバートはあなたを尊敬しているの。私にもしょっちゅう言うわ。国家の難題に頭を悩ませている父上を、自分が少しでも助けられれば、って」

病弱ゆえ寮生活には耐えられないということで、僕はケンブリッジ大の教授を家庭教師として、紳士にふさわしい教養を身につけていた。そして、何度か休学したものの、リンカーン法曹院で法廷弁護士の資格を得ることで、政府で働くための下準備を整えた。

実際、父が僕に関心を向けるようになったのも、それからだったと思う。神学や文学は宮廷人として身につけておくべきものだが、政治家には法律や商取引など実務的な知識の方が必要だという考えだったからだ。

しかし、最終的に決め手となったのは、意外な人物の後押しだった。

「父上に言ったんだ。物事には向き不向きがある。星室庁《スター・チェインバー》には僕ではなく、おまえを連れて行ってくれ、ってね」

異母兄のトーマスは翳《かげ》りのない笑顔で僕を見つめながら、そう告げた。

「僕はセシル家の栄光を子孫に伝えることに専念するよ。正直なところ、複雑極まりない国事を女王陛下に託されるなんて、僕には荷が勝ちすぎている。そういうのは賢いおまえの領分だ」

最も強く抵抗されるだろうと覚悟していた相手があっさり白旗を揚げたことに、母は面食らったようだが、僕はさもありなんと思っていた。トーマスは裕福な御曹司《おんぞうし》だ。遊ぶのが大好きで、面倒事が大嫌いな人間が、人一倍の勤勉さと献身とを要求される職に就きたがるだろうか。

「僕が思っていたより兄上は善良だし、賢明な人だ」

僕の言葉に、母はうっすらと冷笑を浮かべた。

「あの子は本当の権力がどういうものか、判っていないのよ。まあ、私達にとっては都合が良いことだけれど」

そうだろうか。トーマスは確かに勉強嫌いだったが愚か者ではない。自分の能力を冷静に見極められるというのも、また聡明さだ。ゆえに僕はこの先にどんなことがあろうとも、トーマスを侮るまいと決心した。今まで通り、弟としての立場を守り、兄の名誉を重んじていれば、僕らは仲良くやっていける。

「言葉を慎んで、母上。身内に敵を作るのは愚の骨頂だよ」

「トーマスは味方かしら？」

「献身的に協力はしてくれないとしても、こちらの邪魔をしないでいてくれるだけでありがたいと思うべきじゃないかな。父上の話を聞く限り、政界は魔物の巣窟《そうくつ》だ。きっと次から次へと敵も現れる。僕も屋敷に帰ったときぐらい、肩の力を抜きたいよ」

「そういうものかしらね……まったく、お人好しなんだから」

母上は渋々納得したものの、頼りになるのが兄上だけというのは心許ないと思ったようだ。

「味方は多い方がいいわ。手っ取り早く増やすには、やはり結婚が一番よね」

意表を突かれた僕は、母の言葉を虚《うつ》ろに繰り返した。

「結婚」

「私としたことが、うっかりしていたわ。早速、あなたの後ろ盾になれそうな名士の娘を探さないと……むしろ、未亡人の方がいいかしら？」

「未亡人」

「ええ、子供を産んだ実績があれば尚良しよ。若い女は初産で命を落としがちだもの。せっかくの味方がすぐにいなくなったら困るでしょ？」

名士の子弟として生まれた以上、結婚について全く考えたことがないといえば嘘《うそ》になる。それでもまだ先の話だろうと思っていた案件だったので、僕は困惑した。

「難しいんじゃないかな」

「なぜ？」

「僕は次男だ。いずれは父上の跡を継げるとしても、今は一文無しだし、これといった身分もない。それに女の子が好きそうな容姿の持ち主でもないし……」

改めて我が身を振り返ると、意気消沈するようなことばかりだ。

「くだらない……！　そんな気が小さいことでどうするの」

しゅんとした僕を見て、母はふんと鼻を鳴らした。

「財産のことはすぐに解決できるわ。私の持参金をあなたに譲るよう、主人に頼めばいいのよ。それまで継子に残せとは、あの人も言わないでしょう。身分については残念ながら『近い将来をお楽しみに』としか言えないわね。それと容姿についてだけど、いいこと？　これは政略結婚よ。相手に注文をつけられるなら、私だってもっと若い男を選んでいたわ。でも、実際は父親がうんと言えば、娘は拒絶できない。つまり、あなたが心配するようなことは何もないってことよ」

あまり悪口めいたことは言いたくないが、母上には独善的なところがある。何かを思いつくと、周囲の都合も顧みずに突っ走って、父上が後始末に苦労することもあった。だから、僕は予防線を張っておくことにする。

「色々と配慮してくれて心強いよ。でも、星室庁への出仕が許されるようになるまで、父上には具体的な話はしないでくれる？」

「どうして？」

「学ばなければならないことが山ほどある身で、調子に乗っていると思われたくないんだ」

「……それもそうね。何事も足場を固めてからでないと」

母上があっさり承知してくれたので、僕は胸を撫《な》で下ろした。とはいえ、このままのんびりと構えてはいられないのは判っている。

立場上、自由な恋愛など望むべくもないが、僕に全く好意を抱いていない人と生涯を共にするというのは、ぞっとするような苦行だ。

(なんとか、母上が持ち込んでくる縁談から逃れなければ……いや、そんな弱気でどうする？ 必ず逃げるんだ)

僕は自分に言い聞かせた。いくら母上が相手でも、結婚のことだけは絶対に譲れない。というのも、僕には意中の相手がいるからだ。本当に僕だけが思っている人だけれど。

子供の頃、うちに遊びに来たこともあるから、両親も彼女のことは知っている。家柄も申し分ないし、僕が嫁にしたいと言えば、たぶん反対されることはないはずだ。

でも、それを口に出す勇気がない。

記憶に残る彼女の明るい眼差しが、驚きと嫌悪の色に染まるかもしれないと思うと、どうしても尻込みしてしまう。

(気持ちを伝える前に、僕に対する彼女の印象を知る方法はないかな？)

ずるいと思われても仕方ない。でも、僕は切実だった。

(乳母か侍女に心付けを与えて印象を聞いてもらう……いやいや、そんなのすぐに依頼者の正体がバレるだろ……だったら、僕以外の青年の名前も出して……だめだ！ うっかり別の男に興味を持たれでもしたらどうする？)

片思いは辛《つら》い。相手に脈がないのであれば近づかない。惨《みじ》めな思いはしたくない。

それが僕の本音だった。

容姿について思い悩んだところで仕方がないのは判っているし、気にしないようにしているけれど、他人に指摘されればどうしても傷つく。

そもそも彼女を好きになったきっかけは、一緒に遊びに来ていた少年達が、僕の背中についてはやし立てたのを止めてくれたからだった。

「子供の面倒を見るのって大変！　お母様がいつも言ってるけど、本当ね」

二人きりになったとき、そう言って悪戯《いたずら》っぽく笑った彼女の顔は、今もこの心に刻まれている。

(優しくて勇敢で機知に溢《あふ》れたレディ……今も変わっていないといいな)

自分で確かめる度胸のない僕は過去を懐かしみ、胸の中で願望を温めるだけだった。

そう、あの日までは――――。


「レディ・ドレイクも大変ね」

国璽尚書《こくじしょうしょ》を務めるサー・ニコラス・ベーコンの妻になった妹のアンや近所の友人達を招いて、気の置けない昼食会を開いた母の命令で嫌々ながら同席していた僕は、ふと背後で上がった声に耳を奪われた。

「エリザベスは若いし、健康なんだから焦らないでもいいのに」

「それとも、サー・フランシスに何か言われたのかしら？」

「子供を産まなければ離縁、とか？」

「まさか！　ご主人は彼女にベタ惚《ぼ》れって噂《うわさ》じゃないの」

「だとしてもよ。苦労して得た富や名声を、可愛《かわい》い我が子に残したいと思うのは誰しもだわ」

大胆不敵にもカディス港を焼き討ちしてスペイン王の鼻を明かした海賊、もとい私掠船《しりやくせん》乗りのサー・フランシス・ドレイクは、我がイングランドの英雄であり、指折りの金持ちとして知られている。しかしながら、欲しいものなら何でも買えるはずの彼が、どうしても手に入れられないのが自らの血を引いた息子、というのもまた有名な話だった。

「あまり思い悩まないといいけど……」

「残念ながら、かなり追い詰められているようよ。何でも、異国の占い師に縋《すが》っているとか」

女性達は一斉に声を上げた。期待と興味に満ち溢れた声を。

「占い師？　星占い？」

「鏡の中に運命が見えるんですって」

「おお、よく当たるの？」

「スペインに関することを占って、その通りになったとサー・フランシスも感心しているらしいわ。だから、レディ・ドレイクも信頼しているんでしょう」

「だったら、私も占って欲しいわ」

「私も！」

できることなら僕も振り返って、その事情通のご婦人に聞きたかった。その占い師にはどこで会えますか、と。すると、その心を読んだように、答えが耳に飛び込んできた。

「サー・フランシスのお屋敷に行けば会えるかしら？」

「それが占い師を紹介したのは配下の船長で、普段はそちらが面倒を見ているとか」

「面倒を、って子供じゃあるまいし」

「じゃあ、船長の名前はご存じ？」

「残念ながら……レディ・ドレイクも旦那様に口止めされているそうよ」

ああん、と残念そうな声が上がった。

その気持ちはよく判る。だが、僕は顔をしかめるかわりに微笑《ほほえ》んだ。ここまで聞けば、情報としては充分だ。ドレイクが信頼している船長ならば、幾人か心当たりもある。ただ、その相手を見つけられたとしても、占い師に会わせてくれるかどうかは判らなかった。

予言者のごとき的中率を誇る占い師の知己を得れば、確実な未来を手に入れたも同然だ。幸運の在処《ありか》も、不運の源も全て事前に知ることができる。

本当にそのような恩恵を与えてくれる者がいるとしたら、誰しも自分だけのものにしておきたいと思うだろう。

(聞きたいことは一つだけなんだ。答えてくれたら、二度と煩《わずら》わせないと誓ってもいい)

とにかく、どんな手を使ってもその占い師に会うと、僕は心に誓った。女子供じゃあるまいしと馬鹿にされてもいい。口が上手いだけの詐欺師であれば、公の場でその正体を暴いてやるのも一興だ。とはいえ、本来の目的を果たすためには、ぜひとも本物であって欲しかったが。

すると、

「私はジェフリー・ロックフォードと申す者。さる主教様の件について、至急ご相談したい儀がございまして、参上致しました。卿にお取り次ぎ願えますか？」

僕の願いはそれからまもなく、予想とは違った形で実現した。それも望外の喜びと共に。

件《くだん》の占い師、カイト・トーゴーというジパングの少年には、ある疑いがかけられていた。サー・フランシスの配下に拾われる前、敵国スペインの間者として知られたサンティリャーナという男と密会していたというものだ。

カイトによれば偶然出くわしただけで、口封じのために殺されかけたということだが、国家の安全を担う秘書長官、ウォルシンガム殿はそれを信じようとはしなかった。

長年、彼は不倶戴天《ふぐたいてん》の敵であるサンティリャーナを追跡し、始末しようとしてきた。しかし、相手はいつも一枚上で、ウォルシンガム殿の部下は全て無残な返り討ちにあっている。

「つまり、カイトが生きているのは、サンティリャーナの敵ではないということの証明だ」

単純かつ乱暴すぎる論理だが、父上によれば、ウォルシンガム殿はそう信じ込んでいるらしい。そして有無を言わせず、カイトをロンドンに連れてこさせた。もちろん厳しく取り調べ、自分の考えが正しいことを確かめるために。

ところが、珍しいものが大好きな女王陛下がカイトを気に入り、ちゃっかり横取りしたあげく、専属道化師に取り立ててしまった。

容易に手出しができなくなったものの、そこで諦《あきら》めるようなウォルシンガム殿ではない。蛇のごとき執念深さで、カイトにつけいる隙《すき》を探し続けた。そして、突然死したウィンチェスターの主教を利用し、まんまと少年を罪人に仕立て上げると、牢獄へ送り込んでしまった。主教は女王陛下の依頼でカイトに洗礼を授ける予定だった。だが、カイトは異教の教えを捨てたくないばかりに、慈悲深い恩人を毒殺したという筋書きだ。

まあ、これもウォルシンガム殿の主観に基づく推理だったが、主だった宮廷人でそれを指摘する者はいない。当然だろう。ウォルシンガム殿に睨《にら》まれたら、普通の人間は巻き添えを食らわぬよう身を遠ざける。

ところがカイトの保護者――例のサー・フランシスの配下は、常識や慣習には当てはまらない男だった。確かに度胸がなければ海賊稼業などはやっていられないだろうが、ジェフリー・ロックフォードなる者は、きっぱりと女王陛下にカイトの無実を訴え、秘書長官には偏見による冤罪《えんざい》だと面と向かって抗議したというから驚きだ。

そして、女王陛下から猶予をもぎ取ることに成功した彼は、主教の死について自ら再調査することを許された。まずはウィンチェスターへ行って、持病の有無などを調べるらしいという話を父上から聞いていたが、こうしてうちを訪ねてきたところを見ると、はかばかしい結果は得られなかったのだろう。

「こちらでお待ちください。ご来訪を伝えて参ります」

「アイ」

ロックフォードには連れがいた。それぞれ遠目にもハッとするような男前だが、趣は全く違う。孔雀《くじゃく》と大鴉《おおがらす》のごとくと言えばいいだろうか。片方はうっとりするような美々しい衣裳に身を包み、もう一方は黒一色で禁欲的に装っていた。

「バーリー卿は会ってくださるだろうか？」

隣の部屋に潜み、一族の肖像画に小さく穿《うが》たれた穴から僕が覗《のぞ》いているとは夢にも思わない彼らは、深刻な面持ちで話している。

いつもは盗み聞きだけなのに、今日はどうしても客人の容姿を確かめずにはいられなかった。父の友人は当然ながら年寄りばかり。同じ年頃の青年が訪ねてくるのは稀《まれ》だから嬉しかったんだと思う。そう、お察しの通り、僕はもの凄《すご》く退屈していたんだ。

「その点は心配ないさ、兄弟。サー・フランシスの手前もある。俺達に協力してくれるかどうかは、また別の話だが」

「説得……できるか？」

「しなければ。女王陛下を別として、ウォルシンガムに対抗できる力をお持ちなのはバーリー卿の他にはいない」

僕は苦笑いを閃《ひらめ》かせた。

あまり認めたくないが、ロックフォードは間違っている。父上と秘書長官の付き合いは長く、友好的な関係と思われていた。だが、それは父上の気遣いの上になり立っているものなのだ。

「いいか、ロバート。秘書長官に面と向かって逆らうな。邪魔するな。彼に目をつけられたら、すべからく粛清の対象となる。あの男は誰よりも国を愛しているという自負心ゆえに、己れに対抗する者はイングランドの敵と見なす傾向がある。当人には悪意がないから、周囲の者も始末に負えんのだ」

星室庁への出仕を本気で検討し始めた頃、父上が真っ先に教えてくれた。

「そんな調子では反対意見もまともに言えないのでは？　必ずしも立場が一致していないとき、父上はどうされていたのですか？」

僕の疑問に、父上は深い溜《た》め息《いき》をついた。

「方法は一つだ。これも決して忘れるな。意見が衝突したときは女王陛下を巻き込め。私はいつもそれで乗り切ってきた。君主であるご自分に対して遠慮や容赦がないウォルシンガムを、陛下は煙たく思っておられる。ゆえに事情が許す限り、こちらの味方をしてくださるはずだ」

さすがは老獪《ろうかい》な父上――尊き身分の方まで利用するとは、ひよっこの僕などには思いもつかない手段だ。もちろん、陛下にそれを気取らせないのも腕の見せ所なのだろうが。

「お待たせしました。執務室においでください」

ややして、従僕が迎えに来た。

僕も少し時間をずらして、ロックフォード達の後を追う。そして、執務室の脇にある小部屋に滑り込んだ。ここも壁の一部が切り取られていて、女王陛下の肖像画越しに、隣で交わされている会話を聞くことができるようになっている。

「ずいぶん早く戻って来たな。ゼピュロスは君の味方のようだ」

父上の口調は穏やかだが、身内ならば勘づく程度のそっけなさがあった。

この時点でロックフォードの説得が失敗することは明白だったが、僕は彼の話を注意深く聞き続けた。

「マイ・ロード」

孔雀のごとく着飾った青年は、内心はどうあれ落ち着いた口調をしていた。野蛮な海賊というよりは、父上の引き立てを求めているジェントルマンと言われた方がぴんとくる。しかし、生まれの良さに寄りかかって生きてきた者特有の甘ったるさはなく、交渉の仕方も堅実だった。説得しようという熱意を少しも見せず、ひたすら助けてくれと泣きついたりもしないのも好感が持てるところだ。

だが、何よりも僕の心に響いたのは、弟分として面倒を見ていた占い師のカイトに対する愛情の深さだった。

（手を貸すのなら、こういう人物がいい）

強きになびく宮廷人ばかりと接してきた僕の目に、ロックフォードの姿は輝いて見えた。果たして彼以外に存在するだろうか。異国の少年であり異教徒という危うい身分の者のために、己れの財産を差しだそうとするイングランド人が。

それに、父上という後ろ盾がいなければ、僕も弱者として軽んじられていたに違いないことを思うと、カイト・トーゴーに肩入れしたくなってくる。いじめられているときの辛さや心細さ、救いの手を差し伸べられたときの喜びは、当事者でなければしかとは判らない。

「どうかお慈悲を、閣下！　カイトを助けるためなら、どんなことでも致します！」

ナイジェル・グラハムと紹介された連れの青年も、仲間を愛することにかけては引けを取らない様子だった。容易に近づきがたいほど整った容貌の持ち主だが、心根は優しいのだろう。外見は対照的だが、考え方はロックフォードに通じるものがあった。船乗りは互いを『兄弟』と呼び合うそうだが、彼らは本気で互いを家族のように遇している。その絆《きずな》を僕は羨んだ。仲間というものに懐疑的だった僕が、その輪に加えて欲しくなるぐらいに。

「我々の永遠の忠誠を捧《ささ》げます。閣下の手足のように、ご自由に使ってくださって結構です」

ロックフォードは重ねて言った。財産だけでなく、誇りすら擲《なげう》って。

だが、父上の返事はつれなかった。僕の予想通り。

「永遠の忠誠か……心惹《ひ》かれる申し出だが、止めておこう」

「閣下！」

決断は覆らない――――説得を続けようとする二人に同情しながら、僕は部屋を後にした。

（父上が心惹かれたのは本当だろうな。忠誠ではなく、お金の方だけど）

父上は高潔の士として有名だが、金儲《もう》けも決して嫌いではない。政府の中枢で働く者は情報を集めるのに、多大な費用をかけている。臣下の提言は常に有益なものでなくてはならない。女王陛下を取り巻く敵は強大であり、僅《わず》かな油断や失策が取り返しのつかない事態を招く。危機に瀕《ひん》してても正しい判断を下せるようにするためには、いつどこで何がどのように起こっているのかを予《あらかじ》め承知しておく必要があった。

とはいえ間諜《かんちょう》を各地へ派遣する費用はかさむ一方で、噂によればウォルシンガム殿などはすでに借金を余儀なくされているという。我がセシル家にはまだ余裕があるものの、先のことを考えれば充分とは言い難かった。

（父上が受け取らないなら、僕が貰《もら》うというのはどうかな？）

綺麗事《きれいごと》は言わない。金を求めているのは僕も同じだった。生活の全てが親がかりでは、いつまで経っても一人前には見てもらえない。まずもって僕は次男だった。親の財産はほぼトーマスのものになる。この先も安楽な暮らしを続けたければ、自分で稼ぐしかなかった。幸運にして才覚が身に備わっているのならば、まずは自らのために使うべきだ。暮らし向きが安定しなければ、国家への奉仕にも身が入らない。

（父上に逆らうことになるけど……気づかれなきゃいいか）

僕はにやりとする。自分の力を試すのは嫌いじゃない。肉体は虚弱だが、根性はある方だった。未だ父上は気づいておられないようだが、僕は決して従順な息子ではない。そう装うことができるというだけの話だ。

「大丈夫ですか？」

絶望の色を端正な顔に乗せて廊下に現れた二人に声をかけながら、僕は思った。別に大海原に行かなくても冒険はできる。この海賊達となら面白い航海ができそうだ、と。

2

結論から言えば、カイトは無事に釈放された。

あまり自慢はしたくないけれど、僕の作戦はウォルシンガム殿の虚を突いたらしい。仕留めたはずの獲物《えもの》がぴょんと起き上がって、逃げていく様を見せつけられて、相当頭に来ていたという話だ。彼の腰巾着《こしぎんちゃく》を務めていたエセックス伯ロバート・デヴルーのことも、腹立ち紛れに怒鳴りつけていたというから相当のものだろう。

実に爽快《そうかい》だ。いい気味としか言いようがない。

我が国には貴族の子息が政治家としての素養を身につけるため、要職についている者の家に預けられることがある。うちにもしばらく、少年時代のエセックス伯やオックスフォード伯、従兄のフランシス・ベーコンなどが滞在していた。つまり、彼らは僕の幼馴染《おさななじ》みだ。とはいえ、微笑ましくも懐かしい思い出などは一切なく、辛い思いばかりが胸をはむ。

もうお判りだろう。湾曲した僕の背中を嘲《あざけ》り、からかっていたのは、この幼馴染み達だった。

特にエセックス伯は傲慢《ごうまん》で、何事も自分が一番でなければ我慢がならない性格をしている。しかし、学業では常に僕が一枚上を行っていたため、目障りに思っていることを隠そうともしなかった。無事に爵位を受け継ぐまでは、後見役とはいえ自分より身分の低い僕の父上の言うことに従わなければならなかったのも、彼を鬱屈《うっくつ》させたのかもしれない。

エセックス伯爵位を継いでからも、剣呑《けんのん》な性格は変わらなかった。むしろ、美形好きの女王陛下の寵愛を受けて、さらに増長したようだ。彼の理想は自分を騎士に任命してくれた英雄であり詩人のサー・フィリップ・シドニーなのだが、受け継ぎたいのはその崇高な精神ではなく、華々しい生活様式なのだろう。

サー・フィリップの未亡人はウォルシンガム殿の娘フランセスなのだが、彼女と結婚しようとしているのもその表れだった。まったく、同じ女に愛されれば、自分も英雄になれるとでもいうのだろうか。世の人は恩人に報いるためだ、貴婦人を守ろうとする誠の騎士だと褒めそやしたらしいが、真実はそれとはほど遠い。セシル家が放った間諜によれば、ウォルシンガム殿の後ろ盾を得て、我が父に対抗するための一手だそうだ。

いくら女王陛下に可愛がられていても、実績のない伯爵は今のところ政治向きに口出しをすることができない。そこへきて、僕が星室庁《スター・チェインバー》に出入りできるようになったと知れば、焦る心もあるだろう。確かに手を組む相手としては、ウォルシンガム殿は悪くない選択だ。もっとも、実の息子もおいでの方だから、よほどの才でもない限り、わざわざ婿《むこ》に肩入れするかは怪しいところだった。信じられるものが少ない宮廷で、頼りにできるのは家族だけ――最も濃い血の繫《つな》がりだけが危機に面したときも支えになってくれる。

そう思っていたんだ。

カイトとその仲間に会うまでは。

「やあ、まだ体調が万全じゃないのに悪いね」

睡眠を与えられなかったり、掌《てのひら》に焼きごてを当てられたりと牢獄で酷《ひど》い目に遭ったカイトは、釈放後に体調を崩してしまい、ここ、サー・フランシス・ドレイク邸で休養を取っていた。

「はじめまして、カイト。僕のことはロバートと呼んでくれたまえ」

床に就いていると思いきや、衣装をつけて椅子《いす》に座っていた少年は、僕の姿を見るとすっと立ち上がって礼を取った。さすがは女王の専属道化師。礼儀は完璧だ。しかし、僕を感心させたのはそれだけではない。カイトの頭は見事な赤毛で彩られていた。薔薇《ばら》の花よりも濃い紅というのは、僕も生まれて初めて見る。

「綺麗な髪だね。君が生まれた国でも珍しい色じゃない？」

カイトはこくりと頷《うなず》き、親指と人差し指で前髪を摘んで見せた。

「地毛じゃありません。これは染めているんです」

「なぜ、赤くしたの？　正直なところ、イングランドじゃ、あまり人気がない色だけど」

「自分らしさを出したかったっていうか……」

「目立ちたくて？」

カイトは首を傾《かし》げた。

「俺はここにいるんだって主張したかった……のかな」

僕は頷いた。似ているようで、その二つは違う。カイトの思いの方が切実だ。

「君は両親がいないと聞いた。常に自分を気にかけてくれる人が欲しかったのかな？」

「アイ……じゃなかった、イエス・サー」

船乗り特有の返事に思わず口元が緩んだ。カイトはもう宮廷の人間であることを止めたようだった。それが僕の迷いを断ち切ってくれる。

「ジェフリーとナイジェルは必死だったよ。君のことを助けるためなら何でもしようとしていた。僕はそれに感銘を受けてね」

カイトがにっこりする。

「絶望の暗闇に差し込むただ一つの光だった、ってナイジェルが言ってました」

「彼は詩人だな」

「僕もそう思ったんだけど、当人には否定されました。照れてるんじゃないですかね」

ナイジェルは親しみやすさの対極にいるような青年だ。けれど、カイトは少しも恐れずに彼と接している。たぶん、ナイジェルがそれを許しているからだと思うが。

「あの二人を味方につけるコツはあるのかい？」

またもやカイトは首を傾けた。僕と違って、あまりそういうことを意識しない類《たぐい》の人間なのだ。そこも気に入った。僕と似た考えを持つ人間なら、用心する必要がある。

「ジェフリーは僕が目新しいから側に置くことにしたみたいです。ナイジェルはキャビンボーイの仕事を一生懸命していたら、仲間として認めてくれました。あ、でも、一番は僕の占いの力かな。あなたも味方になってくれたし」

僕は吹きだした。

「君は実際的かつ直截《ちょくせつ》的なんだね」

「どういう意味ですか？」

「含みがない、ってことだよ。ああ、座らせてもらってもいいかい？　長いこと立っていると、背中が痛むんだ」

カイトは慌てたように僕の傍《かたわ》らに駆け寄ってきた。

「気がつかなくてすみません。こちらへどうぞ」

カイトは先程まで自分がついていたテーブルへと僕を案内した。そして、僕が椅子に座るのを待って、用意してあった杯にワインを注ぐ。

「君は飲まないの？」

杯は一つしかなかった。

「アルコールが回ると傷が疼《うず》くかもしれないので」

「友情の証《あかし》に乾杯したかったのに」

僕の言葉を聞いて、カイトはぱあっと顔を輝かせた。

「それならサー・ロバートが……」

「ただのロバート。それと口調も堅苦しすぎる。友達なんだから」

「ロバートが飲んだあと、その杯で僕も飲むね」

何という素直さ——使用人の出だと聞いているが、態度を見ていると良家の子息のようだった。妙に謙《へりくだ》ったりしないし、遠慮しすぎることもない。よほど主人に可愛がられていたのだろう。

「じゃ、乾杯だ。ジェフリー、ナイジェル、そしてカイトと巡り合った運命に」

喉《のど》が渇いていたので、僕はごくごくとワインを飲み下す。じっとそれを眺めていたカイトが、ふと心配そうに聞いてきた。

「秘書長官に睨まれない？　ここに来たことが知れたら……」

僕は肩を竦《すく》めた。

「もう知られたも同然だよ。サー・フランシスの屋敷も監視対象だからね。でも、大丈夫。父の手前もあるから、僕を攻撃したりはしない。何か言われたら、世にも希なジパング人をこの目で見たかったとでも答えておくさ」

「珍獣扱いとは酷いな」

言葉とは裏腹に、カイトはくすくす笑っている。何というか、いつも機嫌が良さそうな子だ。側にいるだけでこちらの気分も晴れやかになってくる。ジェフリーやナイジェル、そして女王陛下も側に置きたいと思うわけだ。

「さあ、君の番だよ。唇を浸すだけでいいからね」

杯を受け取ったカイトは、ほんの一口分のワインを注ぐと、僕の前に掲げてみせた。

「助けてくれてありがとう。それと友達になってくれて嬉しい。ロバートが味方になってくれたら、本当に心強いよ」

こくり、と酒を飲んだ赤毛の少年は、渋さをこらえるように眉《まゆ》を寄せた。それでも我慢しきれず、ぶるりと肩を震わせる。

「体調が万全でも、あまりアルコールには強くなさそうだね」

「アイ。航海が思いやられるよ。水は腐るのが早いから」

「なるほど」

それでも船乗りになりたいのか、という問いは口にしないことにした。カイトに選択の余地はない。ウォルシンガム殿とまともにやりあった今、このイングランドに安寧の地があるとは思えなかった。ようやくできた三人の友達は、すぐに僕から離れていってしまう。それが残念でならなかった。

「友達甲斐《がい》がないと責められても仕方がないんだが、君を助けるにあたって、僕はジェフリー達に条件を出した」

カイトは首肯《しゅこう》する。

「占ってもらいたいことがあるんでしょ？　それぐらい、お安いご用だよ」

「僕が何を聞いたのか、誰にも言わないでもらえる？　ジェフリー達にもだ」

「秘密にするって誓うよ」

カイトは右手を挙げ、それから不安そうな表情を浮かべた。

「何が知りたいの？　国家の大事になるようなこと？」

「いや、僕個人の一大事だ」

覚悟を決めて、僕は言った。

「好きな子がいる。その子と結婚できるかどうかを知りたい」

口に出して、僕は恥ずかしくなった。あまりにも子供じみた問いに思えたからだ。ところが、カイトは少しも馬鹿にした様子を見せず、親身になってくれた。

「ジパングもそうだけど、貴族は政略結婚が普通だよね。気に入らない縁談でもあるの？」

「幸い、まだ具体的なものは来ていない。だから、早めに手を打っておきたいんだ」

「判った。ちょっと見てみるね。僕の占いは鏡を使うんだ」

テーブルの上に用意してあった鏡を覗き込むと、カイトは耳慣れない言葉を唱え始めた。

「ろばーと・せしるノケッコンアイテハ、タシカアノヒトダヨナ。レキシノサイガナケレバイイケド……ッテイウカ、カノジョノコトガスキダッタカドウカワカラナイジャン……ウーン」

カイトは顔を上げると、不安そうに聞いてきた。

「二つの光景が見えるんだけど……」

「二つ？」

「一つ目はライオンが描かれた旗で……」

僕は間髪容れずに聞いた。

「何匹？」

「三匹だ」

「色は？」

「黄色……いや、金色だね」

その答えに思わず僕は総毛立つ。カイトに備わった占いの能力は本物だ。いや、待て。慌てるのは良くなかった。どんな話も最後まで聞いてみなければ判らないというではないか。

「もう一つの光景というのは？」

カイトは眉を寄せた。

「港が見えた。どこかは判らないんだけど……あ、でも、ロンドンに来るときに通りがかったような気もするな」

プリマスからの航路に鑑《かんが》みれば、通過したのは南東部の港ということになる――僕はぎゅっと拳《こぶし》を握った。まずもってこれならば、信じるに足るのではないだろうか。

「それは五港監督の旗だよ」

カイトが僕を見つめた。

「心当たりがあるの？」

「あるとも。僕が妻にしたい女性の父親が、まさに五港監督官なんだ」

するとカイトはあからさまにホッとしたような様子を見せた。

「サイハナイ……ヨカッタ」

「いま、何て言ったんだ？」

「安心した、ってこと。大抵は一つの光景しか見えないから、ちょっと戸惑っていたんだけど、二つの光景のどちらにも心当たりがあるなら問題はない。たぶん、その女性とロバートの縁が深いんだろうね」

僕は躍り上がりたい心を抑えて聞いた。

「五港監督官が誰だか、君は知っているかい？」

カイトは首を振った。

「ヘンリー・ブルック卿だ。娘の名前は……」

「女王……」

「えっ？」

「チェスのクィーンのような紋章が、船のペナントに描かれている」

「そうだ……女王陛下と同じでエリザベスという名だよ」

興奮を通り越して、何だか怖くなってきた。カイトには知らぬことなどないようだ。まるで天にまします父のごとく。

「水夫は船のことを女性と見なすのは知ってるよね」

まじまじと顔を見つめている僕に、カイトはちょっと誇らしげに言った。

「キャビンボーイが占っているからかもしれないけれど、この場合、鏡に映っている船も女性、すなわちエリザベス嬢をさしていると解釈するのがいいみたい。港はコバム卿のことだとして、あとは君を象徴するものがあれば……」

「あれば、彼女と結婚できる？」

勢い込んで聞いた僕に、カイトは眼を丸くした。

「できる……と思うけど」

「じゃあ、僕を好き？　極端な話、父上が頼み込めば夫婦にはなれるのは判ってる。だけど、僕はリーズに愛されたいんだ。心の底から！」

必死すぎて恥ずかしい。カイトは初めて会った人なのに、身も蓋《ふた》もない言いぐさだ。それでも今、聞かなければ後悔する。何か後押ししてくれるものがなければ、彼女の前には立てない。大抵のことは失敗してもやり直せばいいだけの話だが、僕の結婚は躓《つまず》いたらそこで終わりだ。この世の中でエリザベス・ブルックしか、妻に迎えたいと思う人はいないのだから。

「リーズって呼んでるの？」

ややしてカイトが静かに訊ねてきた。

興奮が収まって少し俯《うつむ》いていた僕は、のろのろと顔を上げる。

「子供の頃は……僕ら、幼馴染みだったから」

「ずっと想い続けていたんだね」

カイトは微笑んだ。

「俺、最近まで誰かを好きになるって、どんな感じか判らなくてさ。胸がどきどきして、息もできないような気分になるのも初めてだった。ロバートは長年こんな状態なわけ？」

「まさか！　いつもってわけじゃないよ」

「だよね。毎日こうじゃ、身が持たない。人の心は波に似て、寄せては返すもの。だから、今現在、リーズが君のことを愛していると僕の鏡が保証したとしても、彼女の気持ちが変わらないというまでは保証できないよ」

僕は拳を握りしめた。

「そんなことは判っているさ。愛は赤子と同じで、生まれたら大きく育てる努力をしなくちゃ。僕はリーズを幸せにするためなら、どんなことでもする。彼女の笑顔を見るのが僕の幸せだ」

カイトは頷いた。

「苛立《いらだ》たせたらごめん。先達の意見を聞いてみたくて」

「参考になったかい？」

「もちろん！　兄弟達……ジェフリーとナイジェルとは、面と向かってこういう話はしにくいんだ」

ちょっとからかいたくなって、僕は聞いた。

「それで、どっちを笑わせたいの？」

途端にカイトの頬《ほお》がかあーっと赤くなる。

「お、俺のことはいいから！　とにかく、君を象徴するものがあるかどうか、もう一度、鏡を確かめてみるね」

カイトは呼吸を整えると、再び鏡を覗き込む。そして例の不思議な響きの言葉を呟《つぶや》いた。

「えりざべす・ぶるっくトハセイリャクケッコンダトオモッテタケド、ソウジャナカッタノカ……ソレトモ、コノセカイノフタリガソウダッタダケ？」

いけないと思いつつも、僕は急《せ》かしてしまう。

「良い兆候はある？」

カイトは面を僕に向けた。その顔に晴れやかな笑みが浮かんでいるのを見て、僕は足の力が抜けてしまう。どっと椅子に尻を打ちつけて、僕は呆然《ぼうぜん》と託宣を待った。

おそらくは喜びをもたらしてくれる言葉を。

「船の上に三つのシーチェスト……ええと物入れが置いてあったよ。蓋は布で覆われていて、青いリボンがかけられている」

「よし……！」

僕は躍り上がった。青いリボンが意味するのはガーター勲爵士――すなわち、バーリー卿である僕の父上だ。しかし、判らないこともある。

「三つの物入れは一体何の……」

「リーズが産む子供の数だと思う」

がくんと顎《あご》を落とした僕に、カイトは吹きだした。

「何て顔をしてるの」

「こ、こ、子供って、何で判るんだい？」

「シーチェストは航海中、船乗りが全ての財産を納めておく場所だ。何よりも大事にしているもの……全てとは言えないけど、夫婦にとっての子供って、そういう存在じゃないの？」

実を言えば、僕にはもう一つ、カイトに占って欲しいことがあった。優先順位を考えて口にしなかったけれど、同じぐらい切実な疑問だ。

「僕は子供が持てるのか……この身体でも」

「鏡はそう告げてるよ。だから、自信を持って。身体のことばかり気にしていたら、リーズも君の長所に眼が行かなくなってしまう」

「でも、女性は美しい男が好きじゃないか。女王陛下もレスター伯やエセックス伯を寵愛しておいでだ」

カイトは鼻を鳴らした。

「若さと美しさは目減りする財産だって、亡くなった俺の主人は言ってたよ。事実、レスター伯は年老いて、自分の魅力では女王を引き留められないことが判ったからこそ、義理の息子のエセックス伯を紹介したんでしょ」

「確かに」

「もっとも、恩恵を受けられるかどうかは判らないけどね」

らしくもなく辛辣《しんらつ》なことを言って、カイトは僕の手を握りしめた。

「ロバート、君は懐が深くて、何より賢い人だ。そういう魅力って地味かもしれないけど、年を重ねるごとに大きくなっていくもんだよ。うわべだけの人と違ってね」

そうだね、と頷きたかった。だが、できない。僕の背中を見てはやし立てたエセックスの声が、今も耳の奥でこだましている。

「そもそもリーズは陛下みたいな物凄い面食いなの？　顔さえ良けりゃ、どんなに性格が悪くても大目に見ちゃうようなさ」

そのとき、鬱陶《うっとう》しい呪いを打ち払うかのように、カイトの言葉が耳に飛び込んできた。

「そんな人を君が好きになるとも思えないけど」

ふいに目の前がパッと開けて、明るくなったような気がした。そう、カイトの言う通りだ。僕がなぜ彼女を好きになったのか、その原点に立ち返れ。

「リーズは違う。僕の背中をからかった奴のこともたしなめてくれた」

「なら、何も問題はないじゃない。僕にしてくれてるみたいに、明るく話しかけて。さっさと仲良くなっちゃいなよ」

カイトはぱちりと片目を瞑《つむ》る。その悪戯っぽい表情に、頑《かたく》なだった僕の心も柔らかく解《ほど》けた。

それにしても、占いとは不思議なものだ。もちろん結果も大事だけれど、家族にもできない話を聞いてもらうことで、悩みにがんじがらめになっていた心が解放される気がする。ご婦人方が好まれる訳も、今ならばよく判る。

「ありがとう、カイト。あの、今日のことは……」

僕の手を握りしめた指に力を込めて、カイトは微笑んだ。

「判ってる。誰にも言わない。約束するよ」

「君に会えて良かった。ジェフリーにも感謝しなきゃ。彼がうちを訪ねてこなければ、僕らが顔を合わせることもなかったんだしね」

カイトは嬉しげに微笑んだ。

「ジェフリーを呼んでくるよ。相談が終わったら、挨拶《あいさつ》したいって言ってたんだ」

しばらく床についていたせいか、どことなくおぼつかない足取りで部屋を出て行くカイトの後ろ姿を見送りながら、僕はそっと自分に言い聞かせた。

（引き止めるなよ、ロバート）

政治家としての将来とか、陛下の後継者は誰かとか、もっと色々なことを聞くこともできた。たぶん、カイトも占ってくれたと思う。でも、僕はこれで満足することにした。未来の全てを知ってしまったら、この先の日々がつまらなくなってしまう。そう思ったからだ。

何が起こるか判らないのは不安だけれど、同時にわくわくもする。

船乗りが水平線を目指すのも、おそらく同じ理由だ。

初めてジェフリー達に会ったとき、僕は海に出なくても冒険はできると思った。だが、今はこう感じている。波も立てば風も吹く、人が送る一生そのものが航海なのかもしれない、と。

赤毛の少年が『大好き』なのは孔雀の方だというのは、一緒にいる姿を見ればすぐに判ることだった。まずもって、相手を見るときの瞳の輝き方からして違う。

「やあ、ロバート。その節はどうも」

海賊もとい私掠船乗りらしく、ジェフリーの挨拶というのは実にざっくばらんだ。横に立っていたカイトが、思わず脇腹を肘《ひじ》で突くぐらいには。

「あなたからもお礼を言ってよ。ロバートが救出方法を教えてくれなかったら、僕は拷問《ごうもん》のあげくに死んでたんだからね」

「了解した」

ジェフリーは優雅に腰を折る。

「感謝します、若君。プリマスにおいでの際は、ぜひ当家にもご訪問を賜《たまわ》りますよう。受けた恩義に比べれば、あまりにも些少《さしょう》ではございますが、精一杯のおもてなしをさせて頂きます」

いつでも、どこでも、そつのない男だ。ジェフリーならば、サー・ウォルター・ローリーに取って代わることもできるかもしれない。もっとも、ブロンドも美々しいこの青年の興味は、宮廷や女王の上にはない。彼の心を占めているのは広大な海と自分の船、そして何より傍らのカイトだった。ローリー殿にとっては幸いなことに。

「嬉しいね。ただ、君が航海に出ていたら無駄足を踏むことになるけど」

「だったら『グローリア号』の出資者になるというのは？　配当金の支払いがあるから、俺達が陸《おか》に戻ったときも判るぞ」

ジェフリーは僕との繋がりを保とうとしてくれている。それが嬉しかった。

「いいね。君は手ぶらで帰ることがないという話だから、僕は思ったより早くお金持ちになれそうだ」

カイトはきょとんとして僕を見た。

「これ以上？」

「独立するときのためさ。僕は次男だからね。いつかは家を出る身だ」

ジェフリーが顎の下を擦《こす》った。

「それにしても存在感の薄い兄上だな。ロバートがいなけりゃ、バーリー卿も頭を悩ませていたに違いない」

カイトが呆《あき》れたように彼を振り返る。

「口を慎んで、ジェフリー」

「こいつは失礼……しかし、本当のことだ」

ジェフリーは両手を軽く挙げて、カイトの非難を抑えると、僕を見つめて言った。

「宮廷の奴らは『王位継承者は誰か』の話をするのが大好きだよな」

「国の将来を考えると、決まっていないのは心配だからね。悲しいけれど、女王陛下も永遠にお若くはいられないし……」

ジェフリーは大きく頷いた。

「そこだ。誰も永遠には生きられない。後継者を考えなくちゃいけないのは、陛下だけではなく、寵臣達もご同様さ。せっかく高めた家名を絶やさないためには、優秀な次世代が必要だが、レスター伯には実子がいない。ウォルシンガムの息子はあまり出来が良くない上、同性愛者という噂もある。そう考えるとセシル家は恵まれてるよ。ロバートがいれば心配はない」

僕は苦笑した。

「さっき、カイトとも似たような話をしたんだ。容色の衰えたレスター伯が女王の寵愛を引き止めようとして、義理の息子を差し出した、って」

ジェフリーは鼻を鳴らした。たぶん、カイトは彼と一緒にいるうちに、真似するようになったのだろう。

「飼い犬に手を嚙《か》まれることになりそうだがな。エセックス伯というのは、てめえだけが大事な男だよ。無論、自分のものを誰かと分かち合うのも大嫌いだ。カイトを眼の敵にしたのだって、女王が可愛がっているのが腹に据《す》えかねたからだろう。まったくもってケツのあ……じゃない、肝の小さい野郎さ」

うん、うんと何度も頷いていたカイトが、僕を真剣な眼差しで見つめた。

「この先、宮廷でエセックス伯と顔を合わせることも多くなるだろうから、難癖をつけられないように気をつけてね。あと彼の友達にも」

自分の経験からだろうか、それとも先程の鏡にそんなことも映っていたのか。カイトの言葉には聞き流せない重みがあった。

「判ったよ。父上の庇護《ひご》はありがたいけど自由がない、なんて思うのは傲慢だったね。星室庁に自分の席を確保するまでは、大きな背中に隠れていよう。エセックス伯に卑怯者《ひきょうもの》だと思われてもね」

「卑怯じゃないよ。むやみやたらに戦いたがるのは英雄じゃない。ただの喧嘩《けんか》っ早い馬鹿だ」

ジェフリーが大きな手を伸ばし、カイトの赤い髪をくしゃくしゃと掻《か》き混ぜた。

「いいことを言うな、坊や。英雄っていうのは、己れが最も輝く戦場を見極められる奴らなのさ。ただし、栄光を摑《つか》んだ途端、死んでいく。華々しく散ったからこそ人口に膾炙《かいしゃ》し、伝説となるわけだ」

カイトはジェフリーを見上げた。

「お話の中に生きていてもしょうがないよ。俺はこうしてあなたと話がしたい」

「俺もこうやっておまえを抱き締められなくなるのは嫌だから、英雄なんかにはならないさ」

僕の眼があることも構わず、ジェフリーはカイトを抱擁《ほうよう》し、額に口づけた。そして、顔色を変えずにいようと努力している僕に、にやりと笑いかける。

「友達になったのを後悔したんじゃないか？」

僕は自分の心を顧みて、肩を竦める。

「我ながら物好きだとは思うよ。この先も君達は揉《も》め事とは無縁、というわけにはいかないだろうしね」

ウォルシンガム殿は執念深い。うっかり取り逃がした獲物を、そのままにしておくとは考えにくかった。つまり、カイトとジェフリーには常に危険がつきまとうということだ。仲間だと思われれば、僕も睨まれることになる。

ジェフリーはそれを案じて、僕に聞いたのだろう――今からでも手を引くか、と。

「でも、後悔はしない。僕は屋敷にずっと引きこもって、酷く退屈していたんだ。そんな僕に、君達は新鮮な風を吹き込んでくれた。だから大事にしたい」

ジェフリーは赤毛の少年を抱いたまま、溜め息をついた。

「俺は両親がいないし、育ちも悪いが、なぜか兄弟には恵まれている。今日もまた新しい弟ができたぞ」

カイトは抱擁を逃れようとしてジタバタと藻掻《もが》きながら、僕に笑いかけた。

「なら、俺にとっても兄弟だね」

「それでもおまえが末っ子だぞ」

「加入順じゃないの？　水夫は実際の年じゃなく、早く船に乗った方が兄貴分だってユアンが言ってたよ」

「ロバートは水夫じゃないからな」

カイトは唇を尖《とが》らせた。僕に思慮深く助言してくれたときとはうってかわって、とても子供っぽい。きっとジェフリーの前では、いつもこんな感じなのだろう。

「でも、海の兄弟なのに！」

「ロバート、海は好きか？」

ふいにジェフリーの問いが飛んできた。

「好きだよ。この身はロンドンにあっても、心はいつだって君達と航海している」

ジェフリーは僕の答えに満足して、カイトに視線を戻した。

「聞いたろ？　心は一緒だ。海の兄弟になる資格がある。だが、水夫ではないから、おまえの弟分にはならない」

「チェー」

おそらくは祖国の言葉で、カイトは不満を表す。だが、すぐに機嫌を直して、僕に言った。

「友達も悪くなかったけど、兄弟になれたのはもっと嬉しいよ。連絡を取り合って、いつかまた落ち着いた頃に会おうね」

父上が聞いたら、何と思うだろう。得体の知れぬ者と親しくなるなんて、と眉を顰《ひそ》めるだろうか。

(きっと、そんなところだ)

けれど、僕の胸に湧《わ》き上がったのは、かつてない幸福感だった。容易《たやす》く与えられる家族の愛と違い、血の繫がらぬ者の好意は得がたい。少なくとも、僕にとってはそうだった。だから、こんなにも鮮烈で純粋なもののように感じるのかもしれない。友情でもこうなのだから、愛情を向けられた日には、心臓が止まってしまうのではないだろうか。ちょっと怖い気もするが、ぜひとも味わってみたい感覚だ。いや、必ず。

「うん、手紙を書くよ。ただし、占いの結果は会ったときに」

カイトはまた唇を突き出した。

「え～、気になる」

「再会の楽しみを増やすためさ。もし、僕の望みが叶《かな》ったら、君の弟分になってもいいよ」

「やった！　約束だよ？　俺、忘れないからね」

ジェフリーを見つめるときと同じぐらい、カイトの瞳が煌《きら》めいた。ああ、これじゃ仕方がない。こんな眼差しを向けられたら、可愛く思わずにいられるだろうか。もちろん、僕の一番がリーズであることに変わりはないけれど。

「ああ、約束しよう」

カイトを救ったのは金のためであり、退屈しのぎの一環だった。だが、彼と視線を交わし、互いに笑いあった今となっては、そんな自分が恥ずかしくもある。弟分になっても良いというのは、その罪滅ぼしだ。それでカイトが喜んでくれるなら。

(他愛のない子だ)

病弱で名を馳《は》せた僕よりも、カイトの方が危なっかしく思える。赤毛の少年は優しく、悪意に触れることも少なく、ゆえに無防備だ。たぶん神も彼の行く末を心配して、かの占いの才を授けたに違いない。

(ただ、匙《さじ》加減を間違えた。与えすぎてしまったんだ)

カイトの鏡に映らぬ未来はない――そのことが知れ渡れば、自分も占って欲しいという人々が殺到するのは間違いのないところだ。ジェフリーもそれを恐れて箝口令《かんこうれい》を敷いた。それでも水がしみ出すように、秘密は洩《も》れてしまう。僕の耳にも入ったように。

「大変な拾いものをしたね」

ナイジェルにも新しい兄ができたことを伝えてくると、再び部屋を飛び出していったカイトを見送って、僕はジェフリーに言った。

「恐ろしいほどの才能が、脆《もろ》いガラスに宿っている。誰もがあの子を欲しがるだろうけど、中にはウォルシンガム殿のように『扱いが難しすぎる』と理由をつけて、排除しようとする人も少なくないはずだ。守るのは至難の業だね」

ジェフリーは頷いた。揺るぎのない瞳を僕に据えながら。

「拾ったからには責任を持つさ。それに俺はあの子を愛している。ずっと心の底から愛し、愛される人を探してきて、ついに巡り合ったのがカイトなんだ。手放すことはできない。代わりになる者なんていないからな」

その気持ちは痛いほど理解できる。探し続けていたという部分を除けば、リーズに対する僕の想いと同じだからだ。

「自分の命よりも？」

ジェフリーは一瞬も迷わなかった。きっと僕が聞かれてもそうしただろう。

「遥《はる》かに大事さ。心も捧げた。今となってはカイトが俺の全てだ」

教会は同性愛を激しく非難する。地獄行きは間違いなしだと。

しかし、ジェフリーとカイトを見ていると、それほどの罪だろうかと思えてくる。彼らの愛は誰かを傷つけているか。それとも侮辱しているか——決してそんなことはない。二人がふざけ合う様は微笑ましく、むしろ眺める者の心を和ませる。

「僕も責任を取らなきゃね」

そう言うと、ジェフリーが僅かに首を傾げた。

「何の責任だ？」

「廊下で途方にくれている孔雀と大鴉を拾ったのは僕だ。だから、最後まで世話をしないと」

ジェフリーは自分の胸を指さした。

「孔雀？」

僕は大きく頷いた。

そこにカイトがナイジェルを連れて戻ってくる。

「大鴉？」

ジェフリーが親指で黒衣の青年を示すのに、僕は再び頷いた。

「何の話だ？　鴉がどうした？」

ナイジェルが不機嫌そうな声を上げると、ジェフリーは軽く手を振った。

「服の好みについて話していたんだ」

仕立ての良さには拘《こだわ》っているようだが、基本的に衣装には興味がないナイジェルは、それであっさり引き下がる。無駄を憎み、倹約に努める航海長は、言葉も節約しがちなのだ。

「北の国の神話では、大鴉は賢明さの化身らしいよ」

ナイジェルには聞こえないように囁《ささや》くと、ジェフリーは微笑んだ。

「悪口じゃないんだろ？　なら、いいさ」

「イングランドだと孔雀は……」

「俺のことなら、何を言われても結構」

強がりではないことは、表情を見れば明らかだった。ジェフリー・ロックフォードというのは、そういう男だ。自らの評判などは鼻で笑い飛ばし、愛する者の名誉は何を置いても尊重する。イングランドでは孔雀は軽薄さを象徴する鳥で、事実、ジェフリーの見た目も落ち着きとはほど遠いものだったが、彼の本質は驚くほどに強く、しなやかだった。綺麗な服を身につけるのは好きだが、それで自分をより以上のものに見せたいというような気持ちとは縁がない。あるがまま、心の赴くままに生きている。そんなことが許される境遇があるのかと羨ましくも思うが、平坦な人生ではないことも判っていた。親もいなければ育ちも悪いと本人が口にしたように。

（親が課す制約は鬱陶しい。だが、それは愛情でもある。この世を安んじて渡っていけるようにという思いやりだ）

そんなことを考えていると、僕の考えを読んだようにジェフリーが言った。

「お坊ちゃまも大変だな。親の期待が大きくて」

「まあね」

「息が詰まらないか？」

「ときどきね」

本当はしょっちゅうだ。それもジェフリーにはお見通しだったのだろう。

「長いこと居たわけじゃないが、宮廷ってのはロクでもない場所だな。自分の出世のためなら、他人の足を平気で引っ張る奴らばっかりだ。おまえさんも承知の上で踏み込むつもりだろうが、気をつけろよ」

「うん。それがセシル家に生まれた者の定めと思ってね」

「もう一つ、余計なことを言うぞ。取り返しのつかない失敗をしたり、不運にも政敵との戦いに敗れたりして、もう何もかもが嫌だって思ったら、俺のところに来い」

「僕、船乗りの仕事は何ひとつできないけど？」

「ナイジェルが懇切丁寧に教えてくれるさ。なあ、兄弟？」

カイトと並んでこちらを窺《うかが》っていたナイジェルが、ぶすっとしたまま言った。

「招待したのはあんたなんだから、あんたが教えたらいいだろう」

「教育は船長の仕事じゃない」

「ハ！　敵船が見えるまでは、ぐうたらしているだけなのに」

「だからだよ。俺は良い見本にはならん」

ナイジェルが深く長い溜め息をつくと、カイトが同情するように彼を見上げた。

「判るよ。威張ることかって言いたいよね。言ったってしょうがないけど。でも、正直なところ、水夫のお手本にするならナイジェルだって、俺も思うし」

ナイジェルはぽん、ぽんと赤い髪の上で掌《てのひら》を弾ませた。実にぎこちないが、撫でているつもりらしい。無愛想な航海長殿も、どうやらカイトには別の顔を見せているようだ。

「僕も教えてもらうなら君がいいな、ナイジェル。普段は見せないけど、優しい人だって知ってるし」

「ばっ、馬鹿なことを言うな。誰がそんな……」

らしくもなく狼狽《ろうばい》するナイジェルに、追い打ちがかかる。無論、かけたのは無邪気なカイトだった。

「アイ。本当に優しいいし、気配りも細かいよね。俺も困ったことがあると、いつも頼っちゃうんだ。ぶつぶつ言うけど、絶対助けてくれるし」

ナイジェルは反論しようとして果たせず、がくりと肩を落とした。睨みつけるだけで水夫達を震え上がらせるという評判の男にも、勝てない相手はいる。それが面白い。

「いつもこんな感じ？」

僕が振り返ると、ジェフリーが頷いた。

「悪くないだろ？」

「最高だよ」

嘘偽りのない本音だ。それでも僕がグローリア号の一員になることはない。どんなに辛く、苦しくても、僕の生きる道は別にある。だから、この話はここまでにした。思いやりだけを心に留めて。

「君が孔雀でナイジェルが大鴉、ときたら、カイトは何の鳥だろうね？」

あからさまな話題の転換だったが、ジェフリーは気にした素振りも見せなかった。

「偶然だな。カイトを象徴するものは何だろうと考えて、俺が思いついたのも鳥だった」

「うーん、愛嬌があるし、優しいから大きな鳥じゃないよね。ツバメとかコマドリ？」

「どっちも外れだ。新調したダブレットにも刺繍《ししゅう》させるんだぞ。もっと格好良くないと」

「格好いいって感じだとタカやワシ？」

「発想が平凡だな。颯爽《さっそう》と俺達を助けたロバートはどこに行った？」

「すいませんね。案外鈍くて」

「降参する？」

僕は渋々頷いた。

「凡人の僕に教えてください」

「不死鳥だよ。あの子は危機に見舞われても、必ず踏みとどまって甦《よみがえ》るからな」

ここ、イングランドではその鳥は女王陛下を象徴する。だから、不死鳥を刺繍した服を着れば、
傲慢だ、不敬だと言い出す人もいるかもしれない。だから、僕は言い逃れ方をそれとなく伝授す
ることにした。ジェフリーの気分を害さぬように。

「それにカイトは陛下の道化師だったしね。思慕の想いを表現したと言えば、見る人もなるほどって感心するよ」

ジェフリーは僕の肩に手を置き、ぎゅっと握りしめた。言葉にしない感謝の思いが伝わってくる。

「手紙を書くよ。返事は期待しないから安心して」

僕の言葉にジェフリーは大げさに胸を撫で下ろす真似《まね》をした。それから、ふと思いついたように首を傾げる。

「カイトには伝えないって約束するから、占いの結果を書くっていうのは？」

僕は呆れた。案外、ジェフリーにはしつこいところがある。あるいは、何度断られても気に留めない図太さが。

「よほど気になるみたいだね？」

「カイトとおまえさんだけの秘密っていうのが、どうしてもね」

いや、嫉妬《しっと》深いだけか。笑いかければ、どんな相手もオトせそうなジェフリーが、カイトのことになると初心《うぶ》な少年のようだ。本当に初心な僕にそう思われてると知ったら、きっと心外だろうけど。

「そんなことかって思われるから、絶対に教えない」

「思わない。だから、教えてくれ」

食い下がってくる彼を適当にあしらって、僕はナイジェルと談笑しているカイトを見つめた。

遠い異国から来た少年。

予言者のごとき占い師。

その赤い髪同様、この世には稀な存在。

僕には幸せの予感をもたらしてくれたけれど、彼が鏡の中に見るのは決して明るいものだけではないだろう。それに優しい魂が傷つかなければいいのだが。

「名残惜しいけど、これが永遠の別れでもないしね」

僕のつぶやきに、ジェフリーが相鎚《あいづち》を打つ。

「アイ。心は一つだしな、兄弟」

胸がじんわりと熱くなり、目元が僅かに霞《かす》む。柔らかく解けた心はとても感じやすい。政治家になるなら、もう少し引き締めるべきだろう。でも、それは今ではない。

「鳥に譬《たと》えるなら、僕はカモメがいい」

「どうして?」

「航海から帰ってくる君達を真っ先に迎えることができるからさ」

振り返ると、ジェフリーが大きく腕を広げていた。孔雀がその美しい羽根を誇示して、敵を怯《ひる》ませるときのように。もちろん、ジェフリーの動作に威嚇《いかく》の意味はなかったが。

「ありがとう、兄弟。あのとき、廊下で声をかけてくれて」

優しい手が僕の湾曲した背中を抱き締める。

「君は希望を与え、そして本当に俺達を助けてくれた。あのウォルシンガムの鼻を明かしてな。まったく凄い男だよ、ロバート・セシル」

ジェフリーに言われると自信がつく。彼は嘘をついたり、機嫌を取ったりする必要がないからだ。僕は眼を閉じ、ジェフリーの背中をぎゅっと抱き返した。明日、リーズに逢いに行こう。そして、僕の気持ちを伝えるんだ。そう、血の繋がらぬ兄弟がくれた勇気を振り絞って。

「カイトのことも抱き締めてくる」

僕が身体を離そうとすると、ジェフリーの腕に力が籠《こ》もった。そうだ。物凄く嫉妬深い男だということを忘れていた。

「兄弟だよ？　それでも心配なの？」

ジェフリーが苦笑いを浮かべた。

「不安がない、と言えば嘘になるな。事実、別の兄弟はあの子のことが好きだ」

誰のことかは聞かずとも判った。愛想のない口調は崩さないけれど、カイトを見つめる瞳は蕩《とろ》けるように甘い隻眼《せきがん》の青年だろう。

「僕は違うよ。本当に友情だけさ」

やや、して腕の力が緩められた。渋々とだが、信じてくれたようだ。

「カイト、名残惜しいけど、もうおいとまする時間でね」

そう声をかけた途端、カイトが僕に飛びついてきた。

「元気でね、ロバート」

横にいたナイジェルは最初ぎょっとしたようだが、すぐに僕を睨んできた。ああ、間違いなく、カイトに惚れているな。

「君も健康に気をつけるんだよ」

さよならの代わりに軽く背中を叩《たた》いて、僕は身を離した。そして、ナイジェルに向かって腕を広げる。誤解を解くにはこれが一番だ。

「ナイジェル、報奨金を楽しみにしているからね。無事に帰ってこられるよう、あまり危険なことはしないで」

「これだから良家の子息は……私掠船乗りを何だと思って……」

ぶつぶつ言いながらも、ナイジェルは僕の抱擁を受け入れてくれる。新しい弟だと認めてくれたことが判って、また胸が熱くなった。さすがに人前で涙をこぼすのは、感傷が過ぎるというものだろう。

「じゃあ行くね」

僕は身を引くと、精一杯の速さで出口へ向かった。

「またね！」

元気だけれど僅かに震えた声が僕の背中を追いかけてくる。カイトも泣くまいとして、敢《あ》えて明るく振る舞っているようだ。僕の認めるただ一人の占い師。偉大なる赤毛の予言者。でも、まだ少年だ。挨拶を無視して行けば、きっと寂しく思うに違いない。だから、僕は振り返ることにした。

「ああ、またね！」

その言葉が実現する日が、今から待ち遠しい。

私掠船乗りの仕事がどんなに過酷かは、僕だって知っている。大体、航海するだけでも危険は伴うのだ。獲物に襲いかかったジェフリー達が、運悪く返り討ちにあうことだってあるだろう。スペインも全くの馬鹿ではないから、新大陸から荷を運ぶときは堅固な護衛をつけるようになったと聞いた。

「どうか無事で……」

部屋を出たところで、僕はそっと呟いた。確かに兄弟の心は一つになれる。でも、カイト達の身に何かあっても、離れたところにいる僕には判らない。救いの手を差し伸べることもできないのだ。

「無茶はしないで……笑顔で帰ってきて」

カモメの祈りは届くだろうか。

未来を見通す力を持たない僕には判らない。そんな当たり前のことが、今はどうしようもなくもどかしかった。好きな人が増えるというのは、案外面倒なことらしい。もちろんそれ以上に嬉しくて、楽しいこともあるけれど。

3

一五八八年――後世のイングランド人は、この年をどのように考え、感じるようになるだろうか。

スペイン艦隊が出航したという報《しら》せを聞いてからというもの、僕はそんなことを思うようになった。戦争があった年、それも天下分け目の大戦だったという認識は、たぶん、今の僕達と変わらないだろう。ただ結果を知るか、知らぬかの違いがあるだけで。

「情けない先祖とは思われたくないねえ……」

カイトの占いによれば、僕は三人の子供を持つらしい。愛する祖国をスペインに蹂躪《じゅうりん》され、敗残の民という不名誉な烙印《らくいん》が子孫代々に残されるなど、想像しただけでも耐え難いことだ。

心強いことに、カイトはイングランドの勝利も予言しているそうだ。もっとも座して栄光を摑めるような楽はできないらしく、我々の献身が必要なことを強調していた。

そのことに不満を述べるつもりはない。

古代ギリシアの昔から、楽をして国を守れた例《ため》しはないからだ。神のごとき英雄も血を流し、時に命を落とし、敗れ去る。ましてや、平凡な我らに何の害も及ばぬということはありえない。

当然、犠牲者は出るだろう。だが、無残な亡骸《なきがら》がイングランド海峡を埋め尽くしたとしても、僕らは戦い続けなければならない。イングランド人が本当に死ぬのは、スペイン人に膝《ひざ》を屈したときだからだ。

「いわばスペインはゴリアテ、そして我らはダビデ。小さな島国が日の沈まぬ大国を相手によく頑張った、と言われたい」

そう呟いたとき、獄吏がやってきた。

「こちらです、閣下」

「ありがとう。手間をかけるね」

危惧していたとおり、ウォルシンガム殿の執念は僕の兄弟を、ほとんど破滅まで追い込んだ。プリマスに戻った後、サンティリャーナに拉致《らち》されたカイトは、敵地で死を覚悟するほどの病にかかってしまった。

ジェフリー達の活躍でなんとかイングランドに帰ってきたものの、それをスペイン側の策略だとするウォルシンガム殿の告発のせいで、療養もままならなくなったのだ。

共倒れを案じたジェフリーは、自分以外誰も知らない安全な場所にカイトを隠すと、部下の保護をドレイクに頼み、ただ一人縄目を受けてロンドンに移送された。そして執拗《しつよう》な拷問で罪を認めさせようとする圧力に耐え抜き、女王陛下の前で『カイトを救うためにスペインの間諜となったがゆえの国家反逆罪』という疑いを晴らした。

（普通はそこでめでたし、めでたしだ。ところが、それだけじゃ終わらなかった）

二度と獲物は逃がさぬ覚悟のウォルシンガム殿は、ジェフリーの不信心を『異端の罪』として、このクリンク監獄へ送り込むことに成功したのだ。自分の縄張りに留め置けば、もっともらしい理由をつけて拷問を再開することもできるからだろう。

彼にはジェフリーを生かして帰すつもりはなかった。そう、誰の目にも明白に。

（体調を崩さなければ、早々に手を下していたかもしれない）

ジェフリーにとっては幸運なことに、ウォルシンガム殿は長年患っている腎臓の病が悪化し、自宅に引きこもらざるを得なくなった。おそらく、ゆきずりの男との色恋沙汰《ざた》で息子が殺されたことも、衰弱の一因だと思う。

「この年になって後継者を亡くすことほど、無念なものはない。もはや、新たに息子を設けることもできないからな」

ウォルシンガム家の葬儀の後、父上がしみじみと言っていた。

「権力を握った者が次に求めるのは、それを行使し続けること。だが、悲しいかな、人間には寿命がある。いずれは土に返り、塵《ちり》となる運命から逃れることはできない。我々が既得の権利を息子に譲ろうと必死になるのは、つまるところ、利己的な理由もあるのだろう。自分という人間が存在した証を残せるのは、我が子に流れる血のみだからな」

息子の人格を認めていない、などと青臭いことを言うつもりはない。父の年になれば、僕も同じようなことを考えるだろう。功名心を捨てられぬ男の哀しさだ。

それはともかく、話を聞きながら僕が考えていたのは、いよいよ世代交代が現実になってしまうということだった。

女王陛下が特に信頼を寄せる重臣のうち、すでにウォルシンガム、そしてレスター伯が体調不良を訴えている。幸い、今のところ我が父に変調の兆しはないものの、最年長であることを考えれば、決して油断はできない。

レスター伯の後継者がエセックス伯だということでは衆目が一致している。問題はウォルシンガム殿だ。実の息子を亡くした今、彼の勢力的基盤を受け継ぐのは、いずれ娘婿となる人物だろう。つまり、こちらもエセックスだった。

（さすがに二対一はきついな。本格的に代替わりする前に、こちらの陣営に入ってくれそうな人を探しておかないと）

女王陛下との結婚を目論《もくろ》んでいたレスター伯は、先頭に立って反対していた父上を今も許してはいない。とはいえ、老獪な人物なので、自分に利があるときは手を組むも吝《やぶさ》かではないと考えられる。

だが、天を突くほどの高い自尊心を持つエセックスは、自分を曲げてまで相手の意見に同調しようとは思わない。いや、断固として拒否するはずだ。

つまり彼と僕とが対立した場合、妥協点を見つけることは非常に難しい。となれば、最後は味方の多い方の意見が通る。そのための人脈作りが必要だった。

（エセックスも気づいているかな？）

僕は首を振った。そうは思えない。今の彼は女王陛下の寵愛を受けて、有頂天になっている。そもそもが信じられないほどの楽天家だし、将来の不安などは微塵《みじん》も感じていないだろう。

僕にとっては、ありがたい油断だ。

並び立つことができないのであれば、何事にも先んじて相手を打倒しなければならない。

敗れた敵に手を差し伸べるような気持ちを、エセックスに期待するのは無駄だ。

してみると、彼に虐《いじ》められていたことも無駄にはならなかった。エセックスがどんな性格で、どのような原理に基づいて行動するか、それを知っているというのは大きな利点だから。

（ああ、嫌だな……）

そのとき、僕の心に渦巻いた嫌悪感の対象には、僕自身も含まれていた。代替わりをするというのは、もう父上の庇護に頼れなくなるということ――つまり、事が起こったときは、僕が矢面に立つということだ。攻撃に耐えられるよう、僕は強くならなくちゃいけない。子供にとっては美徳の無邪気さも、政治家にとっては凡愚の一つだった。これからは相手を観察し、言葉の裏を読み、こちらの足を掬《すく》おうとする罠《わな》にも備えなくてはいけない。そして、僕も本音を隠し、どんな揺さぶりにも動じることなく、着実に物事を処理する必要がある。味方にしてみれば誰よりも頼りになる、そして敵にとっては冷酷そのものの人間になっていかねばならない。この先は常に欲得を考えながら生きていかねばならないと思うと、重い疲労感に襲われる。まだ始まってもいないのに、と言われそうだが。

「ロックフォード、客人だ」

ふと気がつけば、ジェフリーの獄房の前に着いていた。

僕は気分だけでも背筋を伸ばし、唇の端をくい、と上げる。

「やあ、お邪魔だったかい？」

数少ない僕の友は、美しい顔に澄んだ笑みを浮かべた。

「見苦しいのは勘弁してくれ。治療中なのでな」

従者の差し出すシュミーズを羽織る姿を見つめて、僕は思った。女王陛下もうっとりするような美男子。だが、無事なのは顔だけだ。彼の身体は拷問によって酷い傷を負っている。骨折。火傷《やけど》。切り傷。打撲――痛めつけられたジェフリーの姿を初めて見たとき、僕の手は恐怖にわななないた。自分なら絶対に耐えられない。こんな目には遭いたくない、と。そして、彼がこうまでして、ウォルシンガムの拷問に屈しなかった理由を考えたとき、激しく打ち震えたのは僕の心だった。

(欲得とは無縁のもの。どんな犠牲を払っても守りたいもの。命すら賭けられる愛)

概念としてなら知っていた。けれど、目の前でそれを示してくれたのはジェフリーだけだ。僕の生涯があとどれだけ残っているか判らないが、おそらく再び見ることも難しいだろう。

(僕も守らねば……)

無邪気なままでは生き残れない。それは判っている。けれど、全ての純粋さを捨ててしまえば、心は暗く淀《よど》むだけだ。僕はひたすら影の中を歩いて行くなんてごめんだった。生まれたからには楽しみたいし、幸せになりたい。愛する人々と笑って暮らしたい。

(ここでジェフリーを見捨てれば、いずれまた別の大事な人のことも切り捨てる。そうすることが簡単になってしまう)

誰しも決して譲れぬ一線がある。そう、これは魂の問題だ。ジェフリーを守ることは、僕の良心を守ることでもあった。兄弟だと言って僕を抱擁してくれた人が冤罪によって死んでいくのを、黙って見過ごすことはできない。困難を極めることが判っていても。

「良い知らせと悪い報せがある。どっちから聞きたい?」

僕の問いかけに、勇敢な友は笑みを深めた。

「悪い方」

ああ、本当にジェフリーは肝が据わっている。こんな兄弟を持てて、僕は幸せだ。

牢獄を抜け出して女王陛下に謁見《えっけん》したジェフリーは、正式に極秘の任務を身に帯びた。

スペイン艦隊に火をつけた船で体当たりをするという、危険極まりない作戦を指揮することになったのだ。

献策は僕がしたことになっているが、本当に考えたのはカイトだった。ジェフリーを牢獄から出すには、彼しかできないことがあると、女王に認めさせることだというカイトの意見は、実に的を射ていた。火船を敵にけしかけるというのは、古代ギリシアでも行われたことがある。だから、カイト以外の人間が思いつくこともあるだろう。けれど、それを実行する剛胆な男は滅多に存在しない。作戦を成功させるには敵陣深くに潜入しなくてはならないし、火をつけることができても、そこから撤退することは至難の業だということは、誰の目にも明白だからだ。

イングランドの幸運は、ジェフリー・ロックフォードがいたことだった。

「こっちの死地から、別の死地に移るだけなんじゃない？」

僕の言葉に、カイトは肩を竦めた。

「それでも、閉じ込められたまま、ただ殺されるのを待つよりはマシだって、ジェフリーなら考えてくれる。彼は最初から命がけでスペインと戦うつもりだった。だから、どれほど危険でも、作戦を遂行するのに全力を挙げる。僕も必ず成功するよう、知恵を尽くすつもりだ」

愛し合う者同士は、どうやら似てくるものらしい。優しさがひ弱さにも通じていたカイトは、ジェフリーを守ろうとして心を鍛えてきた。僕と同じで、彼も誰かに庇護されるだけでは、この厳しい乱世を生き抜くことができないと気づいたのかもしれない。

一人でも生きていけるさと嘯《うそぶ》く者は、きっと本当の困難を知らない。

難儀の前には、人間など弱いものだ。自分だけでは解決できない問題に悩み、苦しみ、諦めかけたとき、ふと差し出される手の温かさに気づく。今までだって、誰かが見守っていてくれたことを。

「会談は成功だね」

僕の言葉に、ジェフリーが頷く。

「君のおかげだ」

「いや、いや、君の迷いなき答弁の結果だよ。陛下はあっぱれなまでの二枚舌をお持ちだが、ご下問の際に曖昧《あいまい》な返答は許さない。ところが強大なスペイン相手の戦争となると、皆、勝手が判らなくてね。威勢の良いことを言いたいのは山々なれど、実際には不安が先立って、答弁にも勢いがないいんだ」

ジェフリーは悪戯っぽく瞳を輝かせる。

「俺だって口先だけに終わるかもしれないぞ」

「ああ、それはないね」

「なぜ判る？」

「覚悟のない男であれば、とっくにウォルシンガム殿の手にかかっているからだよ」

かつてウォルシンガムの拷問を受けて、自白しなかった者はいなかった。

実はこの言葉は正確ではない。

自白しなかった者もいたのかもしれないが、拷問中に死んだので判らなかった、というのが本当のところだ。

(彼に覚悟がないのなら、一体、誰にあるというんだろうね)

生きたまま再び陽光の下に立ったただ一人の人物を見つめて、僕は思う。ジェフリーは命を賭けてカイトを守ると約束し、それを守った。その言葉に偽りはない。彼がやるといえば必ずやるのだ。その点に関して、僕は何の不安もなかった。

「僕らもおいとまして、ティバルト・ハウスに向かおう」

「ああ」

そうして宮殿の船着き場へと歩き出した僕に、ジェフリーが躊躇《ためら》いがちに話しかけてきた。

「なあ、ロバート」

「ん?」

「陛下はあの子の存在に気づいているような気がしたんだが……もしかして、君が……」

僕もなんとなくそんな気がしていた。でも、

「言ってない。ここはロンドン。ウォルシンガム殿のお膝元だ。病床に臥《ふ》しているからとはいえ、油断はできない」

「ならば、いわゆる『女の勘』か……おっかないな」

ジェフリーはカイトを愛しているけれど、別に女嫌いなわけではない。けれど、女性の力を強

調して、僕を怖がらせようとすることがたまにある。カイト同様、僕のことも初心な少年だと思っているのだろう。

「君は僕を女嫌いにさせたいのかい？」

「いーや、幸せな結婚をしてもらいたいと思っているよ。昨今の貴族社会では難しいことだと承知しているからね。でも、君が選んだ人なら……」

僕はぎくりとして、とっさにジェフリーの腕を摑んでしまった。

「聞いたの？」

「何を？」

「僕が選んだ、って」

僕の不安をきちんと読み取って、ジェフリーは言った。

「占ったのはそれか」

彼の言葉で僕はカイトの義理堅さを確認した。あの子は約束を守って、何も言っていなかった。

僕が失敗しただけだ。

「僕は馬鹿だ……」

ジェフリーが笑いかけてくる。

「おまえさんが馬鹿なら、俺は虫けらも同然だな」

「下手な慰めは止してくれ」

意気消沈する僕の肩に、ジェフリーが優しく触れてくる。

「上手くいくよう、祈っているよ」

その声に真心を感じて、僕は顔を上げた。見つめる先に、ジェフリーの笑顔がある。揶揄《やゆ》するのではない、ただ温かさを感じさせる笑みだった。それに力づけられて、僕は言った。

「婚約できるまで、誰にも知られたくないんだ」

「そうか」

「僕は頭がいいし、家柄もまあまあだけど、女の子が好きそうな見かけはしていないから」

ジェフリーは僕の肩に置いたままの手に力を込めた。

「あの子は大丈夫だって言ったんだろ？」

「どうして判るんだい？」

「その話が出たとき、あの子は君との約束だから占いの内容は話せない、と言った。でも、彼は微笑んでいたよ。だとすれば、悪い結果じゃなかったのは明らかだ。友の不幸を笑うような子じゃないからね」

ジェフリーはカイトを理解している。僕も彼の言葉が正しいと判るぐらいには。

「そうだね」

「いつ、結婚の申し込みに行くんだ？」

「このゴタゴタが片付いてからさ、もちろん」

カイトに占ってもらった翌日、リーズの屋敷に行った。でも、本当に行っただけだ。彼女には会わずに帰ってきた。国の行く末もまだ判らない時勢だ。自分がまずするべきことをしてから、堂々と花嫁になる人を迎えに行く方がいい。そう思い直したからだった。

「君の成功は、献策した僕の成功。そのまた逆も然《しか》り。つまり、僕らは一心同体も同然だ。それぞれの将来がかかっているんだからね。必ず勝たなきゃ」

再び歩き出した僕に寄り添って、ジェフリーは頷いた。

「俺はイングランドの勝利を疑ったことはないが、それでも心強い話を聞けたな」

「え？」

「占いは吉と出た。あんたの望みは叶う。ということは？」

僕は自分のことに囚《とら》われすぎていたのかもしれない。カイトは『船の上に三つのシーチェストがある』と言っていた。

（それは僕に三人の子供が生まれるという暗示だ）

そして我が子が乗っていた船は――そのことに思い至って、僕は勢いよくジェフリーを振り返った。五港監督官の旗が翻《ひるがえ》る港や、チェスのクィーンが描かれたペナントが意味するものは、このイングランドの栄光が続くということだ。

「やっぱり、僕は馬鹿だ！　今の今まで気づかなかったなんて！」

「誰だってうっかりすることはあるさ、兄弟」

したり顔も今は気にならない。僕はジェフリーに大きく頷いてみせた。

「占いか……改めて思うと、俺が恋に落ちたのも、やっぱりあのときだったんだろうな」

ジェフリーはそう言って、カイトが対スペイン戦について占ったことを教えてくれた。最初にそれについて話をしたのは、何とサンティリャーナだったらしい。戦争をしても勝てないことを伝えるためだったというが、何とも大胆なことだ。

「戦いの結末を知りたがったサー・フランシスと俺に、あの子が言ったんだ。というか、あの子がビセンテ・デ・サンティリャーナに告げたことを、もう一度言ってもらおうとした。すると、あの子は悪戯っぽく笑って、こんな風に答えたんだよ。『まだ判りませんか？　彼は俺の首を絞めましたよ』ってね」

カイトはジパング人だけれど、イングランド人が好む諧謔《かいぎゃく》を身につけている。ジェフリーが魅《ひ》かれるはずだ。もちろん、僕も気に入った。

「へえ、気が利いてるね」

「その顔が本当に可愛かった。明るくて、温かくて……彼自身が光のように輝いて見えたんだ。俺の心まで照らし出されるようで、気分が良くなった。そのときも、『ああ、いいな、この子』とは思ったが、まさか運命の相手になるとは思わなかった」

「はあ……っ」

僕は呆れて溜め息をついたが、のろけているときのジェフリーと同じぐらい、口元は緩んでいたと思う。兄弟の幸せは、自分のことのように嬉しいものだ。きっと僕とリーズが結ばれたとき、ジェフリー達も同じように喜んでくれるに違いない。

「さっさと歩きなよ。首を長くして待っている人がいるんだからね」

僕の憎まれ口にも少しも応えた様子は見せず、ジェフリーは微笑んだ。

「はい、はい」

テームズ河が煌めいている。太陽はあまねく地上に降り注ぐ。だが、人の心を照らすのは、愛する者の言葉や態度なのだろう。いや、何をしてくれなくても、存在そのものが光となる。一緒にいるだけで温かさを感じる。

どれだけ大きな権力を得ても、それは買ったり、奪ったりすることのできないものだ。

「赤毛は不吉と不和をもたらすというけど、当代のイングランドには当てはまらないようだね」

僕は言った。

「女王陛下も見事な赤毛をお持ちだし、我らに良き報せをもたらす予言者も鮮やかな赤毛をしているんだから」

「その通りさ、兄弟」

ジェフリーは僕の肩を抱いた。

「陛下とイングランドのため、心を一つにすれば、必ず勝てる。勝ってみせる」

このときも僕は思った。ジェフリーの言葉は信じられる。カイトの約束同様に。

そう、赤毛の予言者が『勝利する』と言ったなら、僕らは自信を持って戦うまでだ。祖国をスペインなどに踏みにじらせはしない。緑豊かなこの地を愛する子供に伝えられるよう、ここで踏ん張る。

「カイトと話して、女性が占いを好む理由が判ったよ」

振り向いたジェフリーに、僕は微笑んだ。

「欲しいのは勇気なんだ。事を為そうとするとき、一人では怖くてどうしようもないこともある。占いは迷う者の背をそっと押してくれる手なんだろうな」

もちろん、依存しすぎてはいけないことも判っている。だが、カイトの場合は安心だ。彼の居場所は海の上——ジェフリーの隣だから、しばしば会えるというものではない。いつも一緒にいられないのは寂しいけれど、その方が僕の友達にとっては安全だというのも事実だった。とても寂しい話だが。

「ロバート」

「なんだい？」

ジェフリーは子供同士がふざけてするように、軽く身体をぶつけてきた。

「下手に出すぎて、尻に敷かれるなよ」

またもや、僕を怖がらせようとしているらしい。

「君は違うの？」

ジェフリーは肩を竦めた。

「とっくに敷かれてるよ。カイトには到底敵わない。でも、彼は優しいからな。大抵のときは俺の面子《メンツ》を立ててくれる」

僕は思わず吹きだした。無敵の男にも愛という弱点がある。

「僕が好きな人も優しいから、きっと大丈夫さ」

戦争を待ち焦がれる気にはなれないが、早く嵐が過ぎ去ることを祈らずにはいられない。

そう、僕は幸せになりたいだけなんだ。

愛するリーズと一緒に。

［パブリックスクール］番外編

コペンハーゲンから愛をこめて

樋口美沙緒

扉イラスト

yoco

「やあ、クレイス。こっちに帰ってたの」

五月のある日、ギルバート・クレイスはロンドンの都市部、グラームズ社本社ビルの近くのパブへ、遅めの昼ご飯をとりに来ていた。

午前からスペインと繋《つな》いでいたテレビ会議が長引き、三時を過ぎてようやく、会社から出てくることができたのだ。

しかし受難は、長引いた会議だけでは終わらなかった。パブに入り、軽食を頼んで席に着いてすぐに、あまり見たくない名前から携帯電話へコールがあった。カーラ・クレイス。母の名だ。

仕方なく電話に出ると、母はやかましく文句を言い立てた。

──ロンドンにいるなら、なぜうちに寄らないの。

──あなたったら、この前話したシャノア家のご令嬢との縁談、どうするつもり。

──もういい年だわ、ママのためを思うなら、そろそろ身を固めてくれないと。ただでさえエドワードはあてにならないのよ。これじゃグラームズ一門は終わりだわ──。

ああ、母さん、分かってるよ。と、ギルは母を言いくるめるために、あらゆる神経を働かせ、上手に逃げ口上を並べたてた。

……仕事が忙しいんだ、家に帰ったら母さんに甘えてしまうよ。居心地がよすぎてね。縁談のこと、もちろん考えてるさ。素晴らしい話をありがとう、母さんはいつも俺のことを想ってくれてる。でも、もしエドがこのまま非婚を貫くなら……そうさ、そうなるだろう。グラームズ家のことを思うと、シャノア家では釣り合いがとれないんじゃないかな。だってグラームズは母さんの生家だろう？　女学校のとき、シャノア家の女の子と喋《しゃべ》ったりなんて、した？

——それもそうね。そうね、ギルバート。少し考えるわ……。

母は急に押し黙り、なんとかギルの口車に乗ってくれて、電話を切った。

……助かった。とりあえずこれでまた、保留だ。

ホッと、息をついたその矢先だった。クレイス、と名前を呼ばれたのは。

「……やあ、マーティン？　珍しいね、このへんまで食事に来てるのかい？」

声をかけてきたのは、オーランド・マーティンだった。

久しぶりの邂逅《かいこう》で驚いたが、徹底的に感情をコントロールする癖がついているギルは、当たり前のように微笑を浮かべてオーランドの呼びかけに応じていた。

オーランドは、ギルにとってはパブリックスクール時代の一年上の先輩。

そして現在はグラームズ社の取引先である、大手スーパーマーケットチェーン、マーティン・ウェル社の重役である。

もっとも、重役とはいえオーランドはまだ若い。ギルが二十五歳なので、彼はたしか、今年二十六歳のはずだ。オーランドは栗色の髪にハシバミ色の瞳が印象的な美男子で、甘やかな風貌《ふうぼう》をしている。かといって、甘いのは見た目だけで中身はしっかりと男である——。

（むしろ俺よりも、ある意味では男っぽいかもしれない）

と、内心ギルは思う。別段卑屈な気持ちではなく、単に事実として、ギルはそう思っている。

ギルは金髪に碧眼《へきがん》。上背があり、スポーツで鍛えた体は男らしく逞《たくま》しい。仕立てのいいスーツを着こなして、道を歩けば女性が振り返る。自分は十分、「いい男」の部類だ。

それでも子どものときほど、己に対して傲慢《ごうまん》になれなくなったのにはわけがある――。

自分の周りには、「いい男」が多すぎるのだ。そしてこのオーランド・マーティンも、ステレオタイプとは違うけれど、いわゆる「いい男」の一人だった。

「前、座ってもいい？」

簡単なフィッシュアンドチップスとデカフェを持ち、オーランドはギルと同じテーブルに腰を下ろした。昼下がりのパブは仕事をサボっているビジネスマンや、ノマドワーカーなどがちらほらいるくらいで、お昼時よりは空いている。ギルはオーランドが座りやすいよう、テーブルに広げていた新聞を畳んで脇に置いた。

「僕もついさっきまで、御社に寄ってきたところだよ。再来月の積荷について、新規で細かい依頼をしたくてね。物が物だから――」

と言って、オーランドは「危ない地域を経由してくる」と肩を竦《すく》めた。

「まあ、慎重に話し合いをしてきたのさ」

「なるほど、それでここに寄ったわけか。マーティンも忙しいな」

イギリス人なら誰もが知っている、世界的企業のグラームズ社は、本社をロンドンの都心に構えている。とはいえ、ギルは普段ロンドンにはいない。およそ一年ほど前、コペンハーゲンにある支社の支社長に抜擢《ばってき》され、そこで忙しい日々を送っていた。本社はロンドンでも、グラームズ社は海運業なので、コペンハーゲンはヨーロッパ航路の出発地として要の場所であり、ギルは世界中に散らばる支社長の中で、今最も忙しいと言えた。

そうはいっても、結局は支社長。今のところギルは、本社では役員ですらない。ヨーロッパ全土に広がるスーパーマーケットチェーンの次期最高責任者として、日々重たいプレッシャーに耐えているだろうオーランドはというと、そんな責任を負っているようには見えないほど、軽々とした笑みを浮かべている。

それを見ていると、やはりオーランド・マーティンも、「怪物の類《たぐい》だな」などと、ギルは思う。メンタリティが普通ではないのだ。けれどオーランドはオーランドで、思うところがあるらしい。おかしそうにギルを見やり、

「きみこそ、異例の出世じゃないか。業界でも、エドワード・グラームズ二世なんて言われてるらしいね」

と、言った。それに、ギルは苦笑しただけでなにも言わなかった。

――エドワード・グラームズ二世。

(エドワード・グラームズ二世ね……それこそ、エドあっての褒《ほ》め言葉、じゃないか)

所詮は二番手ということだ。そのうえその呼び名は、昔から何度となく言われてきたことで、二十五になってもまだそれかと、我が身を振り返りおかしくなる。

(――結局、二番の人生か。ギルバート・クレイスは)

ふと脳裏に、なにか心に隙間《すきま》ができたとき、決まって思い出す懐かしい顔が浮かんだ。

小さな白い顔。黒い髪に、陽がさすと琥珀《こはく》色になる、黒茶の瞳……。どこか少女めいた、あどけない美貌――それは中原礼《なかはられい》という、同級生の顔だった。

「そういえば、この間の社交界で、きみの噂《うわさ》を聞いたよ。なんでも、シャノア家のご令嬢との縁

談があるとかないとか」

それとなくオーランドに言われ、内心ギルは困ってしまった。苦笑しながら「噂というのは怖いな」と、混ぜっ返す。

実際どうなんだい、と訊《き》かれて、ギルは「うーん……」と答えに窮した。

「なんだ、マーティンまでいるのか」

そのとき、舌打ち混じりの声がして、二人の会話は打ち切られた。顔をあげて見ると、よく知っているその声の持ち主は、エドワード・グラームズだった。

ギルよりもまだ少し高い身長に、厚みのある男らしい体。ギリシャ彫刻もかくやというほど、左右対称に整った美しい顔。金髪にエメラルドのような緑の瞳が魅力的な、ギルの従兄弟《いとこ》。名家グラームズ家の実質当主であり、世界的コングロマリッド、グラームズ社のトップでもある二十七歳だ――。

しかしこの世に、これほど突出した二十七歳がいるだろうかと思う。

人の少ないパブでさえ、エドが顔を出すと客はちらちらと視線を送ってくる。慣れているエドは気にしていないが、部外者のギルのほうは逆に気になる。

気になるというより、心配に近い。なにしろこの従兄弟は、その美貌と肩書きが大人気で、週に一度はパパラッチされ、ゴシップ誌に写真を掲載されているので。

「やあ、グラームズ。きみも昼ご飯?」

オーランドが席を隣に移して椅子《いす》を空けると、エドも自然と同じテーブルに着いた。エドはサンドイッチとコーヒーを席に並べると、不機嫌そうにため息を吐《つ》いた。

「南の人間はどうしてあんなに時間にルーズなんだ？　太陽を浴びすぎると頭が鈍るのか？」

午前中の会議には、エドも参加していた。効率重視のエドには、会議の遅れは耐え難かったのだろう。そんな不平を言ったが、愚痴《ぐち》をこぼせるのも、自分とマーティンが相手だからだとギルは知っていた。

「人間は神さまじゃないんだから、できなくて当然。だから焦る必要もない。カソリックの基本的な考えさ」

オーランドは言い、「ちなみに僕もカソリックだけどね」とつけ足す。

「きみみたいに不真面目《ふまじめ》な考えが主流だと思われたら、多くの信者に迷惑だよ、マーティン」

ギルが窘《たしな》めると、エドも同意して「まったくだ」と言う。

「失礼な二人だね、得意先の人間に向かって」

マーティンも負けじと言い返すが、これらの言い合いはどれもすべてただのジョークだった。同じパブリックスクール出身という事実が、社会に出てからも、三人を気安い間柄でいさせてくれている。互いに仕事では責任ある立場で、どうしても譲れない場面はあるが、それとは別の部分で繋がれる相手がいる。それは忙しい毎日の中で、肩の力が抜ける貴重な時間でもあった。

そうしていつしか、学校で過ごした日々がこんなにも懐かしく、大事なものになるだなんて——十六歳、十七歳、十八歳のころには、とても考えなかったなとギルは思い返していた。

「そうだ、グラームズ。僕は来月仕事で香港《ホンコン》なんだ。ついでに東京《とうきょう》に寄って、レイと会う約束をしたよ。ジョナスもついてくるって」

ふとそのとき、思い出したように——オーランドに限っては、「思い出した」わけがなく、ほぼ確実に確信犯的に、今このタイミングで言うことを選んでいるのだろうが——オーランドが言い、エドはぴくりと眉《まゆ》をあげた。

「……なんだって？」

整ったエドの顔に、剣呑《けんのん》なものが走る。オーランドも分かっているだろうに、ニコニコと続ける。

「だからレイに会いに行くんだよ。まあいられるのは一日だけだけど、食事をする。五月の日本は一番気持ちのいい季節らしい。晴れ空の下のレイは格別可愛《かわい》いから楽しみだな」

エドはムッと黙ってしまった。やれやれ……と、口にはしなかったが、ギルは心の中で思う。

エドの顔には明らかに、

「俺は聞いていないぞ」

という言葉が書いてある。これほど分かりやすいと、いっそすがすがしいほどだ。

冷静の権化のような従兄弟が、こんなにも顕著に感情を示すのは、その恋人である中原礼が絡んだときだけだ。面白がるようにニヤニヤと笑っているオーランドも、そのエドのいつにない反応を引き出したくて、わざと厭味《いやみ》たらしい言い方をしているのだろう。

モデルのように細身な見てくれの印象とは裏腹に、油分の多い食事をぺろりとたいらげると、オーランドは機嫌良く立ち上がった。

「じゃあね、クレイス。グラームズ。レイに伝言はある？」

「あるわけないだろう、俺だって毎日メールしてる」

エドがイライラと噛《か》みつき、ギルは苦笑しながら「じゃあまあ、よろしく伝えといて」と無難なことを言った。オーランドが行ってしまうと、エドはギルの視線など気にもせず、即座に携帯電話を取りだして、メールを打ちはじめる。おおかた、礼にさっき聞いたことを問い詰めているに違いなかった。

「あんまり束縛すると、レイにうっとうしがられるよ」

見かねて言えば、「うるさい」と返ってくる。

「どこが束縛してるんだ。ロンドンと東京は距離およそ一万キロメートル、時差は八時間だ。俺とレイは三月以来会ってないし、これから先も一年は会えそうにない。俺がどれだけ我慢してるか分かるか？　仕事をやめてこっちへ来いと言わないだけ、十分寛大だ！」

エドは美貌に凄《すご》みを載せて言い放つ。

ああ、色男は怒っていても色男だ。たとえその内容が世にもばかげた、くだらない内容でも。そう思いながら、ギルは従兄弟に「はいはい……」と肩を竦めてみせた。

一日に何通もメールを送り、休日には必ずテレビ電話。五分でもいいからと恋人に頼み込む。日本に買ったハイセキュリティのマンションに住まわせ、そこのコンシェルジュに、恋人の部屋にあがりこんだ人間がいたら連絡をするよう手を回している――それでも、エドにとっては十分礼を野放しにしているらしい。

（まあたしかに……日本とイングランドじゃ、離れすぎてはいるけどな）

だがそれにしても、お前は八年もレイに会わずに耐えたじゃないか。と、ギルは時々思うのだ。エドは伯爵家の長子。背負うものも大きく、その責任は果てしなかった。日本人で、禁忌の子どもで、男でもある礼と将来を誓うには万端の準備が必要で、それを整えるのには八年が必要だった。八年間、エドは礼だけを愛していたのに、一度も会いに行かず、声も聞かず、手紙も書かなかった――。

……見上げたものだ。と、ギルは思っているのだ。従兄弟の純愛と、意志の力には恐れ入る。

そうしてそれを見るとやっぱり、

(俺は二番手だよなあ)

と、思う。しかめ面をして礼にメールを打っているエドの顔を、頬杖《ほおづえ》をついて見やりながら、

――これほどの恋とは、どういうものだろう？

とも、思った。

――もういい年だわ、ママのためを思うなら、そろそろ身を固めてくれないと。

ついさっき聞いた、母、カーラの言葉が、耳の奥に蘇《よみがえ》ってくる。

縁談の話が持ち上がっていることは、オーランドの耳に届いているくらいだから、当然親族であるエドの耳にはとっくに届いているだろう。けれどエドは、それについてなにひとつ、ギルに口出ししてこない。

有り体《てい》に言えば、興味がないのだろう。まあ、それもそうかとギルは納得する。

(エドはレイにまつわる恋愛以外は……どうでもいいよな)

仏頂面でメールを打つ従兄弟を横目に、ギルは思わずくすと笑いを漏《も》らしていた。

エドに比べれば、自分は二番手の人生。

だが、嫌なわけではなかった。もっともそう思うようになったのは、いつからだったろう？

物心ついたときには、傲慢で完璧な従兄弟、エドワード・グラームズのことが、邪魔で仕方がな

かったのに——。

ギルバート・クレイスは、イングランド貴族であるクレイス家の嫡男として生まれた。クレイス家は伯爵位を戴《いただ》いており、グラームズ家の傍系である。母は、エドワード・グラームズの叔母《おば》、カーラだった。

ギルはエドとは二学年違い。年近く生まれた二人は、物心ついたころから、なにかと比べられてきたと思う。

——クレイス家はグラームズ家に連なる家。だから当主になるエドワードを支えるのがあなたの役目よ。でも忘れないで、お前は私が産んだのだから、頭の悪いサラの子のエドよりも、よっぽど優秀なはずなの。

今となっては、あれが母の呪詛《じゅそ》だったと気がついているが、幼いころには頭から信じていた。自分はエドよりも優秀で、本来なら、一族の先頭に立てる者だと。

母には愛されていると思う。偏見に凝り固まったどうしようもない母だが、ギルだって、それなりに母を愛している。

そのぶん、長い間、ギルは自分が優れた人間であること、エドワード以上の人物であることを、疑わなかった。だからたった二歳上というだけでふんぞり返り、話しかけても、あまり相手にしてくれないエドのことは、なんとなく嫌いだった。

(とはいえエドも、幼いころはもっと……当たりが柔らかかったような)

ということは、一応覚えている。

十三歳で己の両親との決定的な隔絶があるまで、エドは今ほどは他人に対し、拒絶的ではなかった記憶がある。

もっと気さくで、優等生的な、人当たりの良さがあった。それはパブリックスクール時代、彼があえて演じていた模範生そのものの姿でもある。

けれど俺とお前は同等だ、という態度でギルが近づいていくと、エドの笑顔は一瞬消えて、軽《けい》蔑《べつ》の色が眼に浮かんだ。なのでエドの内側には、そのころから傲慢さや、排他的な態度が眠っていたのだろう。しかし、分からないわけではない。人並みはずれて頭のいいエドからすれば、侮って近づいてくる年下の従兄弟の考えなんて、すべてが浅はかでくだらなく見えたに違いないのだ。エドは今も昔も、無意味な高慢を嫌う性格だった。

（もし俺がエドの立場でも……そんな従兄弟とは仲良くしたくなかったろうしな）

と、ギルだって思うのだから、仕方がない。

なにより、エドは立場や容姿、能力には恵まれていても、親からの愛情には恵まれない子どもだった。

カーラは愚かだったが、身内を愛する気持ちは本物だったと思う。ギルは甘やかされ、可愛がられて育てられたけれど、エドの両親は自分たちの息子に無関心だった。

それでも祖父のファブリスがいたころはまだ良かったはずだ。家の中で、エドの相手をしてくれる家族は、ファブリスだけだった。そのファブリスも亡くなると、エドの家は、いつでも人気《ひとけ》がなく、淋《さび》しいものだったらしい。年末年始や、一族の行事など、どうしてもいなければならないとき以外、エドの父親はロンドンのフラットで一人暮らし、母親はあちこち旅行で出歩いていたと聞く――。

それはエドが、物心ついたころからそうだった。

孤独だっただろう幼いエドのことを、ギルはうっすらとしか覚えていない。

まともに相手にしてくれない従兄弟のことは、いつでも気に入らなかった。なんといっても、なにかしら良い成績をとったりして、褒められるたびに、

素晴らしい、きみはエドワード・グラームズ二世だね。

と、言われることが我慢ならなかった。

あいつの二世？　冗談じゃない。優れているのはこっちだ。

ギルはいつでもそう思っていた。

――あのころ、エドは淋しかったろうか？

ギルは考えるが、よく分からない。当時は淋しいという感情さえ、あまり知らなかった。ただ一族の集まりなどで顔を合わせても、エドはいつも遠い存在だった。話をしても、一緒にゲームをしても、なんとなく距離があった。

相手にされていない。眼中に入れられていないということは、肌で感じられたから、エドの模範的な笑顔の裏に、どんな顔が隠されているのか、ギルは疑いながら過ごしていた。

エドが十三歳、ギルが十一歳のときだ。当時既にパブリックスクールは名門リーストンスクールに入学していたエドが、同級生と一緒に問題を起こした。

子どものほんのちょっとした好奇心が招いた事件。しかし、事はそれだけでは収まらなかった。

当時グラームズ社のトップだったエドの父親、ジョージが、それを会社と会社の問題にまで広げ、おかげで一人の男子生徒が追い詰められて、手首を切ったのである――。

エドがはっきりと変わったのは、その瞬間からだったとギルは思う。

模範生の仮面を放り投げ、拒絶的で傲慢な顔が現れた、最初のとき。

当時のエドはまるでナイフかなにかのように尖り、周りのすべてを憎み、ひねくれ、パブリックスクールも退学するとまで言い張って、一族中大騒ぎになった。

そこにやって来たのが、中原礼だった。

名家グラームズの面目を保つため、ジョージはエドに交換条件を出した。そのうちの一つが、セックスの相手をあてがうというものだ。

異常だとしか思えない提案だったが、ジョージにとってはとりうる限り最も良い方法に思えていたのだろう。礼はその相手にはちょうどよく、親を失い天涯孤独。しかも年幼く、英語にも慣れていない。味方のいない外国で閉じ込めてしまえば、エドになにをされようが、逆らうことも告げ口することもないだろう。

――おぞましいこと。アジアの女が産んだ、得体の知れない子どもをグラームズの屋敷で飼うだなんて。

母のカーラは嫌悪を示し、開いた晩餐会《ばんさんかい》で散々、ジョージやサラ、エドの悪口を言った。

――私は初めから、エドワードが異常だと気付いていたのよ。あの子を更生してやらなければ、由緒ある我が一門の名が廃《すた》るわ……。

幼い子どもながらにその話を聞きかじり、ギルは内心ほくそ笑んでいた。これでもう誰も、自分をエドワード二世なんて言うまい。エドに比べたら、自分は「まとも」なのだから、と。

中原礼は通学制のプレップスクールに入るらしい。

そこは奇しくも、ギルと同じ学校だった。学年も同じになると知り、ギルは「エドの生け贄《いにえ》」がどんな人間か、楽しみに待っていた。楽しみといっても、べつに仲良くしたいわけでも、じっくりと品定めしたいわけでもなかった。礼の評価など初めから決まっていた。

貴族と庶民の混血児。薄汚い猿。

母からの受け売りは根強くギルの心を支配していたので、礼に対しては初めからそんな認識しかなかったのだ。

だからいざ礼がスクールに来たら、どうやっていじめてやろうかと考えていたくらいだ。

弱く、愚かで、身の程を弁《わきま》えない人間には、制裁くらい与えてもいいと思い込んでいた。そうする資格が自分にはあると——当時のギルは本気で思い込んでいたのだ。


「初めてレイが来た日のことを？」

食事を終えて、会社に並んで戻りながら、ギルはなんとはなしにエドに訊いてみた。エドはさっきから、何度も携帯電話を確認している。恐らく、オーランドとジョナスと会うという話について、礼からまだ返信が来ていないのだろう。

「なんでそんなことを訊くんだ」

ロンドンの五月は比較的穏やかな気候だ。空は珍しく晴れ、風も乾いて気持ちがいい。不審げに睨《にら》んできたエドに、他意はないことを伝えたくて、苦笑を向ける。

「心配しなくても、今さらレイに手を出すとかじゃない。単に、俺が出会った当初のレイのことを、あんまり覚えてないからさ」

「マッシュポテトをぶつけといてか？」

ちくちくと言われ、ギルは笑うしかなかった。

エドには何度、このことで厭味を言われているだろう。

だが仕方ない。もしも当時の自分に会えるなら、ギルこそ迷わず殴っているだろう。

「……俺のときは、母から話だけは聞いてたから、レイが来たらいびってやろうとは思ってた。実際初めて編入してきたレイを見たときは、『小さい』ってことと、『アジアンだ』って感想しかなかった」

プレップスクールは、パブリックスクールに入学する前の学校である。

当然、名門校に入学するためには、プレップスクールも名門であることが望ましく、ギルが通っていたのもそんな学校の一つだった。ただ、まだ幼い子どもたちしかいないことと、そもそも通学制というのもあって、同性愛への傾倒は浅かった。

だからエドが同性の男と寝た咎《とが》で、問題を起こしたこともどこか他人事《ひとごと》だったし、エドに抱かれるために迎えられたという礼を見ても、可愛いとか可愛くないとか、そういった、性的な眼で判断することはなかった。

教卓の前に立たされて、生徒たちに紹介された礼は、同年代とは思えないほど小さかった。黒髪に黒茶の瞳、象牙色の肌は東洋的で、彼に半分流れる日本人の血を思わせ、当時のギルは気味が悪いとさえ思った。

　これは異物だ。

　そして、売春婦だ。

　母からの悪態をそのまま信じて、ただいびってやれば、あのエドワードの鼻を明かせるような、母の価値観を——ひいては、自分がエドより優れているという真実を、実証できるような気分でいたのだろう。

　取り巻き連中を巧妙に使い、ギルは礼がなにか授業で発言すれば小さな声で嘲笑《あざわら》い、食事中にはマッシュポテトやデザートのアイスをわざとその頭にこぼして、いじめた。

　——また、どうしてなのか、丸くて小さい礼の頭を後ろから見ていると、うずうずといじめてみたい欲が湧《わ》いた。大きな黒茶の瞳で、呆然《ぼうぜん》と見上げられ、象牙色の肌が怒りと悲しみ、屈辱のために上気するのが、たまらなく面白かった。

　はっきりと言えば、興奮したし、ぞくぞくした。

「……欲情してたのかな、俺は」

　ぽつりと言うと、エドが怖い顔でギルを見てくる。しかしこの顔にももう慣れているので、ギルは肩を竦めながら「でもエドが悪いのもあるよ。きみが俺を蔑《ないがし》ろにしてなければ、俺もあんなにレイを虐めなかったと思うね」と、責任転嫁した。

　エドは「人のせいにするな」と抗議し、不服そうに顔をしかめた。ギルはそれに笑いながら、「最初に見たときから、レイは可愛かった？」

と、訊きたかったことを訊く。しかしエドはいかにもバカバカしいというように、ため息をついている。

「そんな眼で見れるわけがないだろう。ジョージがこいつと寝ろと連れてきたとき、レイはたった十二歳だぞ」

イギリス人からすれば、当時の礼は十歳ほどにしか見えない。それに比べて、十四歳になる直前のエドは、もう十六、七と言っても通用するほど大人びていた。

「……ただそう。出会ってすぐに……価値観がひっくり返された。レイは……遺産相続を放棄していたし、俺がそれに文句を言うと、俺を、優しいと」

そのときの柔らかな、優しい眼が忘れられない。こぼれそうなほど大きな瞳いっぱいに、愛と信頼を載せられて、戸惑った――そう、エドが白状する。

以前のエドなら考えられないほど、本音を吐露してくれるようになったものだと、心の隅で半ば感動しながらも、ギルはそれをおくびにも出さず、

「あ～……あの眼はね。凶器だったね」

と、頷《うなず》いて同意した。

礼の最大の魅力は、瞳から溢《あふ》れる愛と情だ。夢を見るような瞳。見つめるといつでも笑みを浮かべてくれるその眼は、まさに凶器そのものの、強い印象を人に与える。

そうでなくとも、大きな飴玉《あめだま》のような瞳は、美しく蠱惑《こわく》的なのだ。

「俺、今でも覚えてるよ。一族の晩餐会で、俺が礼に意地悪を言っていたら――エドが乗り込んできて、殺しそうな眼で見られたこと」

「……殺してはいないだろう」

「いや、あのときは本当に、殺されると思ったね」

——本当はあのとき、もう、エドは礼を愛していたのでは。

ギルは時々考える。

エドは当時パブリックスクールにいて、全寮制だったのでよほどのことがないと帰ってこなかった。礼を紹介するという一族の晩餐会にも、だから初めは参加しないつもりだったと聞いている。けれど結局はやって来たので、礼をねちねちいじめていたギルは、手痛い反撃を食らったのだった。

エドの怒りをまともに受けたのは、たぶん、あのときが初めてのことだ——。

それまでは、軽蔑混じりの眼差しを投げつけられることはあっても、はっきりと罵倒《ばとう》されたことがなかったのだ。それほど、ギルはエドに相手にされていなかった。

——リーストンで監督生《プリフェクト》になりたいのなら、俺に媚《こ》びていろ。

エドが言ったのはそういうことだった。エメラルド色の瞳には激しい怒りが点《とも》っており、ギルは正直に言えば、完全に気圧《けお》され、怯《おび》えてしまった。

どうして？

と、納得がいかなかった。エドは欠陥人間だ。一族の期待を裏切った異常性愛者。だから優れているのは自分のはず。なのに、なぜエドの言葉、エドの視線、向けられる怒気が怖くてたまらないのだろう……？

それにどうして——どうして、エドは礼に、そこまで執着するのだろう……？

まったくわけが分からなかった。

……こんなの、アジアのどうでもいい子どもじゃないか。

そう思った。

それでもなんでも、エドの不興を買うのがいやで、当時のギルは表だって礼にひどいことをするのをやめた。ただ遠くから、いつも冷たく観察していたし、ときには侮蔑の笑みを向けた。プレップスクールを卒業するまではまだ、ギルは母の価値観を真に受けていたと思う。

それが変わったのは、いつだっただろうか？

十三歳でパブリックスクールに入学すると、そこには礼もいた。ギルも礼も、エドと同じウェリントン寮に所属した。

入学した年、エドは五年生で、監督生に選ばれていた。

長い歴史を持つパブリックスクールは、イギリスの階級社会の中で、特別な位置にある。ある意味では、オックスブリッジに進んだことよりも、どのパブリックスクールを出たかと、その寮で監督生や寮代表《ヘッドボーイ》を務めたかということのほうが、よほど大事だった。

ギルは母の価値観のまま、ウェリントン寮で監督生になり、寮代表にならねばならないと思いこんでいたし、当然そうするつもりだった。

そしてそのエリートの道には、常に前を歩くエドの姿があった。

クレイス家とグラームズ家が親戚なのは、貴族の中では当たり前に知られていて、ギルはプレップスクールだけではなく、パブリックスクールでも、なにかするたびに、

「さすがエドの従兄弟」

「エドワード二世だな」

という賞賛を受けた。どれだけ頑張ろうが、エドを超える評価は得られない。そのことに苛立《いらだ》ちながらも、同時に腹の底ではこう考えていた。

——だけど、俺はみんなが知らないことを知ってる。

エドはレイっていう、なにも持ってないアジア人に執心してるんだ。それこそ、誰も近づけたくないくらいにね——。

エドは当初、礼がリーストンスクールに入学しないよう画策していたらしい。

自分が祖父から受け継いだ遺産を礼に引き渡し、彼を日本へ帰そうとしていた。しかしギル自身は、それを冗談じゃないと受け取った。

一族も、そもそも礼を呼び寄せた目的が、エドの問題行為を止めるためであるなら、一度は学校に入ってもらわねば困るという見解——将来、会社を背負うエドには、なにがなんでもリーストンスクールの寮代表という肩書きが必要だったのだ——だった。

しかしギルの考えは、それとも少し違った。

エドはどうやら、このちっぽけなアジア人が大事らしい。そうでなければ、遺産まで渡しはしないだろう。ならば、レイ・ナカハラはエドの弱みだ。いざというときのため、いてもらわねば困る……。

礼はエドに対して、きっと切り札になるだろう。

なのでギルは、礼がリーストンに入るよう、礼の不安を煽《あお》った。

もちろんエドにはあとから手ひどくなじられたが、もはやなにをしようがエドから寵愛《ちょうあい》を受けることはないと分かっていたので、ならば手の届く範囲にエドの弱みがあったほうがいい——

ギルはそう思ったのだ。

「……十三歳だったなあ。初めて、性欲みたいなものが強くなり始める年でさ。レイと性欲を結びつけたのも、そのころかもしれない」

レイにはそんなもの、まるでなさそうに見えたけど、とギルは呟《つぶや》いた。会社はもう眼の前だ。そこで「性欲」などと言い出したギルを、エドがじろりと睨んだ。

「おい、殺されたいか？　レイと性欲なんて言葉を並べるな」

「いやはや、過保護もそこまでいくと異様だよ。過去の思い出話だろ。今現在の話じゃない」

ギルはからかって、肩を竦める。エドは不愉快そうに眉根を寄せ、むっつりと黙りこんでしまった。

思い出せば実際、礼のことをはっきりと「そういう眼」で見たのは、入学二年め、四年生になった、十四歳のころだった気がする。

入学して最初の一年間も、それなりに気にはしていた。なにしろ礼はエドの弱みだし、カーラからも見張っておけと言われていたから。

しかし、プレップスクールからパブリックスクールに移り、閉鎖された環境の中で母から切り離され、同世代の男子生徒たちと寮で濃密に交わるようになってから――。

ギルはだんだん、母の価値観と自分の価値観は別物なのだと思うようになってきた。どうやら自分は、親の言葉を真に受けすぎていたらしいと。貴族でなくとも、優秀な人間はいる。血にしがみついていれば、これから先の時代では取り残されてしまうと、危機感さえ持った。

そして、エドはそんなこと、とっくに分かっていたのだとも思った。

学校には貴族の子どもが多くいたが、貴族よりも、庶民出身の生徒のほうが、概して成績がよかった。マーティン・ウェル社のオーランドもそうだが、学校に集まっている生徒のうち、羽振りのいい家は貴族よりも庶民が多かった。

地頭がよかったおかげで、ギルは早々に自分が母の偏見に囚《とら》われていたことに気がつけた。

そしてそのうえで、礼を見てみると、礼は小柄で、あどけなく、子どもっぽいけれど、勉強はよくできる。絵の才能もある。控えめで静かで、たまにこっそり一人で微笑《ほほえ》んでいたりして、その顔はとても愛らしい。

ギルはエドが、礼に、

「誰とも話すな」

ときつく言いつけていることを知っていた。同時に、手癖の悪い上級生が、

「下級生にいるレイ・ナカハラ。アジアンだけど、あれは色気がある。男の体を教えこんだら相当、上玉になりそうだ」

と下世話に話しているのも聞いたし、同級生が頰を赤らめて、

「ナカハラって実は可愛いよね。人形みたい」

と言っているのも、聞いたことがあった。

もちろん礼をアジア人だとバカにする声もあったし、エドの言いつけで寮対抗のラグビー試合などの試合観戦にさえも来ない礼を、そうとは知らずに協調性のない冷たいやつだと蔑む声は大きかった。

けれど一方で、みんな寮の英雄であるエドワード・グラームズの、風変わりな義弟——ジョー

ジは養子として、礼を迎えていた――を無視できないようだった。

礼が歩くと、何人かは必ず振り返る。その眼は日に日に増えていった。

日本からやって来たために、特例として入学年を一年遅らせていた礼は、最初の一年は十四歳、次の年は十五歳だった。

十五歳の礼ときたら！

と、ギルは思い出すだに、あれはまずい、そりゃあ男子生徒ばかりの学校の中では、劣情の餌《え》食《じき》になると思わざるをえないのだ。

十四歳まではまだ子どもっぽかった礼も、十五歳になると背が伸びた。まだまだ小柄で華奢《きゃしゃ》だったけれど、見た目は美少女そのものだった。神秘的なその容姿に、「地下の図書室に誘いたい」という声は増えた。

リーストンスクールで、地下の図書室に誘うというのは、ようはセックスに誘うという意味の隠語だった。

だが実際には、礼は誰からも不埒《ふらち》な真似《まね》をされずに、五年生でリーストンを卒業した。どうしてかというと、それは危なげな芽を見つけるたび、いちいちエドが摘んでいたからだ。

ギルも、五年生にあがって監督生になってからは、それに協力した。礼を気にしている生徒がいたら、笑顔で話しかけ、

「もちろんそんなことをしたら、グラームズ家の預かりものだ。ただじゃすまないだろうね」

というようなことを言って、牽制《けんせい》した。

なぜ？

五年生になるころには、ギルはもう礼がわりと――それなりに――いや、かなり好きだったからだ。

好きになったきっかけは単純で、些細《ささい》なことだった。それはギルが、十四歳のときのことだ。

ギルは当時とっていた、中世史の授業で個人発表をし、教師に褒められた。相応の努力をしたので嬉《うれ》しかったが、教師は最後に余計な一言を付け加えた。

「さすがだ、エドもきみと似た論点を持っていたよ。やはり血は争えないね」

正直言って、その言葉に一気に喜びは冷め、くさくさした気持ちだけが残った。

……血は争えない？　エドは関係ない。俺は俺で努力したんだ。

自分が努力したことはエドとはなんの関係もないし、血で勉強はできない。そう思った。

さすがに腹が立ち、いつもいる取り巻き連中とつるむ気にもなれなかった。どうせその連中だって、「エドと似てる」は褒め言葉だと思っているのだ。

むかついたまま、人気のない廊下を歩いていると、たまたま角から出てきた礼とぶつかった。

持っていたノートとレポート用紙が落ち、ギルは舌打ちした。礼は慌てて、散らばったノートやレポート用紙を拾ってくれた。

――まとめたばっかりだったんだぞ、鈍くさいな。男娼《だんしょう》は。

そう、文句を言った気がする。礼はびくりと怯えたように肩を揺らした。けれどまとめたレポート用紙を手渡されたとき、ギルはどうしてかふと、訊いていた。

――エドと同じ論点だってさ。お前もそう思ったか？

同じ授業を、礼もとっていた。だからギルの発表は聞いていたはずだ。

なぜこんなやつに感想を求めるのだろうと思ったけれど、返ってきた答えは意外なものだった。

——ううん。全然。

礼はそう言い、首を横に振った。ギルは思わず、眼を見開いてしまった。

——プロフェッサーがどうしてあんなこと言ったのか、分からないよ。エドの論点はもっとドライで、端的だもの。きみのは……なんていうか、ロマンティックだから。

ロマンティック?

どういう意味だと礼を見つめると、礼は頬を赤らめ、焦ったように説明をつけ足した。

——あの、悪い意味じゃなくて。エドはそんなに、歴史に興味なんてないというか。純粋に知識とか考え事の材料にはしているけど……起きた事象にしか着目してないから……。ギルは違うよね。ギルは……歴史の中に生きてる、人間の気持ちを考えてる。

きみが歴史だけじゃなく、人間に興味があるって、分かるよ、と礼はつけ足した。

——きみは人が、好きなんだね。僕はきみの考察、とても好きだよ。

そっと、つけ加えられた言葉に声をなくした。差し出されたレポート用紙を受け取るとき、礼は少し照れたような笑みを浮かべ、頭を下げて急いで立ち去っていった。

息が止まり、次の瞬間突き上げてきた強い衝動を、ギルは今でも忘れることができない。

それは熱く、はっきりとした確信だった。

分かった、とそのとき思ったのだ。

分かった。エドがあれほど、レイに執着する理由が——と。

その晩、ギルはなかなか寝付けなかった。頭の中には昼間の礼の声、言葉、はにかんだような笑顔や、レポート用紙を持つ指が、わずかに震えていたことが何度も何度も反芻《はんすう》された。

……僕は好きだよ。

都合良く、一部の言葉を抜かして、礼の声を組み立て直したりもした。

分かった。分かる。これは仕方がない……エドがああなるのも仕方がない。

頭の中で冷静なふりをして繰り返しながら、その実ちっとも冷静ではなく、心臓がうるさいほどに音をたて、ずっと気分が昂《たか》ぶっていた。

久しぶりに間近で見た礼は、思っていたよりも睫《まつ》毛《げ》が長かった。瞳がこぼれそうだった。小さな唇で紡ぐ、声は優しく耳に心地よかった。

もっと話してみたい。もっと聞いてみたい。

あの声で、あの唇で、礼が自分の名前を呼ぶところを、もっと見たいと思った。

——俺はエドと、どんなふうに違う？

そう訊いて、そして褒め言葉を引き出したかった。エドよりもこんなふうにきみは素敵だと、礼に言われたいと思った。

一番でなくてもいい。二番手でいい。エドワード・グラームズ二世だと、世間に思われてもどうでもいい。

礼は自分を分かってくれている。ギルの考えを、好きだと言ってくれた……。

そうしてギルは、本当にそうなのかもしれないと思い始めていた。

——俺は、人が好きなのかもしれない……。

その最初の可能性を考え始めたときから、ギルの中のなにかが、決定的に変わっていった。

ギルは自分が、エドとは違う点を数多く発見するようになった。模範生の仮面は被っていても、礼以外はさほど興味のなさそうなエドと違い、ギルは一人一人の寮生と付き合うことが面白かった。他人の考えを知り、分析することが楽しかった。それは幼いころからエドのことを観察し続け、一体こいつの本音はどこにあるのだろうと考えてきた癖の、延長線上に存在する行為だった。

監督生になってからは、その癖はますます役立った。ギルは人の心の機微を知ることに長《た》けていたし、不調な生徒や悪い人間関係に巻き込まれている寮生にすぐ気がついた。寮代表になってからも、その長所はいかんなく発揮され、いつしかギルは、エドワード二世とは言われなくなっていた。

——ギルってエドと似てるようだけど、エドより親しみやすいんだね。

何人かにそう言われるようになり、ギルはそのころにはもう、エドの背中を追うことはなくなっていたのだった——。

(思えば、レイのあの……無意識に人をたらしこむところは、あのころからだったな)

スペイン支社との会議を終えた翌日、質素なビジネスホテルの一室で、コペンハーゲンに戻る支度をしながら、ギルはそんなことを考えていた。

「ギル、荷物はこれで全部ですか?」

部屋に来てくれているのは、エドの秘書であるロードリーだ。朝だというのに、特に手伝いがいないというギルを気にかけて、わざわざ立ち寄ってくれていた。

「ああ、悪いな。ロードリー、急ぎのものはないから全部郵送で出しておいてくれ。終わったらこっちでお茶でも」

ホテルに備え付けのケトルで、湯を沸かしながら言う。

今回の出張は三日ほどだったので、とんぼ返りのいつもよりは、荷物が増えてしまった。といってもスーツケース一つだが。

コペンハーゲンに残してきた部下からは、帰ったらやらねばならない仕事のメールが山ほど送られてきている。しかしこんなときにも、ギルは特別慌てたりはしない。どうせ急いでも、フライトが変わるわけではない。ケトルで湯を沸かし、ティーバッグを入れたカップに注ぐ。

その様子を見ながらか、廊下に荷物を出し終えたロードリーが戻ってきて、思わずというようにため息をついた。

「ん？　どうした？」

振り返ると、ロードリーは「いえ……」と言いながら、促されるまま椅子に腰を下ろす。ソーサーに載ったカップを渡してやると、ありがとうございます、と頭を下げる。

この秘書は品が良く、とても真面目で、頭も良い。そんなわけで、ギルはわりと気に入っていた。

「……うちのボスとギルは従兄弟なのに、ずいぶん違ってらっしゃるのだなと思いまして」

ロードリーの言うボスというのは、エドのことだ。

それを聞いて、ギルは思わず声をあげて笑ってしまった。

「まあ、そうだろうね。エドなら三日も会社を空けたあとなら、きみに一番早い便に変更しろと言ってるところだろうし」

「豪遊に興味のない人ですから、ホテルはあなたと同じで簡素かもしれない。ですが小さなベッドでは寝られないからと、結局それなりのところに泊まるでしょうしね」

部屋を見回して、ロードリーが言う。

「だがうちの支社は今、三十パーセントのコストカットに挑戦中だからね。経費はできるところから抑えないとな」

小さなデスクにもたれながら、ギルは肩を竦める。ギルが泊まっているホテルは、ごく一般的な、安いビジネスホテルだった。

「それだけじゃありませんよ。ギルは、ご自分の秘書を持っていませんし」

「ただの支社長だ。こっちに戻ってきて――役員の椅子でも用意されたら考えるさ」

「今だって必要だと思いますよ。コペンハーゲンは実質、我が社の心臓です」

「そのとおり。なら優秀な人材には、俺の世話をさせるよりも現場に出てもらいたい。合理的だろう？」

そう言うと、ロードリーはため息まじりに「考え方は、エドと通じているんですね」と言った。

年上のこの秘書は、エドのことを熟知している。それこそ味の好みから、魂の片割れかというほどに愛している、恋人の礼のことも。

「……そういえば、昨夜エドはどうだった？　レイに聞いてない話があると、怒ってたんじゃないか？」

訊《たず》ねると、ロードリーは「よくご存知で」とでも言いたそうに眼を見開いた。

「――なんでもご友人に会うのが気に入らないとか。帰りの車の中で、数時間言い合っていました」

ロードリーは口の堅い秘書だが、ギルにはこういう話をしてくれる。それはギルが、エドと礼の仲を取り持ち、問題があれば潤滑に進めるよう手助けすることを、知っているからだ。

「べつに会うなと言ってるわけじゃない、連絡がなかったのが不満だと、五回は仰《おつしや》ってましたね」

「眼に浮かぶよ。レイも気の毒に」

どうせ、急に決まったことだから、話すのが遅れたとかそんな程度のことだろう。それなのにエドはきっとねちねちと、オーランドとジョナスと会う礼への不満をぶつけたに違いない。

「最後にはレイ様が腹を立てられて……いつものとおりです。エドが『淋しいんだ』とかなんとか言い出して、レイ様が慰め、するとなにが気に障ったか、またエドが怒り出す……」

「それをずっと聞いてたなんて、きみもご苦労だったなあ」

もう慣れております、とロードリーはしれっとしていたが、自分だったら途中で電話を貸せと言ってしまうだろう。

エドと礼なんて、なにがどうあってもどうせもう別れない。気持ちが変わってしまうとか、冷めてしまうとか、そういう次元にいない二人だ。あれは恋ではなく、愛というのともまた違う。エドと礼は魂が結ばれている――離れるときは死ぬときだと、ギルにはそう見える。

「……ですがまあ、あれほど完璧な方ですから。レイ様くらいの弱みがあるのは、いいことのように思えます」

できた秘書はさすが違う。エドのことをよく理解していると、ギルは思いながら温かい紅茶を飲んだ。

「……まあね。時折思うことがあるよ。もし……エドにレイがいなかったら。幼いころに、レイがこのイギリスに来なかったら――どうなっていただろうって」

それはなにも、エドに限ったことではなかった。

自分だってそうだ。十四年前、もしも礼がこのイギリスへやって来ていなかったら――エドだけではなく、自分だって、どうなっていただろう?

きっと、今のように安いホテルに泊まることも、秘書を持たないなんてこともなかっただろうし、ティーバッグの安い紅茶を手ずから淹《い》れて、のんびり構えているなんてこともなかったはずだ。

もっとキリキリとして、もしかしたら今でも、エドに対する憎しみを持ち続けていたかもしれない。

変わったのは、礼がいてくれたからだ。礼が、十四歳だったころの自分に、言ってくれたから。エドとギルは違う人間で、違っていてもいい。ギルはそのままでも、十分いいところがある。なにより――なにより、人が好きなのだと……。

(……人が好きか。そんなふうに自分を見たら……誰だって自分を、愛しく思ってしまう)

そんなにも美しく、優しい場所が自分にあるのかと。

そう思ってしまう――。

「……レイは不思議な人間だ。ぼんやりしているのに、相手の懐にするりと入ってる。……いつも、相手の中に愛せるところを探してる——」

昔からそうだった。

呟くように言うと、ロードリーにじっと見つめられた。

「……愛せるところを？」

「そういうことだろ、あの、やたらと相手のいいところを探す癖は」

きみはこんなところが素敵だと、そう教えてくれるあの声を聞きたくて、眼で追いかけ、構う機会を狙《ねら》い続けた。

五年生になり、ギルは監督生になったので、模範生が劣等生を気にするかのような素振りで、孤立している礼に堂々と声をかけたりするようになった。そのたび、エドからは激しく睨まれたことを覚えている。

一体いつから、エドは礼を愛していただろうか。たぶんとても早い段階。出会ってしばらくしたころには、エドにとって礼は、冒しがたい心の聖域になっていただろう。

それは傍《はた》から見ていれば、容易に分かった。エドは礼に、異常に執着し、空気さえ、礼に触れるのを嫌がっているのではないか。そう見えた。

——まるでジイドみたいだよ、エド。

いつだったか、エドと校内で二人きりになったとき、ギルはそんなふうに言った。なんの話だと顔をしかめるエドに、きみが、レイに対して、ジイドみたいだと言ったんだよ。と、ギルは肩を竦めた。

アンドレ・ジイドはフランスの小説家だ。代表作は『田園交響楽』や『狭き門』。もちろんそれなりの教養人であれば、ジイドが妻、マドレーヌを深く愛しながらも、一切性交渉を持たなかったことを知っているだろう。

——つまり、エドはレイを神聖視しすぎてる。まるで天使だとでも思ってるみたいだ。なのにその天使に欲情もしてるんだから、矛盾だね。

今思えば、けしかけるような挑発だった。

当時五年生で、まだ十六歳になったばかりのギルは、礼とエドを見続けているうちに、なぜかモヤモヤとした言葉では言い難い苛立ちを感じるようになっていた。

礼にもっと、自分を見てほしい。そう思えば思うほど、礼がエドばかり見ていることを思い知らされた。なのにエドは、それを無視している。一方で、礼が見ていないときには、焦がれそうな瞳で礼を見つめているのだ——。

この二人、どうしてこうなのだろう?

と、思ったし、くっつくのならさっさとくっついてほしい……とも、思った。そのほうが、よっぽど清々する。

エドの理不尽な命令のせいで縮こまり、怯えている礼はかわいそうだった。

エドが礼を日本に戻すつもりだと知ったのは、そんな矢先のことだ。

ちょうど監督生になったばかりの、五年生のとき。

なんてことはない、一族の集まりかなにかで、カーラがジョージからそう聞いたと話していた。

寮代表になったのだから、エドは一族のテストに合格した。いつあの日本人が帰ろうが、それはもうどうだっていいことだと……。

大人たちの噂話を聞いたとたんに、ギルの気持ちは突然爆発した。

エドに対して、怒りが湧いた。

今さら礼を日本に帰すなんて、勝手だ、と思った。俺だって、礼を見ているのに？

それと同じくらい、いいや、エドは俺よりもずっとずっと礼が好きなくせに、最後の最後で突き放すのか。礼がいなければ死んでしまうだろうに、なぜ礼を遠ざけようとするのだ——と、感じた。

……憐《あわ》れなエドワード・グラームズ。

ひとしきり怒ったあと、冷静になって初めて、エドへの憐憫《れんびん》が、ギルの胸をいっぱいにした。

——かわいそうなエド。なんでも持っているのに、愛することも、愛されることも、許されていない。

エドが一番ほしいのは礼なのに、エドは礼を手放すしかないのだ……。

その不器用な愛に、敵《かな》わないとさえ思った。自分だったら、欲望のまま礼を犯して、そばに置ける限り置くだろう。その先のことなんて、考えたりはしない。それで礼が傷つくかもしれないなんて、思ったりしない。だってほしいのだ。喉《のど》から手が出るほどほしい。けれどエドは、一生を捧げられないのなら、礼を愛さないと堅く決めているように見えた。

……たった十八歳で。

まだ、社会に出るまで何年もある自分たちが、どうしてそんな悲壮な決断をしなければならないのだろう？

けれど、その考えこそ身勝手なのかもしれないと、ギルは思わざるをえなかった。息が詰まるほど我慢しているエドを見ていると、なにもかも完璧なエドが、どうしても幸福には見えなくなった。いいや、そんな次元ではなく。

（……気付いてしまったんだよなあ。……エドは結局、俺が知っている限り、一度だって幸福だったことなんてないって……）

あれほど多くのものを手にしながら、エドは恵まれていないのだと気付いてしまったとき、長年あった意地も、憎しみも、嫉妬《しっと》も、瞬く間に色あせて、薄らいでいった。

かわいそうなエド。

そう思う自分に愕然《がくぜん》とし、そうしてギルははっきりと自覚した。

（ああやっぱり、俺はレイが言うように……人が、好きなんだ）

人が。エドが。好きなのだ。

憎らしいと思いながら、いつもそのエドの中に、愛せる場所を探していた。……母のことだって、愚かだと思いつつ、愛している。大勢の寮生たち。たとえば庶民出身の生徒のことも。憐れな生まれだと思いつつ、努力で補う姿勢に舌を巻いている。

（……人が好きだ。好きだから、エドのことも、嫌えないのか――）

不思議な悲しみが、ギルを包んだことを覚えている。

五年生が終われば礼は日本に帰されてしまう。

ならば思い出作りにと、ギルはあれこれ理由をつけて、礼を促し、大きな授業に参加させたり、話しかけたりするようになった。

もちろん、自分が寮代表になりたかったから、礼を利用したというのもある。しかし本当にしたかったことは、礼とエドの凝り固まった関係を、少しでも変えること。そうしてあわよくば、わずかでもいい、また礼の口から、自分への褒め言葉を聞いてみたかった。

けれど礼はギルの手助けなどなくとも、いつの間にかどんどん変わっていった。

オーランド・マーティンとの出会いが、そのきっかけだったと思う。ギルはそれを後押しし、少しずつ変化していく礼の様子を見守っていた。

エドは腹を立てていたし、苛立っていた。礼の世界が広がるたび、礼の魅力に気付く男が増えないか、ずっとヤキモキしていた。ギルは怒っているエドを見ていると、感情を押し殺し、なにもないかのように振る舞って、拒絶したまま日本に帰すよりはよほどいいはずだと高を括《くく》った。

——それでも、ハーフターム休暇明け、エドが礼を抱いたのだろうと勘づいたときには、さすがに落ち込んだ。

……なぜ俺は落ち込んでいるんだろう。

正直そう思った。エドと礼の仲は、応援していたはずだ。どうせならもう、くっついてくれたほうがいいと。

それでも落胆は消えず、エドと礼の変化に気付いてしまう、勘のいい自分を呪《のろ》いもした。

事実、休み前と休み明けで、エドの礼を見る眼は違っていた。感情を押し殺すような激しい色ではなく、すがりつきたいのをこらえているかのような、悲しげな瞳に変わっていた。

礼もエドを見る瞳に、以前とは違う熱がこもっていた。なにより、雰囲気が一気に大人びてしまった。礼が男に——エドに抱かれたのだと気付いたのは、たぶん自分とオーランドくらいだったと思うけれど、無意識にときめく男子寮生は多かっただろう。

……くそ。エドのやつ、何回抱いたんだ……。

とギルは思ったし、想像すると激しい羨望《せんぼう》と劣情にかられて、その晩ギルは礼で自慰をした。蔑んでいたはずのアジア人。今は友だちになれれば嬉しい。せめてもう一度褒められたい……。そう思っていただけのはずの相手で、自分を慰めてしまうなんて……。

——そのことに驚愕したし、その日はさすがに、羞恥《しゅうち》と自己嫌悪に沈んでしまった。

翌朝にはいつもどおり、穏やかな監督生として当番に立ったし、礼はまるでギルのことなど気にしていなかったけれど、ギルは一人塞いだ。けれど結局、落ち込んでいることは、エドにも礼にも悟られなかった。

（俺が——俺が、器用すぎるのか……それとも、エドやレイが、俺に関心がないだけなのか）

たぶん理由は両方だっただろう。

どちらにしろ、当時、礼はエドのことばかり考え、エドはエドで、礼を抱いたにもかかわらず、突然復学したジョナスにつきっきりで、なにひとつ丸くおさまっていなかった。

ギルが落ち込んでいる横で、礼は礼で、エドにふられたと、愛されていないと、しょんぼりと肩を落として何日も沈んでいた。

——ばかばかしい。なんですれ違うんだ？　俺はこんなに自分を押し殺し、我慢して、お前らを応援してやっているのに。

二人の様子を見ていると、次第にそんなふうに思うようになった。

自分だけ蚊帳《かや》の外なのが悔しいのと、どうせこのまま別れてしまうのなら、一度くらい思い出がほしいというのと——礼を放り出して、礼を傷つけているエドにお仕置きしてやりたいような、そんな気持ちがあいまって、ギルは我慢できずに、礼にキスをした。

それはリーストンスクールの校庭、美しい木々が林立する、池の端だった。

あの甘美な瞬間を、一生忘れないだろうとギルは思う。

礼の唇は柔らかく、脳の神経が蕩《とろ》けてしまうかのように、ギルは感じた。

キスをしているとき、礼の驚いている顔が間近に見え、それも可愛かった。可愛い――胸の中で思うのと同時に、これが初恋なのだと自覚した。心底から惚《ほ》れている相手に口づけたのは、後にも先にもあの一度きりだ。その前にも後にも、それなりの経験はあるけれど……それらはどれも、「賢い遊び」に過ぎなかった。

礼が好きだ。もっと自分のことを、考えてほしい……。

甘い陶酔に包まれながら、一瞬で、ギルはその考えを手放していた。まさか。そんなことはありえない。礼はエドを愛している。エドでなければダメなのだ……。

――レイの中でくらい、俺を一番にして。

冗談に紛らせて、ギルは想いを告げたけれど、礼は気付いてさえいなかった。キスをしてもなお、礼はギルを恋愛対象に見なかった。たぶん、礼の中ではギルは最初から最後まで、そういう対象ではなかったのだ。ギルにとっては違った。自分が弱いところを見せても、変わらず接してくれたのは、あのころ、礼だけだったから――。

けれどそれは、エドにとっても同じだっただろう。

「弱さゆえに人を愛す。……ヘッセですね」

ふと、お茶を飲み終えたロードリーが言い、ギルは回想から現実にひき戻された。

「ヘッセ？」

「『Narziss Und Goldmund』という著作です。……読んだことは？」

「教養程度に。そういう話だったかな？　恋愛小説ではなかったはずだけど」

ええ、とロードリーが立ち上がり、カップボードにカップを戻しながら言う。

「青春小説です。ですが、愛の象徴であるゴルトムントとの出会いによって、理性の象徴であるナルチスは学びます。人は人を愛するとき、その人の弱さを愛するのだと……」

「……なるほど。レイはまさにそれだ」

礼がエドを愛したのは、エドが孤独だったからだ。ギルが礼を欲したのも、礼がギルの孤独を、埋めてくれたから。けれどそれに気付いたのは、礼がイギリスを去ってからだった。

本当にひどい孤独感に苛《さいな》まれたのは、礼を失った十六歳からのことだった。それまではずっと、どんなにエドと比べられようと、エドワード二世だと言われようと、自分は恵まれているのだと思い込んでいた。実際、恵まれていたのだ。

それなのに礼がいない日々、エドさえ卒業してしまったリーストンでの日々は退屈で、誰も自分の理解者がいないような淋しさに襲われた。愛してくれる母でさえ――自分の孤独は分からないのだと悟ったし、そのころにはもう、母の愚かさに気付いてしまった。

愚かな母を、それでも愛している自分の孤独にも、気付いてしまった。

「あなたはレイ様によって愛を知った。……今はどうなのです？　お付き合いのある女性はいらっしゃるんでしょう。縁談の話も出ているとか」

ロードリーは厭味のない、さらりとした態度で訊いてくる。答えを知りたいというよりは、会話の接ぎ穂として訊ねたような態度に、誤魔化す気も起きず、ギルは「うーん」と首を傾《かし》げた。

縁談の話は、今までにも何度も出ている。これから先も、母の性分を考えると続くだろう。

そしてロードリーが言うとおり、ときには、賢い遊びができる女性と、関係することもある。

だがそれらのどれも、恋愛とは違っていた。

「本当の恋愛は、俺には無理なんじゃないか……と思うことがある。エドとレイを見ていると」

つるっと本音がこぼれ、ロードリーが眼をしばたたく。お前は？　ロードリー、と訊ねれば、しばしの無言のあとで、ロードリーもまた「そうですね……分かります」と、囁《ささや》いた。

「……学生のときのことなんだが」

なんとなくそう続けると、先の言葉を待つように、ロードリーがギルを見る。ギルは空になったカップを、サイドテーブルの上に置いた。

「俺はレイが日本に帰って、ショックを受けてた。驚くほどがっかりしてた……でも、エドを見たら、エドの落胆ぶりはもっとひどかったんだ」

肩を竦めると、ロードリーはギルのカップもさげてくれながら「そうでしょうね……」と囁いた。眼に浮かびます、と、優秀な秘書が告げる。

エドはリーストンスクールを卒業すると、すぐにケンブリッジへと進んだ。

「ギャップイヤーもとらずにね。俺はそれこそ、なんてもったいないことをするんだと思ったよ。遊べるのは今だけだし、日本にいるレイに会いにいける絶好のチャンスなのにって」

イギリスでは、大学進学の前に、一年間のギャップイヤーをとる者が多くいる。

ギャップイヤーの間は完全に自由時間だ。見聞を広めようと海外に行く者、勉強やアルバイトにあてる者。またはボランティアに精を出す者。

様々な過ごし方があるが、ようするに、大学受験で疲れた若者たちの、小休止の時間なのだ。

「……でも、いつだったかなあ。ケンブリッジに進んで一年目の……冬の終わりだ」

エドは突然、飛び級すると言い出した――。

それは瞬く間に一族中に知れ渡り、カーラを始め、頭の堅い親戚たちが一斉に反対の声をあげた。ケンブリッジを飛び級なんて、並大抵の努力ではできない。一族の恥さらしになる。大体そんなにさっさと卒業しても、若造にやれる仕事なんてないぞ……。

けれどエドはそれらの声をすべて無視して、実家に帰ることもなく猛勉強を始めた。

呆気《あっけ》にとられながらも、一体なにがどうしたのだろうと、春の休暇に、ケンブリッジを訪ねた。なにしにきた、としかめ面をしていたエドには、「そのうち進むつもりだから、大学見学に来ただけだよ」と嘘をついた。

実際は、エドの様子を見に行ったのだ。――エドが、心配だった。礼を失って、気が触れたのじゃないかとさえ思っていた。

その日ギルはエドと二人、すっきりしない曇り空の下、並んでキャンパスを歩いて、テイクアウトのコーヒーを買った。大学の構内の青い芝生の上に座って、一緒にコーヒーを飲んだけれど、あまり話すこともなく、話題はすぐに尽きてしまった……。

――夏休みに、レイに会いに行こうかと思ってるんだよね。

結局、そう言うと、エドはぴくりと肩を揺らしたが、それだけだった。

――マーティンもギャップイヤーに入ったら、日本に行くつもりらしい。ついでにジョナスも呼ぶってさ。

エドはコーヒーをすすりながら、やはり無言のままだった。エメラルド色の瞳には、一瞬嫉妬に似た怒りが浮かんだものの、すぐに消えていく。会いに行くなと言われるかと思ったのに、エドはそんなことすら口にしなかった。

……エドも来れば。

ギルは、そう誘った。

エドも来たらいい。礼に会ったらいい。礼だって、エドに会いたがっているだろう――。

けれどエドは「飛び級するのに、遊んでいられない」と低い声で拒んだだけだった。とたんに、ギルはカッとなった。

――無理するなよ。会いたいんだろ？

会いたいに決まっている。エドが礼のことを、忘れるわけがないに決まっている。

そう思った。そうであってほしかった。

エドには礼を、礼にはエドを、好きでいてほしかった。どうしてだか分からない。そうでなければ、そのときもまだ、礼のことを引きずっている自分が憐れに思えた。

エドはしばらく無言になり、それから手の中のコーヒーに眼を落として、ぽつりぽつりと、言葉を紡いだ。

――会いに行こうとした。……でも、できなかったんだ。

冬の日。雪が降る道の中を、エドは礼に会おうとして空港に急いだと打ち明けてくれた。

――会えないだろう、俺は。

どうして、とギルは思ったし、

――どうして。

と、口に出して訊いていた。エドは唇を歪《ゆが》めて、自嘲《じちょう》するように嗤《わら》った。

――会えないさ。会って、どうする。レイを苦しめるだけだ……。

いつでも感情を押し殺している、エメラルド色の瞳が揺れ、苦しい慕情を語っていた。そのとき、ギルはまるで心臓を、撃ち抜かれたように感じた。

エドは礼を愛している。深く、強く、魂の奥底から愛している。そのことを、思い知らされた気がした。

なぜならあのエドが……いつも傲慢で、高慢な、エドワード・グラームズが、ギル相手に弱音を吐いたのだ――。そんなことは、当然ながらギルにとって生まれて初めてのことだった。

礼のために飛び級するのだとは、エドは言わなかった。飛び級したところで、グラームズ社の社長になれるわけではない。ジョージとエドの仲はずっと険悪で、よほどのことがなければ、交替してはもらえないだろう。

一体どうやって、礼を取り戻すつもりなのだろう？

ギルには到底分からなかったが、少なくともエドは、飛行機で日本へ飛び、礼のアパートのドアをノックする道は選ばなかったのだ――。それは、自分が安易に選ぼうとしている道を、エドは選ばなかったということでもあった。

――知らないよ、レイを誰かにとられても。

そう言ったギルに、エドはなにも返さなかった。うつむき、黙りこんでいる従兄弟の横顔を見て、胸が痛んだことを覚えている。かわいそうなエド、とそのときも思った。

……適当な愛ならいくらだって転がっているのに。

その愛ではもう満たされないほど、エドは礼だけ愛してしまったのだと――ギルは、気がついた。

やがて学校が夏休みになり、ギルは両親に適当な理由を述べて、日本へと渡り、一年ぶりに礼と再会した。

十八歳になった礼は、けれどなにひとつ変わっていなかった。可愛らしいままだった。大学に進学できそうだと、そのための試験を受けるという話を、嬉しそうに話してくれた。

最初に訪ねた礼の日本のアパートがあまりにボロボロで、セキュリティなどないに等しかったから、オーランドとジョナスと三人がかりで説得して、もう少しきちんとしたところへ引っ越させたり、その引っ越し作業を、真夏の日本で汗だくになりながら手伝ったりしたのも、大変だったけれどいい思い出だ。

――ありがとう、ギル。きみはやっぱり親切なんだね。

引っ越してすぐの夜、まだ荷物も半分以上段ボールに入ったままの礼の部屋で、並んで眠ったことがある。

オーランドとジョナスはホテルをとっていたが、ギルはたまたま一日だけ、予約していなかった。わざとといえばわざとだ。礼の部屋に、一度は泊まってみたかった。

――お前をあんなボロアパートに住まわせてたら、怒られるからな。

エドに……と言いかけて、ギルは口をつぐんだ。礼も、誰に？　とは訊かなかった。言葉の向こうにいるエドのことを感じ取っていたのかもしれない。そのときの礼はエドを忘れようとしていたから、触れたくなかったのだと今になれば思う。

――リーストンはどう。きみなら立派に仕事をしてるだろうね。

話を変えるように礼は言い、きみは人が好きだもの……となにげなく続けた。

引っ越し作業の疲れで、ギルは床に敷いた布団に横になっていたし、礼ももうすぐ、同じ布団に眠ることが分かっていた。礼は寝間着姿で、まだ少し、小さな段ボールの中を整理していた。

同じことを、前にも俺に言ったこと、お前は覚えてる？

そう訊きたい気がしたけれど、訊けなかった。きっと礼は、覚えていないと思ったからだ。

――きみは人が好きなんだね。

それは、礼にとっては特別でもなんでもない、普通の言葉だったのだろうが、十四歳のギルの心は救われた。自分は自分のままでいいと思えた。そうして三年が経っても、また同じことを言ってくれる礼に、あの言葉は嘘ではなかったのだと知らされて、ギルは静かな感慨を味わった……。

胸が震え、じわじわと目尻に涙が広がったことを、今でも覚えている。熱くこみあげてくるものは、どうしてなのか――名状しがたい淋しさだった。ときが流れ去り、二人の立ち位置が遠く離れて変わってしまったことを……同じ言葉を同じように礼が言ったからこそ、はっきりと思い知らされた気がした。

さて、僕も寝ようかなと言って、礼はためらうことなくギルの隣に滑り込んできた。礼の黒い髪が鼻先をかすめ、甘い石鹸《せっけん》の香りがした。電気が消えると、十分もしないうちに礼の、安心しきった寝息が聞こえてきた。

下心が、なかったわけではない。

手を伸ばし、キスをし、組み敷いて抱くことも、今ならできるとそのとき思った。実際、そうしたかった。

エドは礼に会いに来る気はないのだから、そうしたっていいはずだ。自分だってずっと耐えてきた。ちょっとくらい手を出しても、罰は当たらないはずだ……。

夜の闇の中で、ギルはゆっくり起き上がり、隣でぐっすりと眠っている、礼の顔を覗《のぞ》いた。

まだカーテンのついていない窓から、月の青白い光が差し込んで、礼の長い睫毛が、真珠色の頬に影を落としていた。あどけない寝顔は、十五歳だと言われればそう見える。

そうだ、あのとき……と、ギルは思った。十四歳の、最初に礼に、褒めてもらったとき。レポート用紙を差し出す礼の、震える手を握りしめ、抱き寄せてキスをし、好きだと言っていたら。

いじめて悪かったと許しを請うていたら。

気持ちを返してほしいと願って、努力していたなら――。

未来は、変わっただろうか？　礼はエドではなく、自分を愛してくれていただろうか……？

そしてそれは今からでも、間に合うだろうか――。

そっと体を屈《かが》めて、ギルは礼の顔に己の顔を近づけた。唇まで、あと少しだ。

寝息が唇にかかり、心臓が激しく脈打っていた。全身は熱に浮かされたように熱い。

けれど小さく身じろいだ礼の唇から「エド……」という呟きを漏れ聞いたとたんに、その熱は、恐ろしい速さですっと消えていった。

礼から体を離し、ギルはしばらくじっと、礼の寝顔を見つめていた。

長い睫毛の端に、わずかに涙がかかっていた。

まだ、礼はエドを愛している……。

分かりきっていたその事実を眼の前に突きつけられて、傷つくのと同じくらい、かわいそうにと思った。かわいそうに——エドも。礼も。

きっといつか上手くいくと言えればいいのに、そんな未来はとても思い描けない。

ギルは上掛けを丁寧に礼へ掛け直し、自分は布団を這《は》い出て、少し離れた床に、ごろりと横になった。

白い天井に青い月光が差し込んで、電気の傘の影を作っていた。

日本で礼の隣に自分がいる間、エドは必死に勉強をしているのだろう。辛く苦しい道を、その道の先に礼がいるかどうかも分からないまま、エドは孤独に進んでいる。そしてそのエドのことも、礼のことも、ギルはかわいそうにと感じている——。

……ああこれが、俺の本当の失恋だろうな。

そのとき、ギルはそう思ったのだった。今夜手を出せなかったのなら、もう一生、二度と、礼に手を出すことはできない。

ジイドはエドではない。自分のほうだ。礼以上に誰かを愛することがあるとも思えないのに、エドほど礼を愛せる自信もない。そうして、自分はもうとっくに、従兄弟のエド、長年眼の上のコブのように憎んできた、彼のことも——愛してしまっている。

——レイ、お前の言うとおり。俺は人が好きなんだ……。

……人を愛するって、こんなにも苦しいことなのか。

小さな声で、ギルは独りごちていた。

エドが飛び級を勝ち取ったと知ったのは、それからしばらく後のことだ。そのときギルは、心からホッとし――そして、自分の行動は正解だったのだと思った。

礼を抱かなくてよかった。

少なくとも自分はまだ、礼に褒めてもらえる人間たりえると、そう思えた。


ロードリーは、ギルを空港まで送ってくれると言ったが、それではエドの仕事に差し支えるだろう。ギルは固辞して、ホテルからブラックキャブを拾うことにした。便は午後なので、まだ時間がある。

ロードリーと二人でグランドフロアに下りていき、ロビーに出たギルは思わず眼を見開いて立ち止まった。

エレベーターの前に、エドが立っていたのだ。きちんとスーツも着て、ギルを見るとムッと眉根を寄せた。

「エド？　なにしてるんだ」

なにか仕事のことで、渡し忘れた書類でもあっただろうか？

そう思って訊ねると、エドは不機嫌そうに「違う」と否定した。

「……まさかレイのことか？」

他に思い浮かばない。そんなことで訪ねてきてほしくなかった、という思いをこめて言うと、エドは言葉に詰まり「それだけじゃない」と、半ば肯定した。思わずため息をついたのは、ギルだけではなく、ロードリーもだ。エドは慌てたように「だから、それだけじゃない」ともう一度、念を押してきた。

「——今朝、日本支社から連絡があった。アジアラインが混んでいて、荷物が大幅に遅れそうだと」

とりあえずロビーで立ち話は無粋だと、三人はホテルのラウンジに入った。まだ午前中なので、人はまばらで空いている。そこで、ギルはエドから端末を渡された。端末の画面には、向こう六ヶ月間のアジアラインの航行予定が書かれていたが、状況はかなり悪いようだった。

「なぜこんなことに？」

「某国の船会社が突然便を増やした。ライン上のとある港が渋滞して、積むにも下ろすにも時間がかかっている」

「……またか」

以前にも似たようなことはあったし、よくあることと言えばよくあることだ。積んでいる荷物はおおかた怪しいものだろう。本来航行予定は事前に決まっているので、港は突発便の船の受け入れに厳しい。しかし金を渡されれば、無視するターミナル関係者は珍しくない。それも発展途上国であればあるほどそうだ。

「優秀な交渉人を寄越してほしいと言われた。そこでお前に行ってもらいたい」

コペンハーゲンには、一時的にロードリーを戻す、と言われて、ギルはロードリーと顔を見合わせた。

「……なんだ。仕事の話じゃないか。いいよ、ここのターミナルには顔見知りがいる。いくらまでなら積んでいいんだ？」

声を潜めて訊くと、エドはギルの耳に口を寄せ、とある数字を囁いた。ギルはつい笑い、ワオ、と呟く。

「いけるの？」

「計算はした。お前もこういう数字には強いだろう。あとでロードリーから、日本支社の財務資料を送らせる。損失が出ないギリギリの額を見極めてくれ」

「分かった。とはいえ日本支社の財布からは出せないだろう、あそこはクリーンな国だ」

「ギリシャのGEラインと相談してくれ。一度俺から話をつけておく」

その会社は、グラームズ社が大きな損失を出しかねないシーンで、必ずといっていいほど登場してくる航路会社だ。自分がやるべきことははっきりしている。分かった、とギルは請け合った。これ以上は外で話す内容ではない。

頼むぞ、と言うときに、エドが自分を見てくる眼があまりに真剣だったので、ギルは内心満足した。このエドワード・グラームズに頼られ、頼まれたのだ。頑張らないわけにはいかない。

有事の交渉人には自分を。

そしてその自分を補うためにはロードリーを選ぶのだから、エドにとって、今や自分とロードリーが、一番信頼できる武器なのは、間違いがない。そのことに、満ち足りた気持ちを覚えるのはどうしても止められない。

「賢い遊び」や、母が持ってくる縁談など――この満足感に比べたら、あまりにもささやかだと思ってしまう。結局のところ、ギルは仕事が好きなのだった。

「――それで。もう一つの頼み事って？」

ラウンジで頼んだコーヒーを飲みながら、ギルはおもむろに訊ねた。ついでにエドへニッコリ、笑って見せると、じろりと睨まれる。

「――レイに。会ってきてくれ。それで……俺のかわりに、これを」

いかにも嫌そうな、渋々といった顔で渡されたのは、シンプルな封筒だった。

持ち上げると厚みがあり、重たい。

「……手紙？」

エドは答えなかったが、たぶん当たりだろう。さしずめラブレターといったところか。

「メールをしたが、返事がない。俺がその……ジョナスに、レイと食事をするなと連絡して……それがバレて」

「なぜ、そんなことを言ったのですか」

さすがに我慢できなくなったように、黙っていたロードリーが口を挟《はさ》む。

「仕方ないだろう、よくよく聞いたら、ジョゼフ・ド・リオンヌとヒュー・ブライトも同席すると言うんだ！」

そんなこと、許せるか、とエドは呻《うめ》く。

ジョナスとオーランドまではいいが、リオンヌとブライトはいやだと言う、エドの気持ちは分からないでもない。なぜならその二人は明らかに、礼に対して下心があるからだ。

「食事は……一週間後だと言っていた。お前も問題を片付けるのにそのくらいはかかるだろう。だから……その……あいつらの食事に同席してほしい」

そうやってジョゼフとブライトを見張り、ついでに手紙を渡して、とりなしてほしいと言う、エドの顔はギルにこんな頼み事をしなければならないことへの悔しさと、それでも言うしかない必死さにまみれていた。

――なにがあったって、レイがエドを見限るはずがないのに。

それでも、不安なのだろうか?

訊ねることはせずに、ギルはため息をついたあと、分かった、と了承した。エドがホッとしたように、顔を緩ませる。ターミナルの汚職より、恋人の機嫌のほうが、心配か。そう思うとおかしい気がしたけれど、これがエドワード・グラームズなのだと、それはもうギルにも分かっていた。

(本気の恋ってやつは……こういうものか)

何度も思い知っていることを、また、思う。

それからラウンジを立ち、三人で連れだってホテルを出た。ホテル前でブラックキャブを停め、ギルはロードリーにもろもろの資料はメールで、と伝えた。コペンハーゲンに戻る前までに、一度部下に電話をして、日本行きのチケットを押さえてもらう必要もある。ますます忙しくなったが、それにうんざりするわけでもなく、むしろ楽しみな気持ちさえ湧いてきた。

と、キャブの扉を開けて乗り込もうとしたところで、ギルはなんとなく振り向いてエドに問うた。

「でも……俺が同席するのは構わないわけ？　俺だって、レイに下心があるかもしれないよ」

俺がレイを、食べてしまう可能性だってある——。

半分冗談、半分、本当に不思議で訊いていた。けれどエドはそのとたん、訝《いぶか》しげな顔をした。

「下心があろうがなかろうが、お前はどうせ……結局は、そんなことはしないだろう」

……レイが悲しむからな。

と、さも分かりきった事実を、なぜ言わせるのだという表情で、エドが答える。一瞬言葉を失い、ああ、そう——と、ギルは思いながら、思わず息を止めていた。

（……そうだ。だけど俺は、お前のことだって悲しませたくないんだよ、エド）

胸の奥に、ごく瞬発的に、そんな言葉が浮かび上がってそれにもギルは驚いてしまう。

そうか……俺は、エドのことも、大事なんだな。

とっくに分かっていた事実が、今になってはっきりと迫ってくるように感じられた。

不意に幼いころ、遠くから見ていたエドワード・グラームズの、端整な横顔が脳裏をかすめていった。話しかけても遠かった従兄弟。いつも比べられ、どうしても勝てなかった、大嫌いで——憧《あこが》れだった従兄弟。

きみは人が、好きなんだね、と囁いた、礼の囀《さえず》るような声もまた、耳の奥に戻ってくる。

キスをしたくて、できなかった日本での夏の夜。パブリックスクールの池端でした、人生でただ一度だけ、胸を蕩かせた口づけ。拾ってくれたレポート用紙を渡すときに震えていた、礼の細い指……。

淡い恋の思い出が、胸を駆け抜けていった。

あのときに戻れれば。あのとき、引き寄せて抱き締め、好きだよと言っていれば……。

詮なく思ってきたいくつかの過去を、けれど、ギルは今さらのように違うのだな、と感じた。どれほど過去に戻れても、きっと同じだろう。自分はエドから、礼を奪ったりはできない。礼が悲しむから。そして、エドが悲しむからだ――。

（……俺の愛は、この二人に、もう使い果たしたんじゃないだろうか）

そんな気がした。一生分の愛を、エドと礼に注いだから、自分はもう恋ができないのではないかと。

どうしてだかなにかに背を押されたように、ギルは一歩エドに近づいて、自分と同じか、それよりも逞しく大きな体を、抱き締めていた。ぎょっとして、エドが腕の中で硬くなる。ロードリーも驚いて眼を瞠《みは》っている。けれどそれには構わず、ギルはエドの背中を優しく叩《たた》いた。

子どもにするように、優しく。

「行ってくる」

それだけ言って従兄弟の体を放す。エドは半ば放心し、愕然とギルを見ている。一杯食わせることができたようで、ギルはなんだか愉快になり、笑いながらキャブへ乗り込んだ。

扉が閉まる直前で見た、エドの顔は「なにをするんだ、あいつ」とでも言いたそうな怒り顔だ。

それに満足した。

エドは一生、ギルの愛情に気付かないだろう。それでいい。

「ヒースロー空港まで行ってくれ――ちょっと、電話いいかな？」

無愛想な運転手がどうぞ、と返して、アクセルを踏む。上着のポケットから携帯電話を出すと、ギルは時間を確かめた。日本時間は夕方。これならかけてもいいだろう。

レイ・ナカハラの電話帳を開き、コールする。

遠い日本にいる礼を思いながら、コールの音に耳を澄ませた。やがて電話は繋がり、懐かしい可愛い声が、ギルの名前を呼んだ。

『ギル？　どうしたの、久しぶりだね。電話くれて嬉しいよ』

小鳥のような柔らかな声音。ああ、この声が好きだ、と思う。どれだけ時間が過ぎても、礼への気持ちは色あせないだろう。けれど同じくらい、二度と手に入れようとも思いそうにない。少なくとも、エドがエドである限りは——と、そう思う。

ギルが「やあ、レイ。急に日本行きが決まって」と切り出すと、礼はそれを喜んでくれた。

「……エドが心配してたよ。そっちに行ったら会える？」

そう言うと、数秒の沈黙のあと、

『昨日、喧嘩《けんか》してしまったんだ。……約束を反故《ほご》にしろと言われて。ギル、僕ってそんなに、信用できない？』

落ち込んだ声に、ギルは微笑んだ。

「……いいや、レイ。ただエドは、恋しているだけさ——」

ギルにはそう見える。だが結局、この二人は愛で結ばれているのだから、なにがあっても平気だ。上着の内ポケットに入れた、エドから預かった手紙に、そっと指で触れてみる。

分厚いこのラブレターの中には、どんな情熱的な言葉が書かれていることだろう……？

それを知ることは一生ないだろうが、淋しいとは思わなかった。

今となっては遠い昔、リーストンの高い壁の中にいたころ……礼に恋した瞬間から、ギルは願っていた気がする。

エドと礼。愛する二人がいつか結ばれ、幸せになることを。

ギルが愛した礼は、エドを愛している礼で、礼を愛しているエドのことを、ギルは愛しんだ。

その愛を超える愛が、いつか自分にも訪れるだろうか？

そんな恋愛をしてみたい気もしながら、同時にいらないとも思っている。当面は、特別な誰かを作らずに生きていても、十分幸せに思える。

恋も愛も、もう知っている。ギルは弱さゆえに礼に恋した。そうしてエドの弱さを愛した。

これから先もこの気持ちは続き、それは消えることがないような。

いや、消したくはないような——。

ギルには、そんな気がしている。

＊本書は書き下ろしです。
＊全ての作品は、フィクションです。実在の人物・団体・事件などにはいっさい関係ありません。

キャラ文庫
アンソロジーⅠ

琥珀

著者
英田サキ　神奈木智　菅野彰
樋口美沙緒　松岡なつき

2017年12月31日 初刷

発行者
小宮英行

発行所
株式会社徳間書店
〒105-8055 東京都港区芝大門2-2-1
電話 048-451-5960（販売） 03-5403-4348（編集部）
振替 00140-0-44392

製本・印刷
株式会社廣済堂

装丁
カナイ綾子（ムシカゴグラフィクス）

ISBN978-4-19-864540-3